快乐读中外文学故事
KUAILEDUZHONGWAIWENXUEGUSHI

caizhimengxianshudemenghuan

彩之梦——现实的梦幻

【20 世纪后期文学故事】

范中华◎编著

湖南人民出版社

图书在版编目（CIP）数据

多彩之梦：现实的梦幻：西方 20 世纪后期文学故事 / 范中华编著 . —长沙：湖南人民出版社，2013.1（2024.09 重印）

（快乐读中外文学故事）

ISBN 978-7-5438-8656-8

I. ①多… Ⅱ . ①范… Ⅲ . ①故事—作品集—中国—当代 Ⅳ . ① I247.8

中国版本图书馆 CIP 数据核字（2012）第 186791 号

快乐读中外文学故事：多彩之梦——现实的梦幻（西方20世纪后期文学故事）

编 著 者	范中华
责任编辑	骆荣顺
装帧设计	君和设计

出版发行　湖南人民出版社［http://www.hnppp.com］

地　　址　长沙市营盘东路3号

邮　　编　410005

经　　销　湖南省新华书店

印　　刷　永清县晔盛亚胶印有限公司

版　　次　2013 年 1 月第 1 版
　　　　　2024 年 9 月第 4 次印刷

开　　本　710×1000　1/16

印　　张　15

字　　数　250千字

书　　号　ISBN 978-7-5438-8656-8

定　　价　25.00元

营销电话：0731-82683348　　（如发现印装质量问题请与出版社调换）

目 录

1. 辛格和《卢布林的魔术师》
xīn gé hé lú bù lín de mó shù shī

犹太民族是一个特殊而神奇的民族，虽然长期在被流放的灾难与苦痛中顽强地生存着，这个民族却滋养出了大批杰出的科学家、艺术家，从而把整个世界的文明更加推向前进。这里我们谈到的就是一位犹太作家：艾萨克·巴什维斯·辛格（1904 — 1991）。

辛格出生于沙俄统治下的波兰，他的祖父和父亲都是犹太教的长老。辛格自幼接受正统的犹太教育，对犹太教了如指掌，还学过希伯来文和意第绪文。他熟悉犹太教的经典和宗教仪式，犹太教、犹太人的风俗文化，都融进了他的生活与创作。辛格是矛盾的，虽然自幼受犹太宗教与文化的熏陶浸染，却没有完全投入宗教的慈悲而宽广的怀抱，思考和怀疑的天性总是"扰乱"他的思绪，让他难得心灵的平静。他相信上帝的存在，却对犹太教的礼仪不大尊重，对这个古老的、诱人的宗教抱着怀疑的态度。在生活中，辛格也是执拗的人，他违背了他父亲的期望，跟着他做记者和作家的哥哥，闯进了华沙犹太人文学界，1935 年，迁居美国纽约。

美国文化和犹太文化的巨大反差对辛格产生了巨大的冲击，也给他的成功带来了契机——一位有着良好的语言修养的写作者身处他乡异地，反倒更能捕捉到语言的灵感和本民族文化的精髓。辛格在美国，经过了十年贫困潦倒的生活磨炼后，终于在文学界崛起。

辛格的文学创作生涯自十五岁始，至今已创作了三十多部作品，他用意第绪文写作，其作品大部分被译成英文，与世界范围内的读者见面。长篇小说《莫斯卡特一家》（1950）、《庄园》（1967）和《农庄》（1969）主要表现在现代文明和排犹主义的压力下波兰犹太社会的解体；《撒旦在戈雷》（1955）、《卢布林的魔术师》（1960）等写的是爱情与宗教；短篇小说集有《傻瓜吉姆佩尔及其他故事》（1957）、《市场街的斯宾诺莎》（1961）等七部，主要内容是描述犹太人和魍魉世界。

辛格

　　波兰裔的美籍犹太作家辛格，亲身经历两次世界大战，亲眼见证了犹太人遭受的严酷的歧视和迫害。他在华沙的亲友个个遇难，这决定了他小说的深沉而悲凉的调子，其笔下的主人公大多是受命运捉弄的、无比苦难的下层人，辛格带着同情去刻画这些形象，表现他们的苦难，写出了一个民族的苦难的真实。

　　辛格和他的小说，在世界文坛上是一个独特的存在，其中出版于1960年的《卢布林的魔术师》是最受推崇的一部长篇小说，它描写的是一个以变魔术为职业的犹太人在情欲的支配下做出的种种行为及可悲的命运，故事的大体情节是这样的：

　　一个名叫雅夏·梅休尔的魔术师已年届四十，他靠表演魔术谋生，经常到外地去演出，而且总是在回来后，白天黑夜地连睡两天才能解除疲劳。他虽然不阔气，无权势，却能随情所欲地安排自己的私生活。他有一个妻子，名叫埃丝特，待在家里。他还有一个情妇玛格达，八年多来，一直给他做情妇，还兼做助手和佣人，她年近三十却长得又瘦又小。雅夏维持着她一家的生活，玛格达做他的附庸品和奴隶，她的弟弟曾试图给姐姐报仇，却让母亲阻止了；没有这个魔术师的情夫，一家人就要无法生活。他在小镇上还有另外一个情妇，叫泽弗特尔，原是一个小偷的弃妇。对他来说，最重要的一个情妇是一个教授的寡妻埃米莉亚，她有着高雅的地位和迷人的外貌，她失去当教授的丈夫后，过的是勉强糊口的穷日子。

　　雅夏心性放荡，行为不检点，私生活里有过形形色色的女人，他对他家中的贤妻并不隐瞒实情，对妻子明确表态，他与外面女人的关系不会威胁到他和她之间的夫妇关系。可是雅夏遇到了寡妇埃米莉亚后，情欲和野心都无限地膨胀起来，他为了埃米莉亚魂不守舍，就是在和同事一起喝酒的时候，脑子里也还想着这个俏女人，因而心不在焉。而埃米莉亚则要求雅夏与妻子离婚，从犹太教改信天主教，要求他弄到一笔钱，一起去意大利……面对情妇的种种要求，雅夏犹豫了，他陷入了情欲和理智的矛盾冲突中，在所有的情妇中，他最喜爱她，却无法满足她，他没有能力去弄到足够的钱让他们一起飞到意大利。他本想了结此事，结果却始终不能抑制情欲的冲动和情妇的诱惑。他按捺住思念之情，又忍痛陪着忠诚的贤妻过完了五旬节。离家的前一夜，他向妻子透露说他爱上了别的女人，可能从此不再回来了。

雅夏赶着马车，带着他的猴子、乌鸦和鹦鹉，离开家，走向了他梦幻的、狂热的而又可悲的冒险行程。他跑到镇外的情妇兼佣人的玛格达家里。第二天，又借口走开，到镇上会他的另一个情妇，泽弗特尔，那个小偷的弃妇。他遇到一群小偷来串门，便卖弄他的职业伎俩，让人蒙着眼睛，他表演用万能钥匙（其实是一根铁丝）开锁头的小把戏，赢得了小偷们的崇拜。

他和他的情妇兼佣人玛格达赶着大车，走在路上，身边有玛格达，眼前又出现了迷人的埃米莉亚，他对埃米莉亚发过誓，许过愿，他急切地要得到这个女人，却一直被她过高的要求所困扰，他没有钱，也无法弄到钱。忠诚贤惠的妻子，热情而迷人的情妇；犹太教和天主教；老实做人与冒险犯罪……他需要选择，可是他什么都无法选择。

雅夏到了华沙，丢下排练，不顾演出，急急切切地奔向了心上人埃米莉亚，女人向他表白爱情，催他早做决定，雅夏只好敷衍一番，说他打定了主意。美丽的波兰情妇和她可爱的女儿，对他都是难以割舍的诱惑，他和她们都需要钱，可是到哪里去弄钱呢？他笔记本上记着一些银行的地址和有钱人的地址，他受着良心的监视，时时感到恐惧，时时憎恶自己无能……更糟糕的是，雅夏竟然鬼使神差地向眼前的母女俩宣布，他要结婚，还要三个人一起到意大利去！雅夏的这场"浪漫"的爱情使他时时受折磨，在别人兴高采烈地看戏时，他却忧心忡忡地想着情妇的事，想着怎样去弄钱的事。晚上他溜到埃米莉亚家里求欢，遭到拒绝，雅夏的心中只剩下了沮丧。

雅夏睡了一个白天，又昏昏沉沉地和情妇泽弗特尔跑到了人贩子家里，混了半夜。他来到街上，痛下决心，实行盗窃，他爬上阳台摸到一家屋里，可是，他却找不到他的万能钥匙了，他费尽了体力，也耗尽了意志，天亮了，没办法了，他只好从阳台上爬下，情急之下竟然伤了左脚，这时，看守发现了他，他带着伤脚，飞一般地落荒而逃。

雅夏脱险之后，更加思念情妇，他不顾演出安排和玛格达的劝骂，一瘸一拐地又跑到他的埃米莉亚家，撒谎说脚是排练时摔伤的。后来，事情败露，埃米莉亚尖刻地骂他是垃圾，要他滚开，他毅然决然地向心上人说：一刀两断。他匆匆忙忙地回到玛格达的家里，不料，玛格达已吊死在天花板上；他忍住脚痛，忍住了心痛，又跑到了人贩子赫尔曼家里，却发现这时的泽弗特尔正睡在赫尔曼的身边……

被埃米莉亚戏弄，美梦破灭了；玛格达自杀死掉了；泽弗特尔堕落在人贩子手里，而魔术师雅夏也一无所有了，后来，他清心寡欲，皈依宗教，他也由此恢复了身心的健康。

《卢布林的魔术师》中的人物，都是渺小的、可怜的、受命运摆布的人。辛格十分戏剧化地讲述了恶习昭彰的雅夏的曲折故事，我们很难给他作善恶的道德定论，因为辛格写出了人性人欲的真实一面，让我们看到了普通人的可悲命运，引发我们去思考人生的苦难和最终的拯救。

卢布林的魔术师的故事讲完了，可是，犹太人的苦难和人类的苦难却永远也不会讲完……

2. 乡村小说家约翰·契弗

xiāng cūn xiǎo shuō jiā yuē hàn · qì fú

"二战"后的美国文坛，各种思潮流派的作家们纷纷登台献艺，他们

的先锋思想和艺术取得了惊世骇俗的效果。与他们相比，成长于30年代的约翰·契弗显然缺少了那耀眼的光环，然而，他却是固守于美国田园一隅的难得的一位作家。他的小说，通常是选择某一特定地域的社会生活及其中的普通人物作为描写对象，再现社会风俗，探索人物的心理和道德问题，正因如此，他被评论界称赞为"美国社会风俗画巨匠"。

约翰·契弗（1912—1982）出生于马萨诸塞州昆西市一个商人家庭，他十几岁时便立志当作家，初中毕业后入南布兰特里的塞耶学院学习，后来因为学习不佳、在学校内纵酒被开除。契弗十七岁时便以此为背景，创作了短篇小说《开除》，发表在1930年10月的《新共和》杂志上。可是，契弗的父亲在工厂倒闭后，弃家出走，他的家庭从此陷入了困顿之中。契弗只好靠微薄的稿费和哥哥的资助维持生计，继续小说创作。1934年，他的一篇短篇小说意外地在《纽约人》杂志上发表，他从此便开始了小说家的创作之路。

"二战"期间，契弗曾在美国陆军服役四年，在服军役期间，他并未间断写作，1943年，他发表了与战争题材并无关系的小说集《某些人的生活方式》，1953年，发表第二部小说集《巨型收音机和其他故事》，1959年的《阴山村强盗及其他故事》标志着作家在小说艺术上的成熟，还有《旅长和高尔夫球迷的寡妻》（1964）和《苹果世界》（1973）等。契弗的长篇小说有《瓦普肖特纪事》（1957）和《瓦普肖特丑闻》（1964）、《弹丸公园》（1969）、《法康纳监狱》（1978）等。

契弗在他的大部分小说里，描绘了20世纪中期的美国乡村，写乡村中发生的种种故事。作家仿佛是以文学的形式和普通读者进行交流。他把美国梦和田园主义理想放到具体的现代乡村生活中去考察，探索传统的清教道德怎样地变了形，怎样地让人捉摸不定。契弗笔下的人物，都是反英雄的小角色，他们处在命运和集体无意识的左右之下，在困境中希望、焦虑、自责。他们中有些人沉迷于女色，有些是招摇撞骗之徒，还有一些是生活窘困、内心失意的可怜人，形形色色的人们犯错误是不可避免的，他们也在作者那里受到了审视和谴责。

　　契弗的一系列乡村小说自成体系，"阴山村的故事"尤其受人们喜爱，那独特的乡村风俗、微妙的人物心理，宁静的自然风景，都在轻松优美的笔调中呈现出来。

　　《阴山村强盗》的主人公是一位破产了的生意人，他不愿让妻子跟他一起伤心，便对她隐瞒了实情。有一天，他听见邻里的一个女人夸耀她丈夫赚了很多钱，就在半夜溜到他们家顺利地偷来了钱，解决了自家的经济危机。可是他时常受到良心的谴责，害怕泄露真相。后来，他的老板把他找回工厂去上班，他事先支出了九百美元，又在半夜里把钱偷偷放在了邻居家的厨房饭桌上。他从邻居家走出来，心情十分轻快，在路上，一个警察过来询问他在干什么，他说他在遛狗，于是警察走开了。

　　《告诉我，他是谁》是写夫妻感情和地方风俗的。主人公威尔是一家公司的副经理，他对事业和生活都比较满意，最重要的还是妻子的爱。他爱慕妻子，妻子也爱他，可是他却总疑心妻子不爱他。一年一度的苹果花集会到来了，妻子百般恳求，想到集会上快乐一下，他勉强同意了。他看到妻子打扮得那样妩媚，便怀疑她会引逗许多色情的男人，在集会上，他没有抓到妻子的行踪，却看到了一些所谓的体面人互相调情，而且妻子直到黄昏时候才回家，他断定妻子有了外遇。终于在一天早晨，他动手打了那个他所认定的妻子的"情人"，在一顿争吵过后，因错怪了好人，他买了一件贵重礼物给妻子，算做赔罪。

　　《杜松子酒的悲哀》讲的是一个小女孩和酒的故事。小女孩艾米的父母在阴山村人缘很好，经常出去参加鸡尾酒会，她是由奶奶和家中女仆带大的。有一天，一个年轻的女仆给小艾米讲故事，说她姐姐是由于喝酒而死的，如果艾米能倒掉父亲的酒缸子，才算伟大呢。几天后，女仆去了城里，艾米和父亲到火车站接她，却发现她烂醉如泥，父亲一时恼火，辞退了她。艾米偷偷地倒掉了父亲的酒，父母晚间从酒会上回家，误以为酒是另一个女仆倒掉的，艾米在楼上听见了大人们的争吵，觉得自己错了。第二天，她离家出走，要到父母曾经住过的城里去，火车站的站长打电话把她父亲叫来了，父亲在车站看见了要离家出走的孩子，顿时百感交集，怎么才能让她相信家才是最好的地方呢？

契弗还有许多小说的题材并不局限于乡村，有一些小说是通过中产阶级生活和命运的描写，表达人们在压力重重的美国所承受的心灵痛苦，对那些精神无奈的人们表示了同情和理解。

《再见，我的弟弟》以第一人称"我"的口吻，叙述弟弟劳伦斯的故事。劳伦斯原来是个律师，后来生活陷入困顿，他不满陈规陋习，反对暴力专制，同情下层人。但他对现实又无可奈何，他自己的想法到处行不通，只好另找工作，另找邻居，到处和人说"再见"成了他的特点，由此看来，小说标题"再见，我的弟弟"倒是一种悲哀的讽刺。

小说《游泳者》有一个鲜明的主题：人一旦失去往日的光芒，就会一落千丈，在人情冷漠的社会中品味彻底的孤独。主人公奈德破了产，有一天，他跳进游泳池，想一路游回自己家，他路过邻居们的游泳池，见到一些曾经的朋友，引起了他的种种回忆和感想。然而，奈德是寂寞的、无助的，一切都不是从前了，他曾经冷落的情人不肯给他一口水喝，别人也一样的不友好。快到自家门前时，奈德又冷又累，见不到亲人，他哭了，他看见家门锁着、车库锁着，自己无处栖身，无比凄凉。

契弗本人的道德观也渗透在他的小说里，他主张夫妻和睦，家庭稳定，谴责玩弄感情的人，《游泳者》也暗示出主人公的悲剧一部分是来源于家庭的危机和不幸。

契弗的长篇小说《瓦普肖特纪事》曾荣获 1958 年全国图书奖，其续篇《瓦普肖特丑闻》曾荣获 1965 年美国文学艺术院豪威尔斯奖章。这两部小说主要是写两代人的家史，具有浓厚的自传性。在前一部小说里，主人公瓦普肖特是个渡船船长，他热爱生活，具有男子汉的种种品格，然而，他却给自己制造了悲剧：他把船输给了妻子，妻子又把它改装成一家浮动商店，最后，瓦普肖特沉海自杀而死。小说把浪漫的想象和真实的生活结合在一起，以小见大地揭示出古老的传统美德日益崩溃的命运。

《瓦普肖特丑闻》主要写瓦普肖特两个儿子的丑行：他们不务正业、到女人那里去寻欢作乐，以至于把父辈的美德丧失殆尽。作者通过瓦普肖

特邻居的自杀揭示出科学技术正在给人性造成毁灭性的灾难，表明了他对机械文明的批判。

1969 年的长篇小说《弹丸公园》充分表现出契弗作为讽刺小说家的思想和艺术。住在"弹丸公园"的人们衣食富足，享用的是现代文明，可是他们的心灵却无比空虚，他们诅咒电灯、诅咒书架、诅咒音乐，诅咒白白浪费物质财富的精神堕落的人们；郊区的人们也是心灵卑污，道德堕落，人格里竟然没剩下一点高尚的追求。

契弗并没有完全回避时代的动荡局面，他根据自己对一所监狱的了解，创作了社会批判性很强的一部长篇小说《法康纳监狱》（1978）。监狱内外的种种悲剧展现出的是动荡不堪又惨无人道的美国社会现实。主人公法拉格特无缘无故被投到监狱，受到各种非人的虐待，他是吸毒者、是同性恋、是囚犯，妻子儿子弃他而去，他成了生活在地狱之中的毫无生活希望的人。监狱掌权者残酷地迫害囚犯，从人身迫害到精神摧残，囚犯们被强迫执行"爱国"命令，唱"爱国"歌曲……监狱内外上演着各种矛盾斗争，外面失业的人们越来越多，还有来自原子弹战争的恐怖……最后，作家让法拉格特意外地逃出监狱。可是，"外面"又何尝不是一个更大的监狱？

契弗最成功的还是他的短篇小说，他的小说文笔流畅、描写细腻、诙谐幽默，又不乏嘲讽。这种文风，在他同时代的作家中，是很少有的。

综观契弗的创作，从乡村故事到批判性的长篇巨作，其幽默讽刺的风格贯穿了始终，他因此而获得了"美国契诃夫"的美称。

《无形人》：美国黑人文学杰作
wú xíng rén：měi guó hēi rén wén xué jié zuò

1936 年，对于拉尔夫·艾里森（1914 — 1994）和整个美国文坛来说，都是一个幸运的年份，因为在这一年里，一次偶然的会面，改写了后来的美国黑人文学史以及整个美国文学史。当时，正沉迷在音乐世界里的艾里森，来到纽约城原本是要学习雕塑的，但他却在哈莱姆的黑人区结识了著名的"抗议小说"作家赖特，这就注定了他日后不平凡的命运。

艾里森和赖特一碰面就有一种相见恨晚的感觉，立刻就成了好朋友。在交谈中，赖特发现艾里森具有较强的写作潜能，于是他竭力劝说艾里森改学创作。在赖特的鼓励和引导下，艾里森放弃了音乐和雕塑，踏上了文学创作的道路。十几年后，在 20 世纪 50 年代的美国文坛上出现了一颗璀璨的明星，他历久不衰，给当时相对沉寂的美国文坛增添了一抹生机和亮色，这颗明星就是当年学音乐出身的艾里森。

艾里森是当代美国著名的黑人作家。他仅以一部而且是他一生中唯一的一部长篇小说——《无形人》（又译《看不见的人》，1952），就征服了当时及后来的评论家和读者，为自己赢得了世界性的声誉，奠定了自己在美国文坛上的地位。

艾里森出生于美国俄克拉何马州的一个小商人家庭。三岁时父亲去世，母亲靠着为白人帮佣把他抚养长大。艾里森的母亲虽然自己没有文化，但她却非常喜爱文化，她经常把白人丢弃的一些旧唱片和旧杂志带回家给小艾里森，使他从小就对音乐和书籍产生了浓厚的兴趣。1933 年至 1936 年间，艾里森在阿拉巴马州的塔斯克基黑人学院，追随著名作曲家威廉·道森学习古典音乐作曲。他在音乐上的学识和造诣对他后来的文学创作大有裨益。1936 年，艾里森遇见了赖特，从此他的命运发生了戏剧性的变化，文学成了他终生的职业。

艾里森最初只写些随笔、评论和短篇小说。他早期的短篇小说反映了赖特对他的影响。其中以他发表于 1944 年的《纸牌游戏之王》和《飞向故国》最为有名。这两部作品都涉及了黑人在白人社会中的地位以及他们与自己的历史传统之间的复杂关系。另外，艾里森还发表过近二十篇专门评论音乐的文章，都收集在他的文集《影子与动作》（1964）中。

1945 年第二次世界大战结束后，从军队复员回来的艾里森，在罗森瓦德研究基金的资助下开始专心写作《无形人》。在此后的七年里，他起早贪黑、呕心沥血，作品终于在 1952 年付梓。

　　小说一出版就轰动了整个美国文坛，全国各地的评论家们都纷纷在黑人和白人期刊上撰文，"欢呼这一新作的出版"，将它看做"给人留下难以忘怀的印象的书"。小说被评为当年的美国最佳小说，并于第二年获得了全国图书奖。1965年，又被二百多名作家和评论家一致评选为第二次世界大战后出版的美国最优秀小说。

　　《无形人》的成功，除了因为作者独具匠心地运用了多种文体和艺术手法，以及反映了较为敏感的美国黑人和白人社会的关系问题外，更主要的在于作者戏剧性地在小说中深刻地表现了西方社会当代人的生存处境和自我异化。

　　小说的主人公是一个出身贫寒的美国南方黑人青年。他从小就是个规矩顺从的孩子，总是以谦恭和顺从对待白人，企图以此获得个人身份。在学校里，他发愤读书，刻意上进，并以出色的演讲被推荐到一所黑人大学读书。上大学以后，他读书用功，做人循规蹈矩，很得黑人院长布莱索的赏识。不幸的是，当他还有一年就将毕业时，却因触怒白人校方董事而被逐出校门。于是他只好怀揣着院长给他写的七封推荐信，背井离乡，来到纽约。

　　他先后送出了六封信，但没有收到任何回音。当他把最后一封信送出时，人家才告诉他，布莱索在信中将他贬得一文不值，并让人们不要雇用他。他是一个有知识、有体力并且讲求现实的人，但黑人身份和布莱索的信，却使他在纽约想找份体面的工作都四处碰壁，这使他逐渐体会到自己在人们眼中是"无形无体"的。

　　后来他加入了兄弟会，走上街头，以演讲作武器，号召黑人群众起来为自己的权利而斗争。但是他很快又发现兄弟会的领导们也只是把他当做一件工具，而不允许他有任何自己的想法。后来，在哈莱姆发生的一次骚乱中，为了逃避仇人的杀害和警察的追捕，他无意中掉进了一个储煤的地窖。在这个地下室里，他对自己二十多年来的经历进行了反思，最后认识到即使自己身为"无形人"，也应负起社会责任，于是他决定等待时机，重返地面，去寻回失去的"自我"。

　　赖特的《栖身地下室的人》，描写一个无辜的黑人青年，因被指控杀死了一名白人妇女而被迫藏身地下，最后还是难逃厄运，惨遭杀害。小说主要采用了现实主义的表现手法，以事实的描述，控诉了种族歧视的罪恶，体现了赖特一直从事的抗议小说的社会批判功能。

　　艾里森的《无形人》虽然也选择了一个黑人充当主人公，也描绘了黑人的悲惨遭遇和所遭受的歧视。但他不同于传统黑人作家的地方在于，他不是从社会学的角度对种族歧视提出抗议，而是着重用黑人的逆境来揭示当代社会中人的共同处境和命运，试图说明在物质文明高度发达、精神生活日益空虚的当今西方社会中，人格遭到凌辱，人性遭到践踏的严酷现实。

　　第二次世界大战以后，西方世界的人们，普遍对资产阶级的传统价值产生了根本怀疑。他们觉得这个世界变得越来越荒诞，越来越不可理解，人已然被"异化"并失去了"自我"。因此，描写人在荒诞、异己的环境里"失去自我"和"寻找自我"，也就成了当代西方文学中的重要主题。艾里森以他作家的敏感早早地嗅到了当时的这种气氛，并及时推出了反映这个主题的《无形人》。可以说，《无形人》是美国战后文学中，出现最早的一部描写主人公寻找自我、审视自我、求索自我存在价值和意义的小说。

　　艾里森曾一再声明，自己是个作家，而不是某个社会集团或种族的代言人。他说他首先是一个"人"，其次才是黑人。他不喜欢传统"抗议小说"激进、鲜明的政治色彩。他认为作家应该写出一种"表现关于人类处境的相对真理的小说"。这也难怪，艾里森从小生活在种族歧视比较和缓的环境里，不像赖特那样因自己的苦难经历而仇恨白人，所以种族问题在他的创作中也不占中心地位。

　　《无形人》有着鲜明的艺术特色。艾里森调动了一切可以利用的艺术手段来进行表现和描述：现实主义、象征主义、印象主义、表现主义、超现实主义等，用他自己的话说："凡是足以为写小说提供新思路的一切，我无一不用。"另外，他还广泛地采用了黑人文化的素材。他认为在他之

前的黑人小说，在技巧上都不高明，因为它们都忽略了对黑人文化的应用。艾里森在自己这部作品中，不但大量运用了黑人的民间传统、俚语、民歌，以及流行于黑人中的幽默故事等，而且还尝试着将黑人音乐运用到写作中来，在渲染作品的气氛上，收到了良好的效果。

虽然艾里森一再申明，他不仅仅是在为黑人写作，而是在为全人类写作，但他毕竟是个黑人作家，这是一个不争的事实。他记忆深处的黑人生活的独特经验和感受是永远无法抹掉的，这难免要渗透到他的作品中去。因此，他的作品中的主人公还是明显地体现了黑人特有的遭遇。当然，这并不妨碍作品的整体水平。

《无形人》出版后不久，艾里森就开始着手创作他的第二部长篇小说。1960 年开始，他曾在杂志上发表过一些该书的片段。然而一场大火却将余下的手稿全部焚毁，因此这本书迟迟未能面世。1994 年，艾里森在纽约逝世，这部小说也随着伟大作家的陨落而成了留给后人的一个永远的遗憾。

精神荒原上的探索者：索尔·贝娄
jīng shén huāng yuán shàng de tàn suǒ zhě：suǒ ěr·bèi lóu

索尔·贝娄（1915 — 2005）是美国第八位诺贝尔文学奖获得者，在美国的当代文坛上有着重要的代表性地位。

1915 年，贝娄出生于加拿大，他和辛格有着很相似的身世背景和艺术风格。贝娄的父母是犹太移民，他九岁时，随父母迁居美国芝加哥，在芝加哥大学和西北大学完成学业后，曾担任过编辑和记者，"二战"期间曾在海上服过军役，此后，一面从事文学创作，一面在大学任教。

贝娄善于描写高级知识分子，特别是犹太籍知识分子——作家和大学教师等一类人，写他们不断地进行个人反抗和精神探索，最终还是以妥协失败而告终。贝娄创作出版了多部长篇小说、两部中短篇集、五个剧本，还有论文集和游记出版，由于贝娄在文学创作上的出色表现，他被称赞为"二战后美国最出色的小说家"。

在 60 年代，贝娄以其杰作《赫索格》（1964）在当代美国文坛赢得了一席之地，其重要作品《雨王汉德森》（1959）、《赛姆勒先生的行星》（1969）、《洪堡的礼物》（1976）等进一步展示了贝娄的文学实绩，给当时文坛颓唐不振的风气带来了巨大的转机。贝娄等"二战"后作家所体现出的现实主义，绝不是传统的现实主义，他们经历过

索尔·贝娄

了现代主义风潮的洗礼，在后现代主义的阵营之中，又展现着强烈的个人特色。评论界称贝娄是一个伟大的现实主义者、自然主义的追随者、一位幻想家，是意第绪文化的最后一位小说家。1976 年，《洪堡的礼物》为贝娄赢得了美国的普利策文学奖，同年，瑞典科学院以他"对当代文化富于人性的理解和精妙的分析"授予他诺贝尔文学奖。

索尔·贝娄的小说创作在西方受到了人们广泛的关注，他对 20 世纪美国文学的贡献也许只有其前辈作家海明威和福克纳才可以与之相提并论。迄今为止，关于其作品的评论文章已千余篇，有关的专著也达三十部之多，除了在 1976 年获得的诺贝尔文学奖外，他还曾获得三次美国国家图书奖、普利策奖、国际文学奖、以色列犹太遗产奖和法国文学艺术十字勋章等。在我们这个世纪，能以所谓"无用的"文学的创作获取人们如此关注也真不是一件容易的事。

在西方文学史上，自狄德罗的《拉摩的侄儿》开始，传统文学中的英雄形象渐渐被非英雄的小人物所取代，在现代主义和后现代主义文学中，反英雄的苦难者和滑稽者成为主角。贝娄塑造的一大批犹太知识分子，都是反英雄的小人物形象，他们在困惑之中的精神探索，是作家本人精神探

索的再现。

贝娄早期的长篇小说《摇摆者》（又译《挂起来的人》）和《牺牲者》（又译《受害者》）都是成功地塑造了苦闷而颓唐的犹太知识分子形象。《摇摆者》被称作是"美国文学史上最早的一部荒诞小说"。主人公约瑟夫是个被社会、被家庭所抛弃的人，他和社会环境不相融合，于是决定逃往军队，逃往军队的过程和结果都十分荒谬，约瑟夫苦苦等待，一年后成功入伍，却发现自己与世隔绝，他在军营中无所事事，既空虚又机械的生活让他苦不堪言。主人公的日记真实地记录下他的苦涩经历和寂寞心情，展现了一个知识分子的迷茫、反抗、逃避而后妥协的心灵过程。

另一部小说《牺牲者》继承了前面的主题。一位犹太知识分子（记者）在生活上，感情上都穷困潦倒，他和他周围的环境一样的消沉暗淡，最终在复杂微妙的社会关系中受害。这些主人公的不幸，也是犹太人在美国社会中普遍苦难的一个缩影。

1953 年，贝娄发表又一部力作：《奥基·玛奇历险记》，他自认为在发表这一作品之后，才真正地找到了自己的创作道路。主人公奥基·玛奇是芝加哥的一名贫穷的犹太青年，他在严酷的社会环境中竭尽全力去捍卫自由，寻找"自我本质"。小说的开头，奥基便直截了当地宣称，芝加哥是个阴郁的城市，他喜欢自由自在地安排自己的生活。悲剧就在于，生活偏偏要剥夺个人，要湮没个人，奥基处在别人欲望、别人的权力的包围之中，他要抗拒，他要自己选择，于是，他便在闯荡社会的过程中体会命运的沉浮。贝娄给主人公奥基的生活和心理都涂上了悲剧的灰色，奥基从事过各种职业，接触过三教九流各色人等，有过多次的恋爱经历和各种各样的挫折，只要他发现有被别人控制，失去自我的危险，便毅然地躲开，另觅他径，甚至在他即将成为大富豪时，也没有动摇自己的信念，放弃了这样的好机会。但是奥基的努力似乎是徒劳的，他没有在社会压力下变成非我，也没有找到自我，他拒绝社会，也被社会所拒绝，成了什么都不是的人，他坚持自我的结果是不可治愈的精神苦闷。小说的结尾尤其具有讽刺的喜剧性：奥基曾经希望自己能把美和爱带到人间，结果连自己都无法拯救，他变成了一个非法倒卖战争剩余物资的掮客。

长篇小说《雨王汉德森》（1959）的主人公汉德森是贝娄小说中唯一的非犹太人主角，他生活富庶，一切如意，他自己却说出了他的苦闷：

> 生活的现实缠满我身，我很快便感到胸口有一股压力。混乱的激流开始朝我涌来——我的父母，我的妻子，我的情人，我的孩子，我的农场，我的牲口，我的习惯，我的钱钞，我的音乐课程，我的醉酒，我的偏见，我的野蛮，我的牙齿，我的脸庞，还有我的灵魂！我不得不大声叫道："不，不要，去吧，你们都给我滚开，别管我！"……

这段经典独白道出了汉德森的所有的苦闷，物质上的富足无法解除心灵的苦恼，财富、亲情、事业、连同他的个性和肉体都统统成了他的负担，他苦闷得把爱情搁置了起来，想养猪充实自己的生活，弄得一团糟后，荒唐地背井离乡，逃往异国。

汉德森逃到了非洲，他又获得了一系列荒唐的经历：他的君王朋友被狮子吃掉，他要报仇，他要为民除害，结果都成了泡影，他被人戴上了"雨王"的桂冠，却终归是徒有虚名。结尾处，汉德森回到了美国，回到了无比压抑的现实中，"我要"的心声渐渐沉默。一场徒劳的挣扎过后，汉德森认识到，他要去"爱"，生活准则应该变为"他要，她要，他们要……"

1964年，贝娄出版了长篇名著《赫索格》，小说里的主人公赫索格是一位推崇理性的，很有道义感的大学教授。年过四十的赫索格在没有任何思想准备的情况下，遭受了巨大的心理刺激：最要好的朋友和妻子私通，离婚后又失去了爱女，不能完成著作计划，他痛恨自己荒废了一生；不仅如此，赫索格体验着的还有更残酷的历史和社会的现实，贫穷、失业、犯罪，社会混乱，政府不可信，日益发达的工商业加速着人的异化……赫索格无法忍受这一切，竟然向古人和今人写信，诉说痛苦。最后，他在平静美丽的大自然里获得了安慰。《赫索格》向人们展现的是一部间接反映社

会历史的当代知识分子的心灵史。

继《赫索格》之后，贝娄又在《赛姆勒先生的星球》里塑造了一个推崇理性和道义的犹太知识分子——赛姆勒。他亲眼目睹了德国法西斯对犹太人的暴行，理性之梦破灭，他本人也在肉体和心灵上备受摧残，瞎了一只眼后，便使用独眼去透析社会：世风日下、社会腐朽、性泛滥……赛姆勒对地球上的一切都绝望，他幻想出一个办法解决现实危机：到宇宙空间去另辟一方生存土地。

贝娄在创作中，一直延续着知识分子精神探索的主题，他苦苦思索着人与社会、人与时代的关系，并以艺术的方式予以表达。小说《洪堡的礼物》（1976）在广阔的生活背景下，写出了两个当代美国知识分子的精神和感情。一位早已获取文学成就的诗人洪堡和他的一个学生，有不同的生活经历和殊途同归的命运。前者试图以柏拉图的美的观念挽救美国的实利主义倾向，结果被社会所弃，穷困潦倒；他的一个学生，青年作家西特林则放弃了正义和热情，在社会上左右逢源，上下巴结，虽然名利双收，最后却也遭到失败的打击。作家在两人穷途末路之时，安排了一个比较有希望的结局：洪堡的礼物作为一种高尚道德的象征，把西特林崩溃的精神挽救了出来。

贝娄在机械为王，知识分子困顿的尴尬境遇中，顽强地发出了抗议之声，他大胆地揭露美国社会的腐朽丑恶和精神饥荒，写出了人的可悲的命运。贝娄蜚声文坛也是由于其小说艺术的独特的探索和突破。贝娄在结构小说时，突破了时间空间的限制，运用意识流、幻想、夸张、讽刺等手法展开故事，在荒诞性的情节中蕴涵了深刻的思考。

贝娄是个思想的求索者，也是一位杰出的语言大师，其自然流畅的叙述语言使得小说主题虽深沉严肃却不刻板晦涩，读者在轻松的阅读过程中得到思想的启迪，也获得了审美的享受。

80年代，贝娄又创作了小说《院长的十二月》（1980）和《更多的人因悲伤而死》（1987）等，80年代末，贝娄发表了两部以女性为主角的中篇小说：《偷窃》（1989）和《比拉尔赛内线》（1989）。

2005 年 4 月 5 日，贝娄仙逝于马萨诸塞州布鲁克林的家中，享年 89 岁。

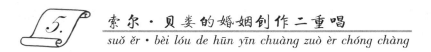

5. 索尔·贝娄的婚姻创作二重唱

suǒ ěr · bèi lóu de hūn yīn chuàng zuò èr chóng chàng

和他家喻户晓的人物摩西·赫索格一样，贝娄也可以说是一个离了女人就没法活却又不善于处理和女人的关系的人。他结婚五次，离婚四次，不知道是否创下了当代作家的纪录？他的婚姻也许最能够反映出他的乐观主义精神：屡战屡败，屡败屡战。他的婚变也和他的创作一样，都让人瞠目结舌：据美国《时代》周刊报道，1999 年 12 月 23 日，八十四岁高龄的贝娄喜得千金。他的第五任妻子珍妮丝·弗雷德曼于 1989 年嫁给贝娄，流产五次之后终于在四十岁时给他生了一个女儿内奥米·露丝。2000 年，新的长篇巨制《拉维尔斯坦》问世，让他第三部传记的作者 James Atlas 始料不及。对于这样一个人物，盖棺都未必能有定论。1999 年秋天，他在珍妮丝的陪伴下又回到自己的出生地拉西纳转了一圈儿，让珍妮丝见识了一下他八十年前生活的地方。他那出色的记忆力让家乡的父老们吃惊不小，当然，怀孕多月的珍妮丝让他们吃惊更大。一位老先生在图书馆里看到他们，不自觉地说出了声：他是怎么做的呢？贝娄不无得意地回答说："练练，练练，练练。"

贝娄的第一任妻子是他在芝加哥大学的同学安妮塔·戈士金。他们 1935 年夏天相识，1937 年结婚，当时贝娄正在西北大学攻读人类学专业，对未来的生活根本没有任何计划或准备。贝娄当时的情景和乔伊斯在《青年艺术家的肖像》创造的史蒂芬·迪德勒斯的情况颇为相似。两人结婚后住在安妮塔的娘家，他满脑子想着当作家，整天地读书、写作，但究竟写了些什么，他自己也不愿意记得了。无论是他的父亲，还是安妮塔的父母，他们对贝娄的所作所为都不太理解。老贝娄曾气急败坏地数落他说："你写，写完再擦掉，你管那个也叫职业？作家？'作家'是什么东西？"

但安妮塔喜欢他，而且还克服不少阻力得到了他。贝娄在学校也算得上是出类拔萃的人物，风流潇洒，追求的人不少，但他可不能说是个好丈夫，因为他太以自我为中心了。在传统意义上，他是一个放荡不羁的家伙，安妮塔却是一个比较传统的女性，她也是约瑟夫的妻子爱娃（《挂起来的人》）和赫索格的第一任妻子戴希的原形，端庄、随和，多少有点儿逆来顺受的味道，只不过戴希的形象带有贝娄的理想化成分，而真正的安妮塔却是一个脾气暴躁的人，她的舌头可要比戴希的锋利得多。结婚不到三年的时间，他们便不断地争吵。婚外偷情是贝娄的家常便饭，安妮塔不甘忍受如此的待遇，也偶有所为。当时还没有"女权主义"这个时髦的字眼，但安妮塔以其实际行动对流行的男女道德方面的双重标准提出了挑战。他们两个吵闹之后再和好，和好之后再吵闹，循环往复，成了他们婚姻生活的一种模式。所以贝娄在《及时行乐》中对威尔海姆的妻子马格丽特的刻画也反映出他本人对安妮塔的某些看法：唠叨不止，纠缠不休，总是不断地提醒他对家庭的责任与义务。虽然如此，他们的婚姻是贝娄五次婚姻中维持时间最长的一次，十五年，对他的影响也最大。这期间，贝娄创作了三部作品：《挂起来的人》、《受害者》和《奥吉·玛琪历险记》。安妮塔上班挣钱，对他的帮助不小。贝娄的性格中有追求完美的一面，一方面渴望拥有一个稳定、惬意的家庭生活，可另一方面他的极端自我中心主义又让他无法安分守己，平静地待在家里过日子。他私下里对朋友坦白地说过他有点儿害怕离婚，没有安妮塔，他无法活；但和安妮塔一起生活，他又感到沉重、压抑。也许艺术家命中注定一生不能只有一个女人？从赫索格对戴希的回忆和写给她的信中，我们可以看出他对戴希和这段婚姻还是怀留恋之情的，特别是在他与第二任妻子离婚之后。在 1955 年的除夕晚会上，贝娄也曾神色抑郁地对朋友说："今晚是我和安妮塔结婚十八周年纪念日。"当时，他正准备着和第二任妻子桑德拉·查可巴索夫结婚。安妮塔离婚之后带着儿子移居加利福尼亚，后来再婚，平静地过了一生，1985 年死于中风。从露丝·米勒在贝娄传记中的记载来看，他们离婚后，安妮塔对贝娄似乎并不嫉恨，1961 年贝娄同他的第三任太太苏珊·格拉斯曼结婚之际，她还曾特别写信给贝娄表示祝贺，希望他这次婚姻能够成功，而贝娄在获悉安妮塔死讯，回想他们离异情景时，也是充满了悲伤，虽然他们在离异初期在钱和儿子抚养费等问题上有过很长一段激烈的冲突。

桑德拉·查可巴索夫是赫索格的第二任妻子迈德琳的原型，聪明、漂亮、年轻。在贝娄刻画的所有女性人物中，她可以说算得上是最坏的一个，骄傲、阴险、刻薄、野心勃勃、对丈夫不忠。《赫索格》出版后获得了极大的成功，桑德拉为此也吃了不少苦头。在 1968 年写给贝娄的信中，她还愤愤不平地说：这一回我们扯平了。你从这次离婚中得到了这样的好处，我可是因为《赫索格》遭受了多年的困窘和苦痛。当然，贝娄对迈德琳的刻画只能视为他自己的一面之词，反映他个人对桑德拉的看法和态度而已，并不能说明桑德拉是否真是那么邪恶。贝娄在他的作品中对自己的刻画多有理想的成分，而他生活中的女人在他的书中只是扮演次要的角色，根据他的需要进行了裁剪。

从照片上看，桑德拉的确是一个典型的俄罗斯大美人，白皙的皮肤，高耸的鼻梁，晶莹剔透的蓝色大眼睛和一双性感的嘴唇，在朋友中间，人们叫她白雪公主或俄国公主。但她并非单纯漂亮而已，她还具有很高的文学艺术修养，舞跳得出色，也写过诗。有一次，她崴伤了脚，躺在床上听贝娄给她朗读《奥吉·玛琪历险记》，她马上就意识到那本小说的清新与勃勃生气，认定它会在文坛造成轰动，后来的事实也证明了她的判断确切无误。贝娄是个自以为是的人，嫉妒心很重，又有些像孩子一样要求别人以他的喜好为中心，给他以无微不至的照顾，理解他的需求，做他的妻子一定是很累的，还必须要做出个人的牺牲，这种要求对桑德拉那样一个出类拔萃、富于才智又备受众人瞩目的年轻女人来说或许是太高了，难于承受，所以他们的婚姻只维持了四年。责任当然都推在桑德拉一边，是她抛弃了他（这次离婚确实是桑德拉提出的），这是贝娄的一贯说法：她不爱我，从来都没爱过我，也永远不会爱我。桑德拉与贝娄的一位朋友私通确有其事，但这不是他们之间最主要的问题，因为直到他们决定离婚的时候，贝娄对桑德拉与朋友的事情还一无所知，更何况这不是贝娄的第一次

婚变，也不是最后一次，而他自己从来就不是一位忠贞不贰的丈夫，一生风流韵事不断，但他看问题、解释问题总是朝着对自己有利的方向努力。不管怎么样，这次婚变对贝娄的打击不小，他被桑德拉赶出了家门。离婚后他便出国旅行了，另一位大作家马丽·麦卡锡陪着他。在别人眼里，他可能很可怜，孤独、愤怒，人到中年，被老婆一脚踢出了家门。可贝娄毕竟是贝娄，他四十五岁时的生活与二十年前并无多大差别，漂浮放浪，居无定所，也没有固定的工作羁绊，他还在等待着生活重新开始。而实际情况也确实如此，60 年代正是他的事业稳步走向辉煌、取得巨大成功的时候。据他的朋友讲，50 年代后期和 60 年代早期是贝娄最快活的日子，在离婚和再婚这一段时间里，他是最快活的。为他获取名利的《赫索格》1964 年出版，整整一年时间都排在畅销书之列，而且他身边从来就没有缺少过女人，只是他在婚姻问题上总是出差儿。是他对女人的判断能力太弱吗？还是他过于见异思迁了？抑或兼而有之？他对自己的婚姻也感到迷惑不解。他不时地对婚姻制度本身大放厥词，把它说得一无是处，但他向女人求婚却很随意，从不迟疑，这究竟是怎么回事？所谓大人者，不失其赤子之心，也许婚姻的多变正是贝娄赤子之心不失之所在。

6. "美国梦"破灭的悲剧
měi guó mèng pò miè de bēi jù

半个世纪以前，三十三岁的美国作家阿瑟·米勒创作了一部话剧：《推销员之死》，这部戏情节明了，风格独特，情感真挚，它再现了美国的商业制度怎样无情地摧残人的生命，"美国梦"怎样使得普通人背负更重的生存压力，使得温馨的家庭之爱变得悲惨凄凉。该剧于 1949 年在百老汇上演，引起了轰动，此后数十年，它仍然在美国及世界各地拥有众多观众。

米勒在自己亲手建造的小木屋里创作了这部《推销员之死》，他思路顺畅，下笔如有神助，仅用一天就完成了整个第一幕的写作。导演伊莱亚

·卡赞读过剧本后，惊讶地说道："我的天，太悲惨了。"他还说米勒没有写作，而是把存储于心的剧情释放了出来，在米勒看来，主人公威利本应该死去，人们的生活确实是这样的悲惨。

阿瑟·米勒

《推销员之死》在费城首场试演结束时，帷幕降下，四周鸦雀无声，几位男观众在抽泣，米勒回忆当年情景说，那情形像一次葬礼，导演、作家、演员们在幕后，对寂静的会场感到迷惑，他们担心这部戏剧彻底失败了，后来，观众们从悲惨的剧情中醒悟过来，意识到应该鼓掌，随后，剧场里响起了雷鸣般的掌声。两周以后，《推销员之死》又在纽约上演，受到好评，随后又获得了最佳百老汇戏剧托尼奖和普利策奖。

该剧主人公是一个六十多岁的推销员威利·洛曼，他居住在纽约市的布鲁克林区，在美国远东北部以巡回推销为生。威利在年轻时曾经被一个叫辛格曼的推销员的辉煌业绩所诱惑，他认为推销这一行当很好，坚信他可以靠自己的能力和不懈的努力获得成功。已经在瓦格纳公司里干了三十四年的威利，向来克己奉公，任劳任怨，他为了公司不辞劳苦地四处奔波。威利为公司立下了汗马功劳，也赢得了老瓦格纳的赏识，他曾经许诺说只要威利能干得动，他就永远是公司里的一员。可是小瓦格纳接替父亲后，一切都变了样，威利年老力衰，销售业绩大不如从前，小瓦格纳十分不满。在剧情的开始，威利告诉妻子，他无法集中注意力，自己不能开车了，事实上，由于年纪大了，他的思维能力、反应能力都在减退，可怜的威利为公司操劳了大半辈子，到如今落得个穷困潦倒，家庭失去了生活保障，自己也受到精神上的打击。米勒满怀同情地洞察了威利的内心世界，

不动声色地将他的希望和痛楚呈现在戏剧舞台之上，我们从威利身上看到了遍布于美国各个角落的世态炎凉的悲剧。

商业竞争的危机给威利一家的每个人都施加了压力，冷酷的现实击碎了他们心中残留的希望，威利深深地爱着他的家人，妻子和儿子的幸福是他最大的愿望。当年他曾与一女子有染，这使他对爱妻一直怀着内疚之情。威利对他的两个儿子既爱又恨，他们虽已过而立之年，却都一事无成，甚至显得不成熟、不明事理：大儿子比弗不喜欢普通工作，他想入非非，做着发财的梦，比当年的父亲还要狂热；小儿子哈皮爱慕虚荣，沉迷于女色，威利一边为自己前途的暗淡而伤感，一边为儿子们的无所事事而深感失望与内疚。

威利父子经常因事业不顺、心情不好而吵架，而后又重新找回希望。有一天，威利开车去波士顿谈生意，他一无所获，扫兴而归，一回家便和儿子吵了起来。妻子琳达劝说儿子们要尊重父亲，不要让他伤心，琳达还告诉他们说他们的老爸威利曾经有自杀的想法，两个儿子很受震惊，决心

米勒前往观看其剧作的首场演出

干一番事业，重新做人。在哈皮的建议下，哥哥比弗决定去找老同学借一笔钱做一次推销的买卖，威利听到儿子们的好计划，十分欣慰，那天晚上，全家人都一改颓唐，对未来充满了希望。

第二天，两个儿子早早出门了，威利夫妻俩一边喝着咖啡，一边谈心，威利满心欢喜，以为儿子们一定能发展起来，以后家里的情况也一定能好转起来……他想着家里又没钱花了，要交保险费了，分期付的房费和电冰箱的钱也该交了，他要和老板谈工作的事，争取调到市内工作并在公司预支一些工资，儿子晚上要请他去饭店吃饭，……威利心情舒畅地走出了家门，却没料到他要遭到更大的打击。

威利见到了老板小瓦格纳，他提起了他曾许诺的事，请他给自己安排一个工作，只要每周有六十五美元工资即可，可是不讲良心的小瓦格纳一口否决了。威利激动地陈述他给公司立下的汗马功劳，并且把工资一降再降，然而小瓦格纳并不为常情所动。威利发了火，指责他是见利忘义，丧失人性，小瓦格纳被激怒，毫不留情地解雇了威利，威利顿时气焰全无，哀求老板留下自己，但最终还是被辞退了。

威利失去了工作，断了财源，他神情恍惚，幻觉之中又见到了哥哥，想起了从前的事，威利可怜巴巴地跑到朋友查利那里，借来一笔钱以填补家用，他含着眼泪感叹说自己只剩下查利这一个朋友了。

此后戏剧的冲突渐趋高潮，其场面越来越令人心酸。晚上六点，威利和儿子们在饭店相聚，比弗的伟大计划泡了汤（他发了财的同学根本没有见他），威利极度失望，埋怨比弗无能，愤怒之中还打了他一拳，随后又在沮丧之中回忆起当年的事：自己和情妇幽会，被比弗撞个正着，年少的他精神上受了刺激，从此不能振作……威利还沉浸在回忆中，两个儿子却带着女朋友离开了他。

万念俱灰的威利又回想起了哥哥，他思前想后决定要自杀，换回两万元人寿保险作为给妻儿的遗产，他感叹自己劳碌一生，到头来活着还不如死去值钱。

儿子们回到家时，爆发了一场激烈的舌战，琳达痛责儿子将老父丢在

饭店不管是大逆不道，叫他们快快滚出家门，比弗对父亲直截了当地讲出了多年来的真心话，说到动情处不禁失声痛哭。威利见此情景，感慨万端，自杀的念头又涌上了心头，他奔出房门，驾车而去，最后撞车而死。

《推销员之死》是米勒谱写的一曲"美国梦"破灭的悲歌。主人公威利梦想着成功，梦想着自己一家人能过上标准的美国生活，结果他却在竞争激烈而又冷酷无情的商业社会里一败涂地，最后他和他的"美国梦"都断送在了车轮下，落得个可悲的下场。威利这个形象几乎是美国式的自夸、自负、自欺的象征，他唤起人们的同情，也提醒人们去重新思考经济、家庭、价值观和风靡一时的"美国梦"。

从另一个角度看，《推销员之死》也讲述了一个普通家庭里爱的故事，威利梦想着让妻子儿子幸福，可是作为一个小推销员，他无法做到，事业上的挫败感又引发了他对家庭的负罪感，爱与恨交织在一起，他在经济和感情上都陷入了困境。两个儿子虽然爱父亲，却也辜负了父亲的希望，给父亲增添了负担。这是父子之间深沉的爱，也是无奈的爱，最后威利终于在绝望之中选择了死亡。

在《推销员之死》上演后的五十多年里，它一直在美国人心目中占据重要地位，这部戏剧后来还被改编成为经典电影，英国观众把《推销员之死》称为本世纪最伟大的三部戏剧之一（另外两部是塞缪尔·贝克特的《等待戈多》和田纳西·威廉斯的《欲望号街车》），作者米勒在英国专家那里被评为当代最伟大的戏剧家。

米勒曾于 1978 年来中国访问，回国后出版了摄影集《中国见闻》（1979），在北京人民艺术剧院排演话剧《推销员之死》时，他亲自来北京担任导演。1983 年 5 月，《推销员之死》在北京首次上演，结束时，剧场里发生了与其首次试演相类似的情形：四周寂静无声，观众无反应，女演员以为戏演砸了，伤心得落泪，过了片刻，剧场里掌声雷动，持续了两分钟之久……

《推销员之死》是 1949 年以来第一部在中国大陆演出的美国戏剧，它获得了巨大的成功，后来成为北京人民艺术剧院的一个保留剧目。

7. 古怪的塞林格和《麦田里的守望者》

gǔ guài de sāi lín gé hé mài tián lǐ de shǒu wàng zhě

在 20 世纪 50 年代的美国大中学校园里，曾出现过这样一种奇特的景观：无论是在鸟语花香的春季，还是在大雪纷飞的冬季，都会有一群身穿晴雨两用的长披风，倒戴红色鸭舌帽的青少年，到处游荡。他们一脸的满不在乎，行为乖张，张口"混账"，闭口"他妈的"，俨然一副没有家教的街头小混混做派。

塞林格

如果你没看过美国小说家杰罗姆·大卫·塞林格的著名小说《麦田里的守望者》（1951），不知道霍尔顿这个人物，你肯定会对这种现象感到奇怪和不解。《麦田里的守望者》是塞林格少数几部作品中唯一的一部长篇，虽然只有十几万字，但它却曾对美国社会和文学界产生过惊人的影响。1951 年，这部小说一发表就轰动美国文坛。因为它表达了广大青少年的心声，反映了他们的理想、苦闷和愿望，因此颇受广大青少年，特别是大中学生的喜爱。为了表示自己和霍尔顿一样具有反叛精神，许多大中学生纷纷模仿主人公霍尔顿的装束打扮，讲"霍尔顿式"语言，并且迅速形成一股潮流。于是，便出现了上述美国校园内的罕见奇观。

小说的主人公霍尔顿是个中学生，出身于富裕的中产阶级家庭。他虽然只有十六岁，但却比常人高出一头，整日穿着风雨衣，倒戴着鸭舌帽，四处游荡。他厌烦学校的一切，不喜欢读书。在他第四次被学校开除后，便在圣诞节前的一天夜里离开了学校，但是他也不敢回家。于是只好只身在美国最豪华的大都市纽约城游荡了一天两夜。本书就是主人公以自述的语气，讲述了他在这近两昼夜中的经历、思想和感受。

他住小旅馆，逛夜总会，泡电影院，想嫖妓又下不了手。他看不惯周围人的虚伪与欺骗，厌恶现实社会的世道人情，甚至梦想逃离这个丑恶的社会，到穷乡僻壤去做一个又聋又哑的人，但事实上他对资本主义的花花世界又十分地留恋，小小年纪就已经学会了抽烟、酗酒、搞女人和大把花钱。

作品中的霍尔顿是一个性格复杂而又矛盾的少年。他有一颗纯洁善良、追求美好生活和崇高理想的童心。他对那些热衷于谈女人和酒的人十分反感，看到墙上的下流字眼便愤愤擦去，遇到修女为受难者募捐也慷慨解囊。他对妹妹真心爱护，百般照顾。为了保护孩子，不让他们掉下悬崖，他还渴望终生做一个"麦田里的守望者"，发出"救救孩子"般的呼声。

然而，他却是一个消极的反抗者。他看不惯现实社会中的那种世态人情，渴望朴实和真诚，但他身边却充斥着虚伪和欺骗，而他又无力改变这种现状，只好苦闷、彷徨，用种种不切实际的幻想来自欺欺人，到头来还是与环境妥协。例如，他这辈子最痛恨电影，但当他百无聊赖时，又不得不去电影院消磨时间；他厌恶没有爱情的性关系，但却又在寂寞中叫来了妓女；他不爱虚荣庸俗的女友萨丽，却又迷恋她的美色，身不由己地与她拥抱胡搞。霍尔顿实际上可以看做是后来的"垮掉分子"们的先驱人物。

另外，这部作品的价值还在于，它不但生动细致地描绘了一个不安现状的中产阶级子弟的苦闷、彷徨和孤独愤世的精神世界，而且也批判了成人社会的虚伪和做作。

作品发表后，引起了广泛的争议。青少年们热烈欢迎它，因为它道出了他们的心声，反映了他们的精神世界，没读过它的少年人则迫切地想要读到它；许多父母也纷纷以此书作为了解孩子内心世界的渠道和途径。一部分人认为，它能使青少年增加对生活的认识，对丑恶的现实提高警惕，促使他们去选择一条自爱的道路。也有一部分人认为这是一本坏书，主人公读书不用功，还抽烟、酗酒、搞女人、满口粗话，简直就是道德败坏，将会给青少年带来无法估量的坏影响，必须禁止。对待这本书的两种截然相反的态度，又引出了另一种怪现象，就是少数学校和图书馆将此书列为禁书；而大多数中学和高校，则把它列入课外必读书目。

然而，不管怎样，这本书最终经受住了时间的考验，三十多年来它的影响历久不衰，这有力地证明了，它不愧为美国当代文学中的"现代经典小说"之一。正如有的评论家说的那样，它"几乎大大地影响了好几代美国青年"。

新罕布什尔州乡下

塞林格的怪作《麦田里的守望者》，在20世纪50年代的美国导引了一股怪潮，而他本人，也是一个颇令美国文学界大感头疼的怪人。

塞林格1919年出生于纽约的一个富裕家庭。父亲是做干酪与火腿生意的犹太商人，母亲是爱尔兰人。塞林格十五岁时被送到宾夕法尼亚州的一所军事学校住读，据说《麦田里的守望者》中的寄宿学校，就是以这所学校为背景进行描写的。1936年，塞林格从这所学校毕业，第二年他遵父命去维也纳和波兰学做火腿，只待了两个月，就又回到了美国。随后，他又先后进了三所学院，都未能毕业。他1942年到军队里服役，第二次世界大战期间，曾在欧洲做过两年反间谍工作，1946年复员回国，专门从事写作。

　　回国以后的很长一段时间，塞林格经常出入夜总会和歌舞场，跟一些女人厮混，据他自己说那是在"体验生活，收集语汇"。他同时还研究东方的佛教禅宗。据他的第二个妻子克莱说，塞林格当时"跟他母亲、他妹妹、十五个和尚以及一个说话怪癖的瑜伽教徒住在一起"。

　　塞林格成名以后，更加离群索居，成了名副其实的遁世作家。《麦田里的守望者》发表后不久，他就到新罕布什尔州的乡下隐居了起来。他在临河的小山附近买了一块九十多英亩的土地，为了避免与外界接触，只在山顶盖了一间小屋，四周种了许多树木，并且还在外层拦上了六英尺半高的铁丝网，网上装有警报器。塞林格平时就躲在家里，深居简出，如果有人造访，都要先递上信件或便条，而且他从来不接见生客。塞林格也很少在公共场所露面，只偶尔乘吉普车到镇上去买些书籍杂物，但如果在这时有人认出了他，并且想要跟他交谈，那他就会撒开腿没命地逃跑，就像后面有成千上万的野兽在追赶着他一样。

　　为了获得尽可能多的清净，不被人打扰，塞林格还特地在他的小屋里，为自己造了一个只有一扇天窗的水泥斗室作书房。他每天早晨八点半就带了饭盒去写作，到下午五点半才出来，家里任何人都不得进屋。如有事找他，只能打电话联系。

　　塞林格这样努力地写作，人们猜想他一定创作出了数量可观的文学作品，但也有人认为他的隐居只是他"江郎才尽"的一种自知之明的藏拙方法，因为他一直拒绝发表他的作品。除了《麦田里的守望者》外，他还著有中篇小说集《弗兰妮与祖伊》（1961）、《木匠们，把屋梁升高》、《西摩：一个介绍》（1963）和短篇集《九故事》（1953），数量极为有限。至于1999年问世的长篇小说《哈普沃兹16，1924》，其实最早也是以短篇的形式发表在1965年的《纽约时报》上的。

　　关于塞林格的生平、生活和写作近况，不仅他本人讳莫如深，就是与他比较接近的亲友也都守口如瓶，从不吐露关于他的只言片语。因此，美国的文学界、出版界、媒体和许多"塞林格迷"们，都千方百计地打探他的"秘密"。直到 2000 年，塞林格与第二任妻子的女儿玛格丽特·塞林格出版了《梦的守望者：一本回忆录》，人们才多多少少了解了一些塞林格不为人知的秘密，如经常喝自己的尿，很少和妻子做爱等。

而更多时候，因为无法和塞林格本人接近，人们只好钻进他的作品，从他的小说中去琢磨和猜测他的思想和意图。这样一来，不但他已经发表的几部作品被人们研究透了，而且他的新作，无论是一部中篇还是一部短篇小说，一经发表或出版，都会立刻引起轰动，成为畅销书。

一个比较有趣的例子就是，塞林格的中篇小说《弗兰尼》和《卓玛》，虽然已在《纽约人》杂志上都发表过了，但是当利特尔·布朗出版公司在 1961 年要把它们收编成册出单行本时，却在美国文学界引起了一场不小的轰动。书尚未出版，就有人到处打听它的出版日期，而到了售书的当天，早早就有人在书店门口排队，售书刚刚开始，人们就一哄而上，一下就把它抢购一空。

塞林格的这些古怪行为，也引起了一些读者和评论家的不满。美国著名的评论家哈维·史威多斯曾嘲讽说："塞林格的声誉有一部分是基于他故弄玄虚，不让人接近。"还有一部分人认为，塞林格的退隐正是由于他自知"江郎才尽"。这些说法其实也不无道理，因为虽然塞林格几十年如一日地坚持在他的斗室中辛勤写作，但迄今为止，他拿出来发表的却实在很有限。

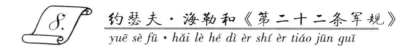

8. 约瑟夫·海勒和《第二十二条军规》
yuē sè fū · hǎi lè hé dì èr shí èr tiáo jūn guī

20 世纪 60 年代"黑色幽默"小说曾在西方风靡一时，在第二次世界大战以后的西方文坛上占有重要的地位。它因为以间接的方式反映了美国当时的社会现实，所以也被后人称为"美国的历史记录"。它首先产生于

60年代的美国，当时第二次世界大战刚刚结束，人们对"二战"仍然心有余悸，日本广岛上空升起的蘑菇云仍然弥漫在美国人民的心中，久久挥之不去；接踵而来的麦卡锡主义的恐怖政策和种族歧视的浪潮，更搞得人心惶惶；越南战争的发动把美国人民的反战情绪推向了高峰。人们对世界感到绝望，精神世界空虚，人与人之间的关系也变得淡漠，在这样的背景和土壤上就结出了"黑色幽默"小说这样的果实。

海勒

"黑色幽默"小说家们，充分运用他们的想象，竭尽夸张、变形、扭曲之能事，用一种类似哈哈镜的笔法，描绘出一种光怪陆离、荒诞疯狂的世界，并借此来讽刺当时社会"井井有条的混乱"和"制度化了的疯狂"。约瑟夫·海勒的《第二十二条军规》（1961）就是这个派别的开山之作。

约瑟夫·海勒（1923 — 2000）是美国"黑色幽默"派的重要代表作家之一。他出生于纽约市布鲁克林柯尼岛的一个犹太移民家庭。由于家庭经济拮据，中学毕业后，当了邮差。1941年珍珠岛事件后，十九岁的海勒应征入伍，服役于美国空军第十二飞行大队，在地中海上的美国空军基地科西嘉岛当轰炸手，共执行过六十多次轰炸任务，战后退役时军衔已到中尉。这段军旅生涯，使他对美国军事官僚机关的黑暗和不人道深有体验，为他写作《第二十二条军规》积累了丰富而生动的素材。"二战"结束后，他又先后进入纽约大学、哥伦比亚大学和英国的牛津大学学习，还从事过教学研究工作。1952年他涉足报界，在《时代》、《展望》等杂志工作，业余时间从事文学创作。

海勒的创作和他本人的生活经历有着紧密的联系。由于他的犹太血统和移民背景，他的生活充满了痛苦，所以他很欣赏陀思妥耶夫斯基和卡夫卡等专门抒写人生痛苦的文学家，后来还受到过诺曼·梅勒和詹姆斯·琼斯的自然主义的影响。海勒最终接受存在主义，并运用"黑色幽默"创作手法进行写作，也是与他的经历分不开的。

　　海勒五岁的时候，父亲去世，举办丧事的人看他可怜，给了他一些平时很难吃到的美味糖果点心，海勒非常高兴，从此以后，他就把死亡看做是一件类似于赴喜庆宴席的高兴事。海勒的这种变态心理恰好对应了"黑色幽默"文学的特点，所以他特别擅长于"黑色幽默"的表现手法。海勒运用他的生花妙笔描写了世界的荒诞和不可理喻，让人们在开怀大笑之后，忍不住还要回过头来，"以恐惧的心理回顾他们所笑过的一切"。

　　1961 年，海勒发表了他的处女作《第二十二条军规》，奠定了他在西方当代文坛上的地位。经过十三年努力，1974 年，他又推出第二部长篇力作《出了毛病》，并再次为人们所瞩目。小说通过某大公司高级职员斯洛克姆的视角，反映了美国社会，特别是中产阶段的精神危机，"出了毛病"就

《第二十二条军规》剧照

是对这种危机的高度概括。海勒的第三部长篇小说《像高尔德一样好》（1979）通过一位美国犹太裔大学教授畸形的精神世界的展示，深刻地揭示了美国官僚政治的腐败，是"二战"后美国用"黑色幽默"风格写成的最优秀的政治讽刺小说之一。

　　《第二十二条军规》是海勒花了六年时间写成的。它最初题名为《第十八条军规》，1961年出版时编辑为了不使它与另一本书重名，把它改名为《第二十二条军规》。此书刚出版时在美国并没有造成多大的影响，但却在英国引起轰动，信息反馈回来，才在美国畅销起来，并被评为西方"60年代最好的一部小说"。欧美各大高校纷纷把它列为文科学生必读书目，有些学校甚至把它看做是与古希腊经典史诗《伊利亚特》相媲美的当代西方史诗。小说以主人公尤索林的经历为主线，塑造了四十多个栩栩如生、不同性格的人，描写了"二战"期间，奉命驻扎在地中海的皮亚诺扎岛上的一支美国空军大队的生活。

　　主人公尤索林是这个大队所属一个中队的上尉轰炸手。他最初怀着满腔的爱国热情应征入伍，到头来却发现整个战争不过是场骗局，它只是一部分人升官发财的工具。他愤慨地说："只消看一看，我就看见人们拼命地捞钱。我看不见天堂，看不见圣者，也看不见天使。我只看见人们利用每一种正直的冲动，利用每一出人类的悲剧拼命地捞钱。"他不想在这场无谓的战争中死去，于是，他由一个英勇作战的战士，变成了一个不可救药的厌战者和怕死鬼，并千方百计地想逃离战争。

　　他整天背着枪倒退着走路，以防止有人从背后袭击他。执行轰炸任务时，他唯一的使命就是活着再回到地面上，而从不管命中目标与否。他还谎称肝疼住进医院，并打定主意要在那里度过战争的余下岁月。他还试图装疯，希望能被送回国内，因为第二十二条军规规定只有疯子才能获准免于飞行。但军规又规定必须由本人提出免飞申请，而能够意识到飞行有危险并提出申请的，则又属头脑清醒者，应继续执行飞行任务。尤索林只好把希望寄托在飞满二十五次上，因为军规规定凡飞满上级规定飞行次数者，可以回国。但尤索林飞行了四十次以后，仍未获准回国，因为军规还规定，飞行员中止飞行前必须执行长官的命令，而卡思卡特上校总是把飞行任务不断提高，让他永远也不能飞满规定的次数。尤索林终于悟出第二十二条军规只是个绝妙透顶的圈套，自己根本就摆脱不了它。所以当他飞完七十次以后，他就拒绝再飞行了。

专管队列操练的谢斯科普夫少尉是个野心勃勃的家伙，他一心渴望在战争中升迁获利。为了能使他所操练的中队在阅兵式中“脱颖而出”，获得第一名，他绞尽脑汁想发明一种不用摆动双臂的行走法，试图把一列十二名士兵钉在一根木条上，并在每个人的腰部插入镍合金做的旋转轴承，后来因为时间不允许和材料缺乏而放弃。然而这样一个白痴似的野心家，最后却步步高升，青云直上，爬上了将军的宝座。

食堂管理员迈洛是个狡猾卑鄙、唯利是图的恶棍。他以伙食采购为名，拿队里的物资办了一个联营公司，并将队里的每一个人都纳为股东，后来甚至还吸收了德国人加入。他可以向大队食堂提供最便宜、最奇缺的食物，还可以调用战斗机运输物资，并且可以在世界任何地方的上空自由飞行。最后他还荒唐到承包战斗工程。跟美军签订合同，轰炸德国桥梁；同时又跟德军签约，用高射炮去打美军飞机，保卫德国的桥梁。迈洛把这看做是一种商业活动，并恪守商业道德。他本人也因为他的所作所为而名声大噪，得到了不少头衔，甚至成为欧洲许多地区的市长，所到之处受到列队欢迎。

卡思卡特上校是这支飞行大队的司令官，他一心想当将军，冷酷无情。为了表现他独特的领导才能，邀宠上级，他不顾下级死活，总是抢最危险的任务，并且不断增加飞行的任务，二十五次，四十次，五十次，……甚至六千次。希望用飞行员的鲜血来铺平自己升迁的道路，弄得人人怨声载道。

《第二十二条军规》是一部当代的寓言，它在揭露美国军事官僚机器的黑暗和政治、军事政策的伪善本质的同时，还向人们展示了现代西方社会的荒谬和不合理。作者在书的扉页上说：“这里面只有一个圈套……就是第二十二条军规。”“第二十二军规”只是一个圈套，有权者可以根据自己的嗜好和利益任意删改。它更是我们所生活于其中的这个毫无理性的世界的高度象征，实际中它并不存在，但在人们的头脑中，它又无处不在，它是凌驾于一切之上的神秘力量，操纵着芸芸众生的命运。

《第二十二条军规》在艺术上充分体现了“黑色幽默”小说的特点。作者在描写人物时，极尽夸张、渲染、扭曲、变形之能事，仿佛拿着一个

哈哈镜，勾勒出诸多性情古怪的漫画式人物。作者还擅长站在一定的"审美距离"之外，以一种漠然的、举重若轻的局外人的态度，从苦难中发掘幽默和滑稽，以一种审美的态度来玩味痛苦。另外，作者还采用了一种逻辑悖论的方法来反映它，在一个错误的前提下，进行正确推理，最后得出荒谬绝伦的结论，借以讽刺这个倒错的世界。

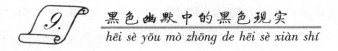

9. 黑色幽默中的黑色现实
hēi sè yōu mò zhōng de hēi sè xiàn shí

库特·冯尼格特（1922 — 2007）是"黑色幽默"派的代表性作家之一，他在这一派别中的声誉，与《第二十二条军规》的作者约瑟夫·海勒并驾齐驱。他在最初登上文坛时被文学界视为一般的科幻作家而受到冷落，直到 1969 年他的《第五号屠场》发表，才摘掉了令人厌烦的科幻作家的帽子。

冯尼格特是一个彻底的悲观主义者，他曾给自己画过一幅漫画：鼻子冒着黑烟，两眼流着泪水，一脸阴沉幽默的表情。这幅漫画式的自画像说明了冯尼格特身上并存着的两种气质：彻底的悲观主义和黑色幽默的嬉笑怒骂。

冯尼格特出生于美国印第安纳州的波利斯。父亲和祖父都是艺术修养很深的建筑师，因此他从小就受到艺术的熏陶。20 世纪 20 年代经济危机时，他父亲因其建筑事务所倒闭，决定不让冯尼格特学建筑继承祖业，而让他进入康奈尔大学攻读生物化学，冯尼格特不得不放弃自己所喜爱的文学。但是冯尼格特在自然科学方面所受的教育却为他后来的文学创作提供了知识和基础。

第二次世界大战期间，冯尼格特辍学入伍当了炮兵，后来被保送到田纳西大学读工程学，结业后在步兵营当侦察兵。1944 年，他刚上前线就被德军俘虏，押解到德国腹地德累斯顿服苦役。后来美英政府为了迫使德军投降，出动了大批的飞机对德累斯顿城进行轰炸，在十四小时之内就把这座文化古城夷为平地，冯尼格特因为躲藏在一个屠宰场的冷藏室内而幸免于难。

第二次世界大战结束后，他又进入芝加哥大学专攻人类学，同时在新闻局当记者，专门采访刑事案件。毕业后到通用电气公司做"广告作家"，在这个工作的启发下，冯尼格特开始了科学幻想小说创作的尝试。1950年他辞去广告作家的工作，开始了专业作家的生涯。

冯尼格特的创作成就主要在长篇小说上。50年代他发表了两篇小说《自动钢琴》（1952）和《泰坦族的海妖》（1959），主要把科学幻想和现实问题巧妙地糅合在一起，因而被看做是一般的科幻小说作家。进入60年代以后，冯尼格特在创作方法上另辟蹊径，形成了一种隐含对抗意识的喜剧风格，这表现在他1961年出版的作品《夜妈妈》，以及后来出版的《猫的摇篮》（1963）、《上帝保佑你，罗斯瓦特先生》（1965）和《第五号屠场》（1969年发表，1972年拍成电影）等作品中，尤其是后三部作品，极受西方评论界的推崇，被认为是冯尼格特创作的高峰。这三部作品还曾经在西方的各大高校风靡一时，培养出了不少的"冯尼格特迷"。在这三部作品中，又以《猫的摇篮》和《第五号屠场》最具代表性，它们最集中地表现了冯尼格特的创作个性和创作风格。

《猫的摇篮》的背景是个虚构的岛国"山洛伦左"。小说家乔纳想写一部书名为《世界的末日》的书，内容是关于1945年在广岛投掷原子弹的故事。为了搜集资料，他来到了海岛上的山洛伦左共和国。当时正值山洛伦左共和国的元首"爸爸"，因难以忍受绝症之苦而吞服"九号冰"自杀，并且指定弗兰克·霍尼克（已故的"原子弹之父"弗利克斯·霍尼克的长子）为他的继承人。使乔纳料想不到的是弗兰克竟然把这个位子让给了他，但是一场意外的龙卷风毁坏了存放"爸爸"尸体的宫殿，并吹散了"九号冰"冰末，污染了整个大海和陆地，岛上几乎所有的人和动植物都冻结而死，只有乔纳和极少数的人幸免于难。

"猫的摇篮"是一种游戏，是用一根绳子绕在手指上，编成一个像"猫的摇篮"的图案。要辨认编成的花样需要想象力的飞跃，而实际上

"猫的摇篮"却什么也不是，因此，它是一种虚伪和谎言的象征，它象征了西方政治家、战争狂人的荒谬和宗教宣传、官方说教的虚伪。因此《猫的摇篮》也是一部关于谎言的寓言，在这部小说里，冯尼格特揭露、讽刺了宗教的虚伪和欺骗，并对科技给人类带来的灾难表示了深深的忧虑。

《第五号屠场》是一部独特的反战小说，带有一定的自传性。它描写了不设防城市德累斯顿被炸毁的情况。当时，二十二岁的冯尼格特正在德累斯顿城做苦工，他亲眼看到了一个具有一千多年历史的文化古城，在十四小时内化为灰烬，十三万五千人惨遭横祸。这段经历对冯尼格特的世界观和文学创作都有很深的影响，1990 年 5 月他到本宁顿大学给毕业生作演讲时，又回忆起当时的情景，他说："冯尼格特下士，我对自己说，'你当乐观主义者错啦，也许当悲观主义者才好'。我从此以后，一直是悲观主义者，很少例外。"所以他宁愿描写世界的末日，也不愿描写人类的未来。

小说的主人公毕利·皮尔格里姆是一个对敌无害、对友无益，并患有轻微精神分裂症的人。他和作者冯尼格特本人一样，曾参加过第二次世界大战，并且刚上战场就被德军俘虏，关进德累斯顿的战俘营。他 1967 年还被飞碟绑架到了外星球，被外星人剥光衣服站在动物园里展览。回到地球后毕利写信给报社，讲述了他在外星球上的见闻。毕利还忆起了他在战争中的经历。他和其他的九十九名美国俘虏被关押在五号屠宰场里，在这里毕利看到许多被热水烫过的尸体，而且他们使用的蜡烛和肥皂也是用人体的脂肪制成的，在这里杀人和屠宰猪、牛、羊一样轻而易举。1945 年 2 月 13 日晚，这个千年文化古城却挨了差不多两颗原子弹当量的轰炸，顷刻间城毁人亡，惨不忍睹，一百名美国战俘和四名德军卫兵因躲在第五号屠场下面的猪肉库里才得以幸存。

作者通过这篇小说表达了他反对一切战争，宣扬和平主义的思想。在这部小说里，冯尼格特既揭露了德军的暴行，也严厉谴责了盟军猛烈轰炸德累斯顿城的罪行。他把战争比喻为屠宰场，把参战双方比作没有人性的刽子手。但同时，也流露了他对世界和人生悲观绝望、无可奈何的思想。毕利的游历使他看到，战争是不可避免的，因为人类总是不断地凭借自己的智力制造更巧妙、杀伤力更大的武器。

70 年代，冯尼格特的创作仍然势头不减，又先后发表了《冠军的早餐》（1973）、《滑稽剧》（1976）和《囚鸟》（1979）等作品。因为冯尼格特的创作技巧越来越纯熟，这些小说一出版就成了畅销书，其中《囚鸟》尤受青睐，被认为是冯尼格特 70 年代最好的作品。

八九十年代，冯尼格特的创作进入了晚期。他在 1980 年出版了《太阳、月亮和星星》，1981 年发表自传，并写作了《棕榈星期天》。1984 年，冯尼格特曾试图自杀。他于 1987 年出版《蓝色面包》，1990 出版《骗术》。1991 年，出版散文集和演讲集，并发表《比死亡更糟的命运——八十年代的自传式拼贴》。1994 完成了他的最后一部作品《时间震》。

综观冯尼格特的创作生涯，从他的处女作《自动钢琴》到他的封笔之作《时间震》，一共历时四十多年，我们可以清楚地看到他一直坚持着他一贯的艺术风格，用他喜欢的数学公式来概括就是：科幻＋讽喻＋幽默。

科幻是他用来鞭挞社会丑恶现象的手段，是他的一个得心应手的工具。他在科幻的形式下，运用幽默和讽喻对人类的愚蠢和残暴进行揭露和讽刺。冯尼格特与其他的黑色幽默派作家一样，认为是资本主义文明制度造成了世界的荒谬和人生的痛苦，因而他通过大量作品，对西方社会中出现的种种弊端，进行了深刻的揭露、辛辣的讽刺和有力的鞭挞。虽然他有时显得玩世不恭，有时又诙谐成趣，但是他骨子里对人类的命运和前途有着浓厚的忧患意识，因而悲观失望的情绪常常主宰着他。他生性幽默，而他的幽默却常常染有阴郁的色彩，这就是批评家们所称的黑色幽默。

有些评论家谴责冯尼格特是用异想天开代替思想，用冲动代替感情，其实"冯尼格特贡献出的不是轻率，而是对他的时代一种忠实理解；并且创出一种马马虎虎而又表示真理的风格"。他是在运用科学幻想、"时间旅行手法"和讲笑话的方式，来表达他的深层悲观绝望思想，同时也给人以哲理的启发。

10. 阿尔比创作的戏剧故事
ā ěr bǐ chuàng zuò de xì jù gù shì

美国荒诞派剧作家阿尔比把现代社会里的人比喻成被关在动物园里的动物，他把他的戏剧命名为："动物园里的故事"。

人类由动物界进化出来，经由漫长的旅程，走向文明与理性，当自然人性被理性与神性吞没的时候，人们曾经为了自由与权利进行坚决的斗争。文艺复兴时期，莎士比亚赞颂人是宇宙的精华、万物的灵长，莎翁却没有料想到，在 20 世纪的资本主义工业时代，人类重新沦落为奴，机器取代了上帝，成为人性的主宰力量。人类虽然实现了高度的物质文明，却给自己制造了精神囚笼，机械化生产方式和过分的个人化导致了人与人之间的彻底隔膜。

欧洲和美国的作家们，在理解人性异化的问题上，有着惊人的相似：萨特说人生如地狱，卡夫卡把社会比喻成专制的城堡，把人比喻成丢失自我的大甲虫，而美国的众多作家们把社会寓示成为动物园，人们精神萎缩，只剩下了动物式的生存。

美国荒诞派戏剧家阿尔比再现了美国和美国人的困境，他揭示了人们习以为常的表象背后的真实，以极其荒诞的艺术形式透视日常的虚伪和异化，然而，和特立独行的金斯堡（垮掉派诗人）相比，阿尔比本人却并不是个极端的"另类"。

爱德华·阿尔比 1928 年出生于美国华盛顿。他出生后即被送到一个剧院老板家做养子，尽管阿尔比自幼享受荣华富贵，深得父母的宠爱，但却经受了心灵的孤独和感情的伤害，他对自己的富贵家庭一直都有一种叛逆情绪。1948 年，他二十岁的时候，阿尔比离家出走来到纽约，和一群放荡不羁的文人艺术家为伍。阿尔比离开家庭之后，做过各种工作，丰富的社会经历和本身的艺术修养共同造就了一位戏剧大师。

1959 年，阿尔比发表第一部剧作《动物园的故事》并因此而成名，此后，他接连地发表一系列的优秀剧作，曾两次荣获美国普利策戏剧奖。

《动物园的故事》情节单纯，内容深刻，集中地揭示了现代人被"文明"强制地隔绝开，各自承受着生活的不幸和精神的孤独。

全剧只有两个人物，两三件道具，时间是某个星期天下午，地点是纽约中央公园。有一个麻木的、被动的、衣着体面的中年人彼得，他正坐在一条长凳上读书，他习惯了他的生活环境，接受了生活中的一切，没想到过要改变什么要争取什么；另一个角色是失魂落魄的流浪汉杰利，他认为，他在他的周围，找不到一个人可爱，没有人理解他，没有人同情他，他是个十分可怜的人。

杰利想要减轻孤独的压力，他在公园里看到彼得后，主动地和他攀谈起来。在杰利的询问下，我们得知彼得是个比较成功的出版商，他认为他的生活是比较令人满意的，杰利一问再问，终于追问出彼得也有许多的不如意，只不过是他善于忍受，能安心度日。

彼得对他们的交谈方式不满，为什么要自己向对方和盘托出？我们又不是多年的老朋友！于是，杰利毫无保留地倾诉了自己的所有不幸和苦恼：他十岁时母亲私奔，父亲酗酒死去，他先是寄人篱下，后来又独立生活，父母和亲戚对他没有感情，也没有女人让他怀念。他住的那家公寓，有各种邪恶的人们，房东太太本性淫邪，主动向他撒娇卖宠；黑人邻居搞同性恋；还有个女房客整天地在屋子里哭，凡此种种怪事情，确实让杰利苦恼不堪。杰利还讲述了他和一只狗的战斗故事，房东的狗和他过不去，见了他就狂吠不止，杰利恨不得马上弄死这只狗，他天天买牛肉饼喂给它吃，狗一直没死，后来杰利在饼中下了砒霜，狗病了一场又好了起来。

杰利滔滔不绝地向彼得诉苦，他说，他看到那动物园里的动物们被栅栏隔开，他联想到人与人之间也是被栅栏隔开的：好像每个人都很自由，实际上相互之间已无法沟通，就像没有语言的动物一样。

在交谈的开始，彼得坐在凳子上，杰利站着，杰利看着彼得在凳子上稳稳坐着，看着他那样苦恼、不幸和麻木不仁，就故意要惹他动怒。他也在凳子上坐下来，把彼得挤在凳子的一角，后来他竟要求彼得把长凳让出

来，逼得彼得同他吵了起来。杰利动手殴打彼得，叫彼得保卫他的地位同自己战斗，他掏出一把尖刀给彼得，彼得拿起刀摆出自卫的架势，杰利忽然向刀尖扑过去，刀刺进了他的身体，他觉得他用这种方式完成了两个人之间的沟通，十分满意，他还催促被吓得六神无主的彼得快点离开。彼得哭叫着走开了，杰利死去了，这就是这场剧的结局。

荒诞的剧情内包含了深刻的真理：在冷漠的社会中，人们随时随处遭受伤害，人们力图回避伤害，渴望与别人交流，可是，在防范伤害的人看来，交流本身就可能构成伤害（比如说杰利抢占彼得的凳子），人与人之间的正常人性人情需要付出生命的代价才能挽回，这是现代美国社会的悲哀。

在创作了《动物园的故事》以后，阿尔比又发表了三部独幕剧：《沙箱》、《贝西·史密斯之死》和《美国之梦》。《贝西·史密斯之死》描写一位黑人女歌星因种族歧视而死的事，作家把故事写成了一个女人心理和精神上的悲剧；《美国之梦》也是一部很重要的剧作，它引起了评论界的极大争议，一般认为这是一部揭露美国恶俗本质、考察美国梦的荒诞派作品，也有一些人认为它不是完全荒诞主义的，其主题也并不是完全失败主义的（代表美国梦的祖母并没有死去）。

1962 年，阿尔比发表三幕剧《谁怕弗吉尼亚·伍尔芙》，这部剧作被看做是《美国之梦》的延续，被奉为美国戏剧中的"现代经典"，曾被改编成电影。剧作的名称和英国女权主义理论家弗吉尼亚·伍尔芙并无关系，"伍尔芙"（wolf，狼）是暗示了没有幻想的真实，阿尔比意在说明他要揭去人们外表上的伪装，表现出生存的实际状态。剧情一开始是一对夫妇靠吵架消磨日子，一天夜里，另一对夫妇来访，看到他们照样吵架，这是一场非常具有持久性和感染性的吵架，两个客人也参加了进来，四个人借吵架来发泄苦闷，直到后来，主人夫妇收到儿子（他们假想中的儿子）遇车祸而死的电话，才算休战，全剧结束。阿尔比揭示了一种可怕的真实：浪漫的爱情和美好的家庭是神话、是谎言，生活里的平庸与无奈控制着每一个人，那个假想的儿子的死去似乎也预示着美好的希望和美丽的谎言死去的意思。

阿尔比在 60 年代中期的一些剧作在荒诞派之路上走得太远，反传统的戏剧技巧运用过多，令观众费解。但 1966 年的《微妙的平衡》在人物、情节等方面都比较成功，它反映了美国人在核武器威胁下的精神恐慌，该剧于 1967 年荣获普利策戏剧奖。

在 70 至 80 年代，阿尔比又创作了许多作品，1975 年的《海景》是通过一对半人半兽的夫妇与人类的对话，揭示社会的腐朽和没落，《海景》具有鲜明的荒诞派的戏剧风格，它使阿尔比再次荣获普利策戏剧奖。

阿尔比受法国存在主义哲学影响很深，他是法国兴起的荒诞派戏剧在美国的主要代表，他自己对人的存在，对社会的本质有独特的体悟。他的剧作集中体现了现代社会里人性的异化和精神沦落的文明危机，有力地批判了资本主义社会平庸腐朽的反人性的本质。

在艺术形式上，阿尔比并没有完全因袭法国的荒诞派模式，在情节和人物的设置上，更多地采纳了优秀的现实主义传统，生活气氛更浓一些，抽象性较少。阿尔比的戏剧，让人们在对荒诞情节的笑声中体会到各自生活里的或多或少的悲剧性。

11. 出神入化的托尼·莫里森
chū shén rù huà de tuō ní · mò lǐ sēn

托尼·莫里森是"二战"后美国文坛上的一位杰出的黑人女小说家，她的多重身份使其小说创作更具有独特的意义，她是黑人作家、是南方作家、还是一位女作家，她写黑人、写南方、写女性，她在美国的主流文化边缘固守个人的一隅，发展着个人的艺术，取得了辉煌的成就。

莫里森于 1931 年 2 月出生于俄亥俄州附近的一个钢铁小镇，其父是个蓝领工人，莫里森自幼受到了良好的教育。1949 年，她考入专为黑人开设的霍华德大学，1953 年，入康涅尔大学，在那里研究福克纳和沃尔夫的小说，并获得硕士学位。她还从事过编辑和教师等工作，但她最钟爱的事业

托尼·莫里森

还是写作。

　　根深蒂固的种族歧视是美国社会的一大症结，黑人和白人属于两个世界，他们有着各自的传统，而黑人向来被认为是劣等公民，仅享有有限的权利和自由，他们受种族压迫的历史记忆和现实经验都强化了黑人文化传统。抗拒白人、尊重黑人是莫里森家族的一个传统，莫里森的父母曾经为逃避白人压迫而迁居北方，他们培养了女儿对黑人同胞强烈的民族感情。黑人的命运遭际、心理感受以及黑人与白人之间的文化冲突，在莫里森的笔下，以独特的艺术方式浮出历史地表，莫里森对黑人女性更有着深刻的理解和同情，她以不凡的思想和大师的手笔去再现黑人女性们的不幸生活和悲剧命运，几乎篇篇都是动人心弦的佳作。

　　莫里森年幼时常听父亲、祖母讲鬼的故事和幻想的故事，这使得她的思维里有浓厚的幻想成分和神话的色彩。莫里森的第一部作品就呈现了她的主要的小说风格：既有现实的批判性，也有奇异的虚幻性。1969 年，莫里森发表处女作《最蓝的眼睛》，这部小说以女童克劳迪娅为叙述人，围绕其好友派克拉展开故事，同时再现了美国中西部的小镇世相。派克拉向上帝祈祷，想要一双蓝色的眼睛，用以避邪驱鬼，而她母亲的吉祥物就是一间清洁整齐的厨房，她在那里忘却了派克拉和酒鬼丈夫给她的烦恼（她丈夫曾在酒醉后污辱其亲生女儿）。后来，派克拉得到了蓝色的眼睛，却没有得到上帝的佑护，反而招致了更大的灾祸，家庭分崩离析，整个乡镇也消失了。

　　在莫里森创作这部小说的年代，美国流行一种口号："黑人是美的"，而派克拉的悲剧却说明，黑人即使变得更美了，也无法摆脱不幸的灾祸，这可以看做是作者对当时社会上"身体美"等口号的讽刺，同时也透露出美的事物难逃泯灭结局的宿命观。

莫里森的第二部小说《苏拉》（1973）主要塑造了两位黑人女性形象，她在充分肯定黑人妇女的人格尊严与权利的前提下，写出了她们的悲剧命运。两位女主人公在俄亥俄州的同一个小镇上成长，她们却有着迥然不同的个性和生存方式。小说中的说书人奈尔·怀特是被严格管教出来的，她一丝不苟，老实本分，她留在了她的出生地，结婚成家，是个典型的传统女性；另一个苏拉，继承了她外祖母的强悍性格，傲慢专横，我行我素，富有反抗精神而且好想入非非，她拒绝了奈尔接受的一切，跑到了城市中，后来又被冲刷回乡村，她曾拥有过许多男人，但她却从未得到过男人真正的爱。她的怪异的性格拆散了奈尔的婚姻，自己也落得个家破人亡。两个女人都力图谋求生存，虽然选择了不同的方式，走了不同的道路，却终于殊途同归，不得不承受各自的痛苦。苏拉在外闯荡了十多年后，回到家乡，只一句感叹便道尽了女人的辛酸：到处都一样！这部小说形象真实，真切感人，苏拉等形象身上寄托了作者对黑人妇女的深切同情。

莫里森的《所罗门之歌》（1971）是她的成名作，这部小说曾荣获美国文学艺术研究院和全国图书评论奖。比起前两部，它更具有神秘主义的特点，黑人社会里古老的传统、黑人家庭的兴衰历史，根源于种族与人性的种种冲突都充分地展现出来，作者通过富有寓意的人物和故事表达了寻根南方、皈依自然的原始主义思想。

《所罗门之歌》即是对黑人传统文化的赞歌。所罗门是宗教中的以色列明君，是黑人民族传统的象征，小说中的麦肯家原来姓"所罗门"，他们祖辈南方故乡的居民都姓"所罗门"，而在走进白人社会的过程中，麦肯的姓氏却荒唐地变作了"戴德"，在英语里"dead"是"死"的意思，这意味着黑人传统的丧失是一个死亡的过程。麦肯等黑人抛弃了祖先的优良传统，他们虽然在物质上和白人平等，却在文化上遭到白人社会的排斥，他们倒是集中了黑人原始的愚昧性和现代社会的恶习。麦肯和他妹妹派特拉势不两立，他和妻子也是彼此仇恨，吉他是个被复仇欲望驱使的杀人狂，他杀白人，也杀黑人，包括自己的手足兄弟。麦肯和吉他对金钱的强烈嗜好导致了一场又一场的斗争。

麦肯家族下一代的处境更为尴尬，麦肯的儿子，绰号"奶娃"，是个游荡在黑人传统和白人文明之外的人，他爱上姑奶的外孙女哈格尔，与她厮混了十二年后，把她抛弃，于是哈格尔因此而疯狂，她唯一的愿望就是杀掉奶娃。后来奶娃回到南方寻根，弄清了许许多多的祖辈的秘密，奶娃领着姑妈（派特拉）重返所罗门时，两人被吉他用枪打死，奶娃在死亡之中获取了自由。小说的结尾是以神话幻觉的方式写出了爱与仇恨，自私与亲情相冲突的悲剧，奶娃最终摆脱了白人世界的"现代文明"，他获得精神再生的代价却是付出自己的生命，由死亡才能通向自由，这是黑人的宿命。

《所罗门之歌》的人物和情节都具有明显的神话性，奶娃的曾祖父所罗门会飞，祖父对姑奶派特拉显灵，派特拉犹如天使，身上没有肚脐眼，能通晓阴阳两界，能指引侄子飞行，南方故地的瑟丝百年不死……这使小说蒙上了亦真亦幻的神秘性，凶杀和死亡也不那么残酷了。

在美国的商业时代里，黑人的传统文化面临覆灭的危机，莫里森几乎是在用小说的形式发展着黑人的神话传统，挽救着黑人的民间传说，她从黑人传统文化中吸取营养，用神话的形式去启示纷繁复杂的人生世相。《所罗门之歌》等作品中的神话还比较曲折隐晦，到了莫里森的第四部小说《沥青娃娃》（1981），神话和民间传说便参与到现实中来，人物与故事都虚虚实实、真真假假，更具有"魔幻现实主义"的品格，但是，真实与虚幻，神话与现实却都成为揭示黑人与白人文化冲突的主题。

《沥青娃娃》的主要故事情节是女主人公嘉甸同男主人公"森"的爱情及其引发的黑人与白人间的矛盾冲突，以及两个人所面临的困境和生死抉择。女主人公嘉甸（即"沥青娃娃"）是一对黑人夫妇的侄女兼养女，由他们的白人雇主抚养成人，嘉甸自幼养尊处优，习惯了白人社会的生活方式，俨然一个白人了，可是她爱上了黑人小伙子"森"，这必然引发一家主仆之间，黑人与白人及其各自传统间的冲突。嘉甸随森离家私奔，到纽约后，他们便充分体验到了各自与社会的冲突，他们陷入了困境；嘉甸不肯迁就森所在的黑人社会的落后，和他困守在那里；而森也没办法随嘉甸在她的白人社会里居住，一对青年男女的爱情中间隔上了种族文化的屏障，无论他们怎样选择，都是面对宿命般的悲剧。

莫里森运用了象征主义的手法，用寓言的方式揭示黑人文化和黑人生存的困境。"沥青娃娃"的标题来源于一个民间故事，据说白人用沥青捏成了娃娃，引来兔子，沥青在太阳下融化，粘住了兔子，兔子无处逃身，只有死亡。这是一个隐喻，沥青娃娃即是黑人妇女，兔子即是黑人男性，白人制造了黑人妇女，用来陷害黑人男性。小说里的森犹如兔子，回到原来的"荆棘地"，意味着忘却"文明"，等于死亡；留在嘉甸身边，意味着烈日和沥青的焦灼，也是死亡。

在《沥青娃娃》这部小说里，几乎人人都有神秘性，作者把空泛的生命与死亡的体悟寄托在大自然的事物上，写人物的精神相对照，自然界的山川河流、蝴蝶树木等似乎具有了灵性，自然仿佛观察着人类，洞悉人类的旦夕祸福，莫里森的这种观照自然与人生的方式接近泛灵论。

1988 年，莫里森发表《宝贝儿》，这部小说再一次引起文坛轰动。荣获当年的普利策奖，19 世纪的黑奴生活在地狱之中，一个美狄亚式的妇女为了让女儿免遭奴隶主的强暴，忍痛亲手杀死了她。然而多少年之后，女儿的魂灵却还时时侵扰母亲的心。小说情节哀婉动人，意象丰富多彩，颇具"魔幻现实主义"小说的神秘性。

莫里森的处女作《最蓝的眼睛》主要是讲派克拉的故事，作者安排克劳迪娅做叙述人，后来却把第一人称换成了第三人称，小说的主要部分写成了一个个场景，整个小说如同拼接出的镜子；《沥青娃娃》一开头是写商人瓦莱里安·斯特里特，后来才书归正传，写人物嘉甸和森，《苏拉》的开头和结尾相呼应被看做是典型的圆形结构，《苏拉》的结尾具有多重意义，读者见仁见智，各有不同的理解。

莫里森写黑人的苦难，却是以一种后现代主义的手法写出来的，她明

智地回避了传统作者的控诉姿态，她的小说想象丰富，语言富有诗情画意，这种散文式的风格给读者带来轻松愉悦的审美感受。1992年的长篇小说《爵士乐》被人们认为是典型的现代主义作品，作者用富有节奏和韵律的语句进行叙述，意在追求一种小说的爵士乐效果。

1998年，莫里森发表又一长篇力作《天堂》，她在这部小说中描述了男人和女人两个世界：一个是与世隔绝的黑人小镇；一个是附近的一所修道院，两个世界的人们都自以为是，自以为是生活在天堂中。可是，小镇上的黑人们在经历了五六十年代的一系列文化冲击后，失去了原来的精神信仰和文化根基，一群黑人男子把他们无名的怨恨都发泄到了修道院的几个女人身上，一个早晨，他们手持武器，向那里的无辜的人们发动了攻击，一场场的暴力冲突由此开始……莫里森意在探索黑人文化的积弊和人类与生俱来的暴力本性：人们都向往天堂，但是在努力建造天堂的过程中，人们封闭了自我，也忽略了他人，人与人之间无休止的斗争使他们同原来梦想的天堂越来越远。

莫里森的故事，都是在讲述黑人的悲剧以及两种文化冲突的悲剧，她的小说，是笼罩着浓厚的悲剧氛围的"现代神话"。

晚年的莫里森，仍然精神矍铄，谈笑风生，她待人和善，又善于自嘲，其人品与文品都为人所称道。莫里森在美国文坛上的成就已得到世界性的认可，1993年，她荣获诺贝尔文学奖，她是第八位荣获诺贝尔奖的女作家，也是第一位荣获此项殊荣的黑人女作家。

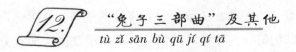

12. "兔子三部曲"及其他
tù zǐ sān bù qū jí qí tā

厄普代克，美国著名小说家、评论家、诗人，在60年代，曾以"兔子三部曲"而蜚声文坛，并一发而不可收，在文学这条路上走到今天，已经是硕果累累了。

厄普代克1932年出生于宾夕法尼亚的一个小镇，他的家乡成为以后小说的原型。和其他小说家相比，他似乎不是个天才，他童年时患有口吃和牛皮癣，他反感自己生活的农场，梦想着有一天能够逃出去，他阅读了大量的书籍，却没能因此而改变他在阅读上的迟钝和无能，幸亏他的母亲不仅给他关怀，还鼓励他写作。后来，厄普代克选择了哈佛读大学，因为那里是讽刺文学的阵地。1955年，他参加了纽约客组织，写诗、写评论和小说，1957年，他开始专职写作。

厄普代克

厄普代克选择了那些琐碎的日常生活作为创作题材，有人称他为描写家庭生活的大师，也有人称他为温和的讽刺家，虽嘲讽却不刻薄。

厄普代克的第一部小说《救济院的义卖会》（1959）写的是救济院的一群孤苦的老人们和官僚们相冲突的事；1963年发表的《半人半马》，运用神话的形式去探索现实之中的一位校长和他儿子之间的关系；1968年发表的《夫妇们》，描写了一些乡下夫妇们的性爱和互相间的重新组合；1979年的《策略》以第一人称的口吻叙述了一个虚构国家中的前任独裁者的故事。厄普代克早期的短篇小说集有《欧林格故事》（1964）、《音乐学校》（1964）、《贝赫归来》（1982）等。

厄普代克才思敏捷，相当多产，在90年代以前，就荣获了美国十几项文学奖，"兔子三部曲"的第三部《兔子富了》荣获美国三大主要文学奖：普利策奖、美国图书奖、全国书评家协会奖。厄普代克的大名，和他的"兔子三部曲"密切地联系在一起，他用精湛而细腻的叙事艺术向人们讲述了"兔子"（哈里·安斯特罗姆）平庸琐碎的大半生。主人公因为他的长相和特别敏捷的体育动作而得了一个"兔子"的绰号，而实际上，哈里绝不是像兔子一样的可爱，也不是像兔子那样安逸地生活，小说鲜明的现实性让我们了解了当时的社会风尚和小人物的生活：英雄人物与崇高精神已经隐匿，美国梦在严酷而平庸的现实中消褪了光彩，亲情、爱情、贞洁、家庭的幸福已经丧失殆尽，人们只是在活着、吃着、玩着、无奈地工作着，在家庭之外寻找性满足，用性放荡来缓解生活中无处不在的压抑情绪。

"兔子三部曲"的主人公哈里既值得同情，又恶行昭彰，让人厌恶。他在毫无个人自由的社会中，感到苦闷，而妻子又不能给他快乐，他便不负责任地在外面诱骗别的女人，不负责任地让女人们因他而经受痛苦，一旦问题无法解决，他便采取逃跑的策略，仿佛他一走了之，便可以脱离纠葛，而逃避又必然地导致此后的众多麻烦和心灵苦闷。可以说，"兔子三部曲"里的人们都在承受着灰色的生活，制造着灰色的故事，而作者那样无比冷静的叙述分明在告诉我们，这就是灰色的美国。

为了进一步了解厄普代克的创作，我们不妨再回顾一下"兔子三部曲"的故事内容：

《兔子跑了》（1960）主要写哈里为了缓解生存压力和心情的苦闷不断地离家出走并周旋于两个女人之间的故事。哈里是个推销员，妻子叫贾妮丝，年幼的儿子叫纳尔逊。哈里在精神上没有寄托，家庭里也缺少温情，贾妮丝不爱操持家务，还有抽烟喝酒的坏毛病，他的岳母还要时常教育他要爱护老婆。一天，哈里回到家，发现刚过完酒瘾的妻子在看电视，又得知她把儿子交给婆婆，挺着大肚子和自己妈妈逛商店，哈里心中恼火，和妻子吵了嘴，于是他逃开了自己的家，先后去了父母的家和岳父岳母的家，都是在门外踌躇一番没有进去，他不知何去何从：只要走进家的大门，便会有无穷无尽的责任向他压过来，他开着车，整夜地在外面奔驰。

第二天，他找到了中学时代的篮球教练，在他的介绍下，见到了中学时的同学，正在当妓女的露丝，哈里与露丝一拍即合，他以仅仅十五美元的代价换来了露丝，两个人同居在一起。哈里成功地阻止了露丝出外做妓，并让她怀了孕，哈里曾经不顾牧师的规劝，坚持和露丝同居。可是，后来他妻子要分娩了，他又回到了家中，他的岳父为了让他浪子回头，特地在汽车店里给他安排了工作，哈里由此暂时感到了生活的快乐。

好景不长，十多天过去后，哈里又感到无聊，要求妻子和他同房，产后不久的妻子不能满足他，他就半夜离家去找露丝，被拒之门外。这时他妻子借酒浇愁，给刚出生的女儿洗澡时，竟失手淹死了孩子。哈里带着悔恨回家，却无法忍受家里人的责备，于是又一次跑掉，他找到露丝，请求她生下他们的孩子，露丝要求他和妻子正式离婚，软弱的哈里两头都不能放下，只好带着苦闷，跑到大街上，离开了亲人和情人。哈里跑了，他在不断的逃离之中摆脱责任，在幻觉之中体验个人的快乐……

哈里是无处可逃的，1971 年的续篇《兔子归来》继续描述哈里十年后的生活。十年的排字工生涯使他远不如当年有风度，他固执地以为美国能给世界带来自由和幸福，却不料想自己的家里又兴起了波折：妻子贾妮丝和她的汽车行里的同事查理有私情。哈里动手打妻子，妻子大声宣布她和情人查理的关系，宣布她爱查理，事隔一天，妻子贾妮丝便抛弃家庭，去和查理同居。

此后，在哈里的家里，又发生了一系列的恶劣事件：哈里从酒吧间里领回一个吸毒的姑娘吉尔，尽管吉尔才十八岁，却自愿与哈里同居，也自愿与哈里的儿子纳尔逊交朋友，她似乎丝毫不顾及自我的尊严，可以接受各种各样的男人。她在哈里的家里，自作主张地接纳了一名黑人通缉犯，并跟着他一起吸毒，哈里不顾邻居们的良言劝告，任凭家里被弄得乌烟瘴气，领着儿子到别的女人家过夜，就在那天，黑人通缉犯打电话叫他立即回家，等哈里赶到家，发现房子已被大火烧去了一半，吉尔也被烧死了。众人都认定是那个黑人放火作案，可是哈里却弱智一般地相信他的谎言，并且分手时，对他倾囊相助。妻子贾妮丝要控告丈夫，儿子纳尔逊因吉尔死去而怨恨父亲，哈里又被印刷厂给解雇，对哈里来说，这是恶报来临，无路可逃。

在哈里穷途末路之际，他妹妹回来探亲，帮哥哥嫂嫂调解关系，结果她与嫂嫂的情人见面后，就和他（查理）相好起来，此后查理也厌倦了老虎一般的贾妮丝，两人只好分手。贾妮丝主动找哈里，商量找房子事宜，两人因此而讲和，一场荒唐的闹剧告一段落。

厄普代克，文坛常青树，诺贝尔文学奖夺奖呼声颇高的美国健在作家。

十年后，厄普代克于1981年创作了《兔子富了》，哈里和妻子一起继承了岳父的一半产业，他主管丰田车的经销处，与妻子的旧情人查理在一起共事，尽管两个男人各怀心事，却必须在事业上共同协作。这时的哈里，的确是富了很多，可是他仍然感到生活中充满阴沉沉的气氛，他想要自己的一间房子，他思考着自己应该爱谁，应该爱什么人，每个女人都吸引着他的注意力，他经常用肉欲的眼睛去观赏女人的身体，经常从中发现美，他时常怀念过去的露丝，想象着他们的女儿（如果当年露丝没打胎的话，她应该是个二十左右的少女），想象着女儿的模样，他甚至还试图去敲开露丝家的门……

哈里的儿子纳尔逊仿佛是重蹈了父亲的旧辙，大学还没毕业，就把一个女友带回家。哈里对儿子莫名其妙就放弃学业一直耿耿于怀，儿子盼着能在他的公司里谋个职位，哈里却一直不肯同意，父子两人关系弄得很僵。查理与贾妮丝分手后，也没和哈里的妹妹结婚，一直是单身，遇到纳尔逊的女友后，竟把这位可以做女儿的人领走，纳尔逊却对此毫不反对。没工作的纳尔逊经常把他父亲所珍爱的汽车弄坏，惹得父亲更加不满，实际上，纳尔逊在学校里使一个叫普露的姑娘怀了孕，无心顾及学业，便领着新女友回家求援，哈里夫妇明白真相后，接受了纳尔逊和普露的婚姻，哈里却一直在痛苦之中，因为儿子是无业游民，自己又不舍得花钱在公司里白养活他……

苦闷的哈里继续通过性让自己快乐，他和妻子在金币之中交欢，在辛迪的房间里偷看她和她丈夫做爱的照片，魂不守舍地希望得到这个女人，他还经常回忆起和旧情人露丝之间的性爱。

在哈里的交际圈里，充斥着道德败落、只剩下肉欲的人们，男人们如饥似渴地在婚外寻找性快乐，女人们也轻而易举地把自己献身给各种年龄的男人。这种性放纵在几对夫妇同去海滨旅游时发展到了极致：几天鬼混之后，几对夫妇们竟然真的进行重组，互相交换性伴侣。哈里对辛迪早已垂涎三尺，可他却只有在水下抱一下她的机会，在有夫之妇塞尔玛的主动要求下，他又和塞尔玛共度良宵，第二天因儿子纳尔逊离家出走而被迫回家，失去了享受辛迪的好机会。

所谓有其父必有其子，哈里的困顿及其禀性仿佛也遗传给了儿子，纳尔逊正如当年的哈里，在生活中只感到压抑，他对亲人，对妻子都失去了热情，好像一切都是累赘。怀孕的妻子普露在舞会上狂跳惹恼了他，他便在楼梯上推了一下妻子，一时失手，使她摔了下去，幸好没有伤着腹中的孩子。在父母外出度假时，他抛弃病床上的妻子，离家出走了。他找到第二个情人，还要向家里索要学费……

哈里夫妇回家后，儿媳生下孩子，平安无事，这时哈里又开车出去，他真的鼓足了勇气，敲开了情人露丝家的门，二十年前的两个情人已是饱经沧桑了，哈里想认他的女儿，结果露丝断然拒绝，说当年的孩子已打掉，他见到的少女绝对不是他们之间的孩子，他们终于不冷不热地分手了。

哈里和妻子的爱情虽然已死亡了，但夫妇名分还在，他们如同两只蚱蜢，被婚姻的一根线拴在了一起，在小说的结尾处，夫妇两人又买了房子，他们继续生活在一起。

厄普代克很擅长描写身体，尤其是女性的身体，他笔下的女人承载了

更多的男性的欲望，他小说中的性体验大多是从男性视角出发的。有些评论者把厄普代克划入后现代派，实际上，他只是在小说叙事上采用了一些心理分析的手法，体现了存在主义思潮的痕迹，厄普代克的小说里，有清晰而连贯的故事情节，有传统的时间和空间的秩序，他主要还是倾向于现实主义的。

如今，年近七十的厄普代克依旧多产，1996年以来，他又发表了《高尔夫之梦》、《在百合花的美丽中》（1996）、《海湾之滨》（1998）、短篇小说《兔子回忆》（2000，收入《爱的舔舐》），《乔特鲁德和克劳狄斯》（2000）是莎士比亚名剧《哈姆雷特》的改写，哈姆莱特的母亲和叔叔成了主角。近几年来，厄普代克还写了大量的文学评论和绘画评论，他新近发表的小说作品有2001年的《自由》和2006年的《恐怖分子》，后者因以"9·11"事件后的美国社会为背景，并刻画了一个"值得同情"的主人公而引发了强烈争议。

13. 美国疯人院里的悲剧
měi guó fēng rén yuàn lǐ de bēi jù

《飞跃杜鹃窝》（1962）是美国"黑色幽默"派小说家肯·凯西的一部长篇小说代表作，小说题"Cuckoo"在英文中既有"杜鹃"之意，也有"疯人院"的意思，小说把整个美国比喻成了一个充满悲剧的疯人院，以看似平静幽默的方式揭去了美国社会的慈善幌子，暴露出其扼杀人性的罪恶本质。

《飞跃杜鹃窝》的作者肯·凯西1935年9月出生于美国西南部的科罗拉多。青年时代的凯西自信而具有领导气质，他在斯坦福读大学时，参加了一个著名的创作团体，他在文学方面锋芒毕露，很快就引起了文坛的注意。50年代轰轰烈烈的反文化运动给他带来深刻的影响，他对嬉皮士一群也有深入的了解，这些经历都造就了凯西小说中反政府专制的主题。

50年代的美国政府，对外穷兵黩武，对内实行专制统治，美国人民反战运动风潮迭起，一大批无出路、无自由的青年们则掀起了"嬉皮士运动"、"垮掉派运动"，一些有良知的诗人们公开指责美国专制，凯西则以小说的形式控诉政府的集权和残酷的暴力。

在这部小说中，作家给我们描述了一家很有声誉的精神病院中上演的一场场暴力悲剧，具体而形象地揭露出美国精神病院并不比法西斯集中营逊色多少，它不仅不是医治精神病的医疗机构，而且是践踏人权，泯灭人性的屠宰场。

在《飞跃杜鹃窝》所描写的精神病院里，充斥着各种暴力，人们充当暴力机器，摧残同类，也承受着暴力的摧残，在这种环境中，正常人都会精神崩溃，只有疯子才能保持不疯。

《飞跃杜鹃窝》里，有两个主要人物：护士长雷契特小姐和新病人麦克莫菲，他们之间的明争暗斗，实际上是集权专制和民主自由的斗争。雷契特是个五十多岁的老处女，是护士长，也就是主管，她的处事原则即是想尽一切办法，让精神病院的人们老老实实地听她指挥，她的目的是让病人们成为活机器、活木偶，不多做一件事，也不多说一句话。雷契特有各种现代科技手段和可靠的人力资源作为辅助：云雾发生机、电击室、精神扰乱室、时间调节系统、毒品、麻醉药……医生、护士、黑人打手都是她的老部下，都绝对服从她的暗示和命令。精神病院里的病人们都像机器一样，循规蹈矩，毫无生气。病人们每天按严格的作息时间集体活动，精神病院里只允许有护士长的命令和安排，不允许有任何思想言论自由，也没有任何行为自由，彼特、路克利、布朗登等人被雷契特小姐压制得老老实实，只能装聋作哑，一个叫泰伯的人，因为向护士询问给他吃的是什么药，就被当成精神病发作，经受了一番"调理"，结果出院以后彻底麻木。精神病院还利用各种手段对病人进行精神摧残，挑动他们相互揭隐私，组织讨论会，让他们坦白"罪行"……这样的精神病院，就是美国社会所公认的成绩斐然的"医疗机构"！

与雷契特相对立的一个人物是麦克莫菲，他是个三十多岁的未婚男人，入院之前，他是个十足的大恶棍，他的所作所为，充分地说明了社会的肮脏罪恶，他参加过侵朝战争，在军队里曾受到好评，但由于侮辱上级而被逐出军队，走上了堕落的道路，他酗酒、赌博、打架斗殴，强奸幼女后被判刑，后来又被加上精神错乱的罪名，投进了精神病院，于是，他和雷契特的斗争便开始了。

在精神病院里，麦克莫菲发现周围的人都像死人一般，就故意恶作剧，煽动反抗，而且不顾别人的警告，动员同伴们去争取看电视球赛。他得到了二十名"轻患者"的支持，可是雷契特却百般阻挠，她借口说还有二十名"重患者"没表态，要有半数以上的人支持才可以，麦克莫菲看透了她的骗局，意外地争取到布朗登的支持，这次，麦克莫菲他们胜利了。雷契特却怀恨在心，决定以后找机会把他制住。

麦克莫菲继续领导同伴造反，他们擅自玩牌赌烟，向管理者提意见。有一次去游泳，救生员对他们作了一番告诫，他却说精神病院比监狱还可怕，如果被人指定为"强制患者"，就会长年累月地无限期地住院，那才是更可怕的。麦克莫菲渐渐明白了，雷契特手中掌握出院大权，把她得罪了可不是好事，可是，即使换了其他人当护士长，这里的状况也不会有改变，雷契特背后，有更根本的东西……

麦克莫菲早就成了雷契特眼中的钉子，她为了惩罚病人们关于电视节目的那次反叛，取消了病人们用浴盆的机会，麦克莫菲本性难移，他哪能忍受这般挑衅，他打碎护士室的玻璃表示抗议，而且反抗行动愈演愈烈，"轻患者"们成立球队，以打球为乐，四处乱蹿，其凶猛的势头一时间镇住了雷契特一伙人。麦克莫菲还带领大家争取一次去海上钓鱼的机会，并且把他从前的相好，妓女肯蒂也一同带去，精神病人们痛痛快快地玩了一场，他们对领头人麦克莫菲也有了好感。

钓鱼事件过后，雷契特又施一计，造谣诬蔑麦克莫菲，说他赌博、钓鱼都赚了很多钱，但还是有人相信麦克莫菲，布朗登对他还有好感。

精神病院在放纵了麦克莫菲一段时间后，又开始惩治他。黑人打手欺侮乔治，挑衅麦克莫菲，于是麦克莫菲伙同布朗登把黑人打手狠狠打了一顿，结果两人被送到电击室里，尝尽了电刑的苦头。出来后，大家劝他们快点逃跑。麦克莫菲执意要等他的老相好肯蒂过来。当夜两点，肯蒂和另一个女人一起来到他们这里，大家喝酒寻欢一直到天亮，麦克莫菲又执意休息一会儿再逃走，结果被抓了起来，并被切除了脑叶，成了半死不活的木头人。布朗登不忍心看他活受罪，拿枕头把他闷死了，麦克莫菲这个反抗英雄就这样悲惨地死去了。

麦克莫菲死后，布朗登在别人帮助下，由精神病院里逃出，计划以后到加拿大去。

麦克莫菲在精神病院里的反抗斗争，是出于他争取自由的正常天性，是出于对非人待遇的不满，而雷契特的所作所为却是泯灭人性的专制。可悲的是，她的专制都是合理合法的，她囚禁了病人们的身体和精神，还可以随意处置病人的生死。精神病院是美国的一个缩影，酷爱自由的美国作家们用文学的形式反抗专制，他们记录了普通的美国人失去自由和生命的悲剧。

凯西的《飞跃杜鹃窝》出版以后，备受嬉皮士一派人们推崇，这部小说也给他奠定了文坛声誉。尽管肯·凯西功利心淡泊，曾一度归隐山村，但他此后还是创作了不少小说，1964 年的《伟大的一念之间》也是凯西的成功之作。他的作品还有《现场的旧货出售》、《超人死去之后》、《海狮》、《水手之歌》和剧本《进一步调节》等。

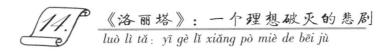

14. 《洛丽塔》：一个理想破灭的悲剧
luò lì tǎ：yī gè lǐ xiǎng pò miè de bēi jù

《洛丽塔》（1955）这部惊世骇俗的小说，讲述的是关于一个中年男子变态地迷恋一个十二岁女孩的恋情故事。小说大胆的取材，及其近乎疯狂的情欲描写，致使它在五十多年前，曾一度被视为离经叛道的色情小说。其实，今天我们再重读此书，就会发现，它并不仅仅是一本关于畸恋的普通畅销书，作品中那些精妙绝伦的写作技巧、奇特迷人的文字雕凿，以及富含莎士比亚性质的悲喜剧意蕴，才是它最终成功并保持长盛不衰的真正原因。

小说的作者弗拉迪米尔·纳博科夫（1899 — 1977）是一位俄裔美国作家。他学识渊博、才华横溢，除了创作和翻译小说之外，还写诗歌、戏剧、传记，并著有有关昆虫学方面的论文。不过，他主要的成就仍在小说创作上，尤其是他40年代以后改用英语写成的作品，像《洛丽塔》、《普宁》（1957）、《微暗的火》（1962）、《阿达》（1969）和《透明物体》（1972）等，都是些脍炙人口的名篇。其中《洛丽塔》的发表使纳博科夫获得了国际声誉，同时也是他流传最广的一部作品。

作品以狱中忏悔的形式讲述了主人公亨伯特的一生。亨伯特是一名流亡欧洲的俄国学者，他因幼时的一段经历患上了恋少女癖，一直喜欢九至十二岁的漂亮女孩。他应聘到美国教书，一下子就迷上了他所寄宿的房东太太的十二岁女儿，他称她为洛丽塔。为了有机会接近洛丽塔，他抑制着内心的厌恶娶了房东太太，并且还梦想着谋杀房东太太。后来房东太太突遭车祸身亡，亨伯特占有了洛丽塔。为了掩人耳目，他不敢久居一地，驾车带着洛丽塔到处漫游。

洛丽塔只是一个庸俗市侩、任性妄为、反复无常，而又物质欲极强的小姑娘，但是亨伯特却极力把她美化成一个美丽无瑕、超凡脱俗的女孩。亨伯特深深地爱着洛丽塔。为了能长久地占有她，他施展各种手腕制服她，并且尽量避免她与别的青年男子接触。然而，洛丽塔最终还是逃出了亨伯特的控制。

洛丽塔失踪以后，亨伯特的生活就被追踪与试图报复的欲望主宰了。当三年以后，亨伯特再次看见洛丽塔时，洛丽塔已经长成了十八岁的少女，而且还结了婚，并且正怀着身孕，邋邋平庸，失去了昔日的光彩。亨伯特惋惜之余，开枪打死了当年将洛丽塔诱拐走的剧作家奎尔梯。亨伯特在狱中写下了一部《一个白人鳏夫的自白》，然后突然发病死去。

纳博科夫在一篇论述《洛丽塔》的文章中，曾谈到过他创作这部作品的动机。他说，他最初的灵感来源于一幅奇特的画，一幅由人猿在强迫调驯下所作的画，"这幅素描显示了囚禁那可怜生物的笼子的铁栅栏"。画的寓意很明显，表现了画的"作者"对自由，对出生地，对回到适合自己生存的大森林中去的渴望，显然铁栅栏被人猿当成了现实的必然限定。这幅画对一个感觉到生活中充满了各种各样——政治的和心理的、社会的和个人的——囚笼的作者来说极富启发性，同时也给我们理解《洛丽塔》提供了一个切入点——亨伯特的人生囚笼。

纳博科夫在 1954 年春季写完此书，他立即将书稿投寄给出版商，但却先后被纽约四家出版社拒之门外。原因很简单——作品中描写了性爱。有一位出版商解释说，如果他出版《洛丽塔》，那么他和小说作者都会坐牢。一直到今天，世界上仍有许多国家还认为《洛丽塔》是一本描写色情的"淫书"，而将它列为禁书。

被美国出版界拒绝后，《洛丽塔》于次年由巴黎奥林比亚书局出版。鉴于它在纽约的不幸遭遇，所以在初版时只印了五千册。英国作家格雷厄姆·格林读了以后，在伦敦《泰晤士报》上写评论，称它为 1955 年最佳三部小说之一。此后，《洛丽塔》不胫而走，迅速成为国际畅销书。它被改编成影片之后，更是风行一时。

几十年来，对于这部作品主题的理解，可谓是仁者见仁，智者见智，众说不一。

从最表层来看，这是关于一个具有性反常心理的中年男子，与一个典型的追求物欲享受的美国少女之间的、颇有些色情意味的故事。有人进一步从社会学的角度阐释作品，认为小说的作者是在借亨伯特这个形象来嘲讽美国人的某些欲望，例如，美国人的野心，美国人对青年所抱有的理想化看法，以及像亨伯特那样无耻的个人主义等。还有人从道德的层面来理解作品，认为亨伯特的恋少女癖，处处与追求美感和洁白无瑕融为一体，因此超越了低级读物中的肉欲与暴力，是一个"理想破灭的悲剧"。

另外，还有人从文学创作的角度进行分析，认为《洛丽塔》表达了作者对于艺术创造与现实之间关系的一种看法，这就是"艺术的创造远比生活现实来得真实"。在《洛丽塔》之前，纳博科夫还曾写过一个短篇《失望》。小说的主人公是一个疯狂而自觉的人（后来他被人们看做是亨伯特的前身）。他设计了一项复杂而"完美的罪行"；然而，记载犯罪实施的日记，却显示出令主人公无法理解的结果：偶然的现实是不能操纵的，以及"艺术的创造远比生活现实来得真实"。

与此相似的是《洛丽塔》中的主人公亨伯特也是在经过了一系列的不幸之后，在监狱里"只有词语可以玩弄"的情况下，才最终悟出，是欲望而不是占有，或者说是艺术创造而不是现实，才是一种追求的境界，才是真正的超越现实，因此有人认为：亨伯特的性的欲望是对艺术创造欲望的一个隐喻，作者借此将他在《失望》中的关于艺术创造和现实之间关系的观点，更加全面、充实地展现了出来。

其实，如果仔细品味一下这部小说创作的灵感来源，再详细地了解一下纳博科夫一生的坎坷经历，我们就会很容易地看出，在一位中年男子不能自拔的性罪恶和被诱惑之下，深藏着精神流浪的纳博科夫的个人悲剧，这也是一个关于"理想破灭的悲剧"。

纳博科夫出身于圣彼得堡的一个贵族家庭。十月革命爆发后，便跟随家人一起逃亡西欧，从此过着去国离乡，流亡异域的生活。1959 年纳博科夫辞去大学的教职，移居瑞士直到 1977 年病逝。当有人问起他，为何晚年要住到瑞士的蒙特里奥时，他回答说："对一个俄罗斯作家来说，居住在这一地区很合适——托尔斯泰青年时来过这里，陀思妥耶夫斯基和契诃夫访问过这里，果戈理在这附近开始写他的《死魂灵》。"显然，他虽然长期流亡国外，而且已入美国籍，但他却一直深深地眷恋着祖国。

《洛丽塔》发表于 1955 年，那时纳博科夫已经年近六十，四年以后他就辞职去了瑞士。

纳博科夫和亨伯特的相似之处就在于，他们都在早年失去了自己最珍贵的东西，亨伯特失去了真心相爱的恋人，纳博科夫失去了生养自己的故乡，成了无根之人。而且这种损失都给他们造成了永远难以愈合的心理创伤和无法克服的精神障碍，从此，这遗失的东西就成了他们一生追求的"理想之梦"。亨伯特对十二三岁的少女的痴迷，恰好隐含了纳博科夫一生对生命寄托之所的执著追寻。亨伯特的悲剧在于他对"理想之梦"的追求，陷入了无法挽回的绝望境地；而纳博科夫对"根"的眷恋也达到了偏执的程度，这从他对语言的执拗可以看出来。

不得不放弃自己的母语，放弃自由自在、丰富而驯服的俄罗斯语言，而使用二等商标的英文写作，简直是一种痛苦。因此虽然他后来改用英文写小说，但却始终不愿意进教室，经常是他写了讲稿，让他的妻子到教室去念给学生听。他也几乎不和任何记者直接对话，总是人家写了问题，他作书面回答。这是因为，在纳博科夫的内心深处潜藏着一种深刻的耻辱感。

这样看来，纳博科夫写出亨伯特的悲剧，或许是想表现自己终生漂泊、身居异乡所形成的精神上的压抑、失意乃至崩溃感。或许是想含蓄地提醒自己，不要太过偏执于理想的追求或情欲的放纵，否则只能重蹈亨伯特式的悲剧。

《洛丽塔》文笔诙谐、幽默、细腻、隐晦，表现形式多样活泼，不拘俗套。将梦幻与现实、韵文和散文、情趣和智慧交织在一起，显示了作者高超的驾驭语言的能力。

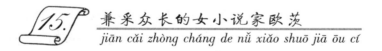

15. 兼采众长的女小说家欧茨
jiān cǎi zhòng cháng de nǚ xiǎo shuō jiā ōu cí

乔伊斯·卡洛尔·欧茨是美国当代声名显赫的一位女小说家，也是诗人和剧作家。她的小说，形象地写出了美国下层人民的悲惨生活，写出了妇女的现实困境和不幸命运，其女性意识和小说艺术都给人们留下了说不尽的话题。

1938 年 6 月，欧茨出生在纽约州北部洛克波特市的一个工人家庭，在她的记忆里，幼年时在外祖父的农场中的那段日子，是非常悲惨的。缺乏快乐的童年经历或多或少地影响了她日后创作题材的取舍。比较幸运的是，欧茨得到了受高等教育的机会。1960 年，她从锡拉丘兹大学毕业，后入威斯康星大学，并在那里获文学硕士学位。60 年代后，她曾在底特律大

学教授文学课，并曾去加拿大，现在在美国普林斯顿大学授课。

欧茨自幼爱好文学，阅读过大量的文学作品，在大学时便开始独立创作，如今已经成为战后美国才华出众的女小说家之一。从1963年以来，欧茨已经出版了长篇小说十六部、短篇小说集十四部、诗集八部、剧本四部。

欧茨的小说创作大体分为两个阶段。从1963年发表《北门边》直至60年代末，其创作风格是批判现实主义的。在这一时期的小说，她不遗余力地揭露充满罪恶的地狱一般的美国现实，揭露人们在悲惨境遇之中的苦难生活，把批判的矛头指向美国混乱不堪的社会。

《北门边》（1963）是欧茨的第一部短篇小说集。文题"北门边"的寓意即是：文明与野蛮，一个在门里，一个就在门外。作品意在描绘60年代美国的凶杀与暴力给人们带来的普遍的心理恐慌。她的第二部短篇小说集《洪水》（1966）继续并发扬了《北门边》的凶杀与暴力的主题，给读者描述了充满暴力的现实社会。

欧茨对于凶杀与暴力主题的迷恋，不亚于南方女作家奥康纳，在后者的小说里，暴力与凶杀到处都是，过去与现在，家庭与社会……整个美国给人们的都是精神与肉体的巨大伤害。欧茨选取同样的题材和主题，在60年代末，接连发表了重要的三部长篇小说：《人间乐园》（1967）、《他们》（1969）和《奇境》（1971）。这几部小说从物质贫乏、人人绝望的30年代写到"二战"后混乱不堪的70年代，堪称是美国社会四十年的变迁史和人们精神苦役的受难史。

《人间乐园》的标题具有讽刺的意义，已经富裕起来的美国不是乐园，而是充满了仇恨和杀机的人间地狱，小说的人物既承受着苦难，也暗中制造着苦难。穷苦的工人兼流浪汉尝到了生活里太多的苦涩，并十分憎恨自己的妻子，他的女儿克莱拉虽然在贫穷中长大，却遇到了她父亲从未有过的"幸运"，一个富翁爱上了她并娶她为妻。克莱拉很快地做了母亲，可是富庶的物质条件不仅没让她幸福，还使得她越来越冷酷无情，她把自私的感情全都用在了儿子克雷切特身上，教唆儿子要设法抢夺亲族的一切，并把他们赶走……后来，克雷切特果真开枪杀死了克莱拉丈夫的孩子。而克莱拉却一再追问儿子的隐忧之事：是你亲自打死那个人的吗？儿子对母亲日益厌恶，把她当成"母狗"，后来，儿子开枪自杀，克莱拉在丈夫和儿子都死后，美丽的容颜衰老，终日在电视机前消磨残生。

在这部小说里，我们看到了与斯坦贝克小说相似的情景、故事和主题，不同的是《人间乐园》的主题更绝望：在毫无亮色的世界里，人们制造着自相残杀的悲剧。

欧茨受德莱塞的影响很深，她描述的也是遍布于日常生活中的"美国的悲剧"，但她比德莱塞更多地采用了自然主义描写和细腻的人物心理描写。

《他们》也是描写下层人民的悲剧命运的小说。"他们"即是指那些被富人们鄙视的，生活在贫民区的下层人，他们艰难苦涩的生存故事，是整个美国大多数人的生活写照。小说以底特律贫民窟的一家——女主人洛雷塔及其儿女的故事为主线，再现了60年代美国的种种矛盾和精神梦魇。

洛雷塔的丈夫在事故中丧生，她本人则日益堕落。她觉得自己格外的不幸，后夫和姘夫都不能让她快乐，而身边的孩子更是累赘，她虽然不满贫民窟的现状，却也能安分度日。而在下一代朱尔斯和莫琳那里，却有着更多的对金钱的贪欲。莫琳讨厌和母亲一类的"他们"生活在一起，离家出走，后来靠卖淫赚钱，当她的继父发现她私藏美元时，给她一顿痛打，她一度失去理智，精神失常，后来，这个经受过种种磨难的女人发生了可怕的转变：她看起来温柔平静，内心却无比冷漠，并且也学会了陷害别人，她成功地搅散了一位教师的家庭，让他成为自己的丈夫，可是，当哥哥朱尔斯问她爱不爱她丈夫时，莫琳却拒绝回答。

莫琳这个形象充分解说了女性在残酷的现实中的苦难，朱尔斯的形象则更有复杂性，他和社会上的阶级矛盾、种族矛盾都扯在了一起。他对富人有一种仇恨感，他满脑子都是对金钱的渴望，他明知自己永远都是下层贫民窟的一员，却带着疯狂热情去追求一位富家姑娘，他也能干出下流的坏事：偷盗、强奸妇女……在底特律的黑人"暴动"期间，他手持武器，打死了第一个遇到的警察，因为害怕惩罚，他又避开了"暴动"。朱尔斯身上既有荒诞性，又有真实性，他不像妹妹那样对家人冷漠，在给他家人写信时说，所有的人，每个人都孤独……这种体验似乎更具有现代派的色彩。在底特律暴动事件中，他被推举到麦克风前向电视观众讲几句话，他说黑人和白人应彼此和谐地生活……又补充说，应该让黑人各自生活……火焰永远不会熄灭……这种表白分明是一种浪漫的诗意。

《他们》充分展示了欧茨的创作才华，这部小说于1970年荣获了美国全国图书奖。

出版于1970年的短篇小说集《爱的轮回》凝结了女作家对女性困境的观察和思考，这些短篇小说主要描写城市和学校之中的女人们的爱情婚姻生活，其中《在冰山里》是写一位天主教修女出身的教授和犹太学生之间的情感纠葛。作家不仅有力地控诉了"使人人变成疯子"的丑恶社会，还对命运折磨下的苦难妇女们寄予了深深的同情。

由于欧茨众多小说中的鲜明的女性特征和女性立场，评论界把她称为"勃朗特姐妹第四"。但是，一些研究者们指出，欧茨小说中很多女人是负面形象，她并不是一个女权主义者。欧茨本人也否认这一点，她既解剖社会——男人和女人，也细致地解剖女性自身，她的小说是社会和女人的一面镜子。

在《如愿以偿》这个短篇中，欧茨着力刻画了两个女人，一个崇拜男权，抢夺另一个的丈夫，另一个忍气吞声，维护局面，结果两人都成了牺牲品，小说揭示出现实中女性的弱者地位和不幸遭遇也是由于她们自身的局限：依附男权的集体无意识。

从70年代中期开始，欧茨的小说风格转向了"心理现实主义"，她更多地采用了象征主义、意识流等现代派的艺术手法，对人物的内心活动、潜意识活动进行剖析，从心理真实的角度展示现代城市生活和人们的精神状况。

长篇小说《任你摆布》（1973）是欧茨向心理现实主义转变的一个标志。这部小说具有拉美的"魔幻现实主义"的特点，主人公叶列娜是一个

"睡美人"，她消极被动，始终听从命运的安排。她自幼受父亲虐待，又跟着母亲卖自己的玉照，做广告谋生。母亲把她嫁给了一个做律师的百万富翁，这个律师接受金钱原则而抛弃道义，对美国不抱有任何信心；叶列娜后来的情人杰克也是律师，和前者正相反，他不计个人私利，为穷苦人打抱不平，两个男人体现了两种为人的准则，而叶列娜喜欢后者，尽管她长期压抑自己，顾全丈夫，后来还是投向了情人的怀抱。这并不意味着一个乐观的结局，因为这位律师情人也对现实绝望，他不再相信法律的道义力量，甚至也不相信新一代人会有所改变……

欧茨的"心理现实主义"最成功的代表作是短篇小说《关于鲍比·T案件》（1974），小说从人物心理的角度写了一个悲惨的故事：十九岁的黑人青年受到白人小姑娘的挑衅后，进行自卫被捕入狱，由装疯变成了真疯，以至于在精神病院里一关就是十九年。当他出狱时，早已没有正常人的生机与活力，他胆怯得不敢正视别人，不敢过马路，简直变成了一个窝囊废。是美国长期以来种族歧视的集体无意识害了他的一生，那个白人小姑娘虽受到了良心谴责，却也无法真正理解他所遭受的精神痛苦。这篇小说运用"意识流"手法，颠倒了故事的时间、空间顺序，却不失必要的条理性。

70年代，欧茨的两部长篇小说《查尔德·伍德》（1976）和《不神圣的爱情》（1979），都显示了现代派艺术的特点。有些情节不乏荒诞性。还有短篇小说集《诱奸及其它故事》（1975）、《毒吻及其他故事》（1975）等，都意在追求"心理的真实"。

80年代以来，欧茨由"心理现实主义"走向了主观幻想。由于作者刻意追求一些时髦的新手法，有些小说更加荒诞。《贝尔弗勒》（1980）描述了一个美国家族在二百年间的遭遇；《布勒兹摩传奇》（1982）写五姐妹的传奇故事，不乏黑色幽默的味道。

欧茨多才而多产，她集各家各派艺术之长，在小说创作上自成风格，80年代中期后，她激进的艺术实验又有回归的倾向。1985年的《冬至》是以心理描写的方式，写两个现代妇女间的复杂关系；90年代，欧茨又发

表小说《黑色的水》（1992）、《行尸》（1995）、《我为什么而活》（1995）、《我心空置》（1996）、《疯人》（1996）等。

1996年的《我们是玛尔文尼一家》引起了评论界的关注，欧茨把目光投向了70年代的美国，她带着深深的同情，用精湛的技艺写出了美满和睦的一家人怎样被一场突如其来的强奸案所拆散以及每个成员在家庭内外的悲剧，小说还涉及了个人自由、性别、阶级、原罪等问题。

欧茨的小说《金发》荣获2000年美国国家图书奖。2001年，"9·11"恐怖事件发生后几星期，欧茨推出力作《中年浪漫之旅》，颇受好评。2007年，她又出版了自己的第36部长篇小说《掘墓人的女儿》，描写了美国移民家庭的生活。

我们期待这位文坛"女才子"的更多传世之作能够早日问世。

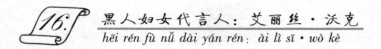

16. 黑人妇女代言人：艾丽丝·沃克
hēi rén fù nǚ dài yán rén：ài lì sī·wò kè

和托尼·莫里森同样活跃于美国当代文坛的还有另一位黑人女性作家艾丽丝·沃克，她兼小说家与诗人于一身，而且同时具备了女性作家、黑人作家、南方作家的多种身份，艾丽丝·沃克也是同自己命运作斗争的一个优秀女性。

1944年2月，艾丽丝·沃克出生于佐治亚州伊敦的一个奶牛场兼棉农家庭，父母终日劳苦以维持家用，沃克是家里众多孩子中最小的一个。她自幼便要帮助父母操持家业，生活很辛苦。在沃克八岁的时候，一个哥哥用玩具手枪打伤了她的一只眼睛，由于家里贫穷，支付不起昂贵的医疗费，她的眼伤一拖再拖，最终导致了永久性失明。

沃克常常因为眼睛的缘故而自惭形秽，她在人群中沉默寡言，经常躲在一边，自己读小说。在寂寞而苦涩的少年时代，夏洛蒂·勃朗特的《简爱》成了她的精神支柱，小说中女主人公顽强的个性坚定了她和困难作斗争的信念。沃克在读书之余，开始尝试着写作。后来，她意外地获得了一笔奖学金，有机会进大学深造，在纽约的萨拉·劳伦斯学院里，她受到了自由活跃的学术氛围的熏陶，开始了正式的文学创作。

大学毕业后，沃克在杰克逊学院、威斯莱学院和耶鲁大学执教。1967年，她同一位律师结婚，生有一个女儿，但这次婚姻以失败而告终。

沃克早年曾有过被骗失身的不幸遭遇，她对黑人妇女在种族歧视和性别压迫下的悲惨命运有着深深的同情，她关心美国的妇女问题和黑人问题，尤其是黑人妇女的解放问题。在60年代，沃克积极参加当时的黑人民权运动和女权运动，她把种族平等和妇女解放作为自己的终身事业并以自己的文学活动和社会活动努力实践着这一理想。

沃克的创作生涯由诗歌开始，她最早发表的作品是1968年的一本诗集：《一度》。在以后的几年里，又发表了三本诗集，一起收在了1991年的一部诗歌集中。沃克的诗歌大多具有自传性，她通过诗歌倾诉自己内心的情感：悲伤、恐惧、希望与绝望等。《一度》是写她参加黑人民权运动的感受和非洲生活的经历；《革命的牵牛花》、《晚安，威利·索，早晨再见》是写她的童年经历和参加黑人斗争的经历，其中也表达了诗人对美好爱情的渴望。

沃克的南方家乡，背负的是屈辱的历史，奴隶制、租田交谷制、工资制，黑人遭受残酷的种族剥削，而黑人女性，是生活在种族主义和大男子主义的双重桎梏之中。沃克始终没有离开过她所熟悉的南方黑人、黑人女性。她的小说，是暴露真实的，这并不意味着沃克缺乏文学想象的才思，她自觉地把表现黑人的苦难当成自己的艺术使命，其小说的独特之处在于细腻地描写人物的心理，用复杂的心理过程再现外部的现实，而人物形象也随之突现出来。

1970年，沃克发表长篇小说《格兰奇·科普兰的第三次生命》，其中的黑人妇女们，经受的是白人剥削和黑人男权的双重压迫，而女主人公柯兰奇后来从租田交谷制中解放出来，其代价却是黑人妇女们出卖劳动，牺牲肉体；柯兰奇的孙女露丝参加了黑人人权运动，终于站起来。沃克真实地再现了南方黑人妇女一家三代的苦难历史和黑人女性的觉醒过程。《梅丽迪思》（1976）的女主人公和露丝有相同之处，她认识到了种族压迫和男权压迫的不合理，认识到女性应该争取自主自立，北方城市的黑人民权运动令她向往，但她更眷恋南方故乡的民俗风情，最后还是返回了家乡。

沃克于1973年发表短篇小说集《爱情与烦恼》，于1974年荣获美国文学艺术学会的罗森塔尔奖。

真正奠定沃克文学地位的作品是1982年的长篇小说《紫色》，这部小说荣获三项大奖（普利策小说奖、全国图书奖、全国书评家协会奖），《紫色》后来被改编成电影，搬上了银幕，沃克也因此而在美国文坛上大出风头。

小说的标题"紫色"象征了黑人妇女的人格尊严和自由美好的生活，其主人公西丽亚从童年到中年都是在种族、阶级和夫权的重重压迫下度过的，后来，逆来顺受的西丽亚渐渐觉醒并终于取得了反抗斗争的胜利。

《紫色》的故事发生在20世纪初的南方佐治亚州，主人公西丽亚的故事最引人注目，她从幼年到中年的大半生都生活悲惨，她周围的男人们都让她尝尽了生存的痛苦。西丽亚一岁时丧父，母亲病倒在床，色鬼一样的继父奸污了十四岁的西丽亚，使她生下两个孩子，母亲不了解真相被活活气死，继父在两个孩子出生后就把他们送了人。一个中年丧妻的黑人农民追求西丽亚的漂亮妹妹耐蒂，到家里求婚，继父不肯答应，把长相难看的西丽亚嫁给了他。西丽亚发现继父和丈夫都对耐蒂不怀好意，就帮助她离家逃走，从此姐妹分离。西丽亚的丈夫对她百般虐待，非打即骂，把她当成了发泄性欲的工具和随意驱使的奴隶，西丽亚逆来顺受，忍辱负重地抚养丈夫的前妻留下的四个孩子，可惜这些不懂得爱的人谁也不感激她，没有人爱她，她对家里人也没有真正的感情，她只把丈夫称作某某先生。她身心痛苦无处可诉的时候，只好给上帝写信。

某某先生的大儿子哈波和一个叫索菲亚的女孩结婚，他照父亲的老传统，打骂妻子，而索菲亚向来倔犟，不肯驯服，生了几个孩子之后，还是离开了丈夫。

有一件事促成了西丽亚性格的转变，某某先生从前的情人歌唱家莎格来镇上演出，后来流落街头，被某某先生接回家中。西丽亚精心照顾莎格，她的病很快好起来，两个人成了好朋友。莎格启发西丽亚不能逆来顺受、做牛做马，要和某某先生作斗争，争取做人的权力。西丽亚的思想迅速地转变，开始重新思考上帝、男人和女人的问题。后来西丽亚发现某某先生暗中把妹妹耐蒂从非洲的来信藏起来，不许她看，她在偷读了那些信件后，终于决心离开他，和莎格一起到孟菲斯去。在莎格的帮助下，她学习缝纫，成了裁缝师，过上了自食其力的独立生活。某某先生在莎格和西丽亚的刺激下，终于认识到自己的错误，于是便向西丽亚道歉，他们虽不是夫妻了，却成了知心朋友。

西丽亚的妹妹耐蒂随牧师塞缪尔一家去了非洲，她证实了牧师夫妇的一儿一女就是当年姐姐被抢走的孩子。塞缪尔的妻子患病去世后，耐蒂和塞缪尔结成了夫妻，他们带着儿子、儿媳和女儿回到美国。小说的结尾一派光明：西丽亚意外地从继父那里收回了母亲遗产中的大房子，耐蒂一家人乘车赶来，她和妹妹、和一双儿女重新团聚，就这样，曾经是饱经磨难、天各一方的一些人又都团聚到一起，组成了一个生机勃勃的大家庭。

沃克的《紫色》，获得了成千上万的读者，尤其是黑人女性，她们特别喜爱这部小说，一些评论家也给予了高度的赞扬。但是，它也遭到了攻击，因为一些黑人男性从小说里，从小说改编的电影里，看到的都是普遍存在的反面的男性角色，这引起了一些评论家的反感和憎恨。沃克的有些短篇小说还遭到了更严酷的打击，加利福尼亚官方机构曾指责沃克的小说不道德，对之进行严格审查。

沃克对这些负面评论并非毫无反应，她的一部评论集《两次踏入同一河流：尊重困难》（1996），收集了她的个人评论和有关《紫色》的评论，而且还有几位读者来信。

作为一名经历坎坷的黑人女作家，沃克对芸芸众生有着深切的理解和同情，她把文学创作、文学评论和阅读看做一种人类救治心灵、抚慰创伤的特殊方式，她反对那种蔑视作家和读者的心灵，凭个人好恶伤害作者和读者的文学批评。沃克虽然早已成名，却始终以平凡的人自居，乐于接近读者，以一颗平常心来理解他们。也许是由于这个原因，有些自命高贵的人指责她的小说《我所熟悉的庙宇》（1989）是低级俗气。

但是，无论怎样，沃克的小说和诗歌，总是在高扬着为黑人和黑人妇女争取自由平等的主题，这种高贵而又平实的精神鼓舞着无数的普通读者为美好理想而奋斗。

在80年代以后，美国许多黑人作家离群索居，不问现实，沃克却立志于表现黑人的传统风俗和文化心理，在小说艺术上继承前人又有个人的创新，对黑人文学的发展起到了推动作用。

沃克曾经担任过《喉舌》杂志主编，1984年，她建立了自己的出版公司，在90年代，她仍然保持着对社会事业的热情，她积极参加反对种族隔离的运动并为保护世界妇女的权益而进行斗争。1998年，她奉献出一部充满激情的作品——《父亲的微笑之光》。

2004年，沃克发表了她新千年的第一部长篇小说《现在是你敞开心扉之际》，是作者的一部精神自传。

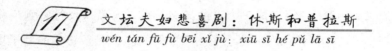

17. 文坛夫妇悲喜剧：休斯和普拉斯
wén tán fū fù bēi xǐ jù：xiū sī hé pǔ lā sī

特德·休斯（1930 — 1998）和西尔维娅·普拉斯（1932 — 1963）是西方当代诗坛上的两位夫妻诗人，前者享有"英国桂冠诗人"的美誉，后者是美国"自白派"诗歌的女性代表。

1956年，休斯与普拉斯在英国剑桥大学相遇，他们一见钟情，"秘密"地结婚，一年后，两人赴美国居住。他们在诗歌领域内都取得了令世人瞩目的成就，但他们的婚姻却以十足的悲剧收场。

休斯于1930年出生在英国约克郡密索姆罗亥德市，他十五岁开始写诗，"二战"时曾在皇家空军部队任职，50年代在剑桥大学攻读人类学和考古学并从事诗歌创作，自1957年出版第一部诗集《雨中鹰》之后，他的诗歌艺术日臻成熟并逐渐形成了自己独特的风格，成为继菲利普·拉金之后最重要的一位英国诗人，他的诗作，被评论界称为是英国六七十年代时代灵魂的体现。

休斯有丰富的想象和激情，他的艺术想象和诗人的激情充分体现在诗歌创作当中，他不像拉金等人那样冷漠地静观生活，他关注外部世界，基本不直接涉及社会阶级等问题，但他却透析了自然界各种力量间的矛盾斗争，并以此比喻人类社会的矛盾斗争。

休斯擅长于写动物，沉迷于写动物，在他的笔下，有各种各样的凶恶的、丑陋的动物：马、老鹰、老鼠、乌鸦、狗鱼、羔羊……这些动物们在肃杀、暴戾的大自然中互相争斗，强者逞强，弱者绝望，每一首诗中都有鲜明具体的暴力画面。有一些人甚至把这位着力写动物的诗人称作"动物园里的桂冠诗人"。

动物界和自然界的乖张、丑陋和残暴是一种比喻，在休斯看来，任何暴力和剧烈的行为都是宇宙运转的基本形式，动物形象、动物的争斗也象征着人类的现实和人的内心感受。在他的诗作《马群》中，有十匹马，在萧条冷寂的气氛中，岿然不动；《栖息的猎鹰》写的是一只猎鹰，栖在高枝上，一副唯我独尊的姿态，自以为它的双脚能主宰世界；《狗鱼》则是先写了狗鱼美好的形态，接着就写它杀气腾腾、凶恶地吞吃鱼苗，又吞吃了另外两条狗鱼，最后点明题旨：狗鱼同类相残的场景喻示了英格兰文明掩藏了暴力残杀的往事。此类动物与暴力的比喻，不胜枚举。

休斯写暴力，却不是在宣扬暴力，他是在宣泄他对人生、对世界的悲观感受。"二战"后，西方社会到处是凶杀和暴力事件，自然界面临着生存危机，而人们则面临着精神危机。严酷的现实容不得诗人去浪漫地想象，休斯放弃了歌唱爱与美的主题，用忧郁的目光观察世界，其诗作也渗透着对狂暴者的批判和对弱者的同情。《栖息的猎鹰》中那只不可一世的猎鹰即是希特勒形象的再现，猎鹰的心理活动生动地解说了法西斯独裁者的阴险霸道的天性，《羊》以弱小的羔羊为描写对象，它那可怜的叫声，似乎是绝望的人在哀叹，这里无疑渗透着诗人悲天悯人的情怀。

面对"动物园里的诗人"的称号，休斯强调说，他的诗不是仅止于暴力，他是在写生命力。然而，无论是自然界的生命力，还是人类的生命力，都不仅仅是暴力和争斗，休斯过分地强调了暴力，生命力中的优美和谐的那些成分被省略了，或是搁置了。

休斯取得了诗歌艺术上的成功，其诗作中具体鲜明的意象和精当而流畅的描写，都赢得了读者的喜爱。然而，休斯妻子的悲剧却使得众多读者对他的人品产生了质疑。

普拉斯 1932 年出生于美国波士顿，她是个小才女，少年时酷爱写作和绘画，中学时代开始发表短篇小说和诗歌，她在史密斯女子学院读完大学后，赴英国剑桥大学读硕士，在那里，结识了诗人休斯并与之结合，她从休斯那里，获得了诗歌的灵感和激情，却也遭受了婚姻的不幸和命运的打击。

普拉斯在少女时代遭遇爱情的时候，大概没有料想到日后为人妻、为人母的不幸，事实证明，她做休斯的妻子并不比普通的女人们更幸福，她要料理家务，照顾孩子和丈夫，她感到自己走进家庭，却失去了以往的自由，失去了应有的人格尊严。作为一个有才华、有个性的诗人，她不甘心放弃事业，而世俗传统又要求她履行做妻子、做母亲的责任。她还经常因怀孕、流产和其他疾病而住院，丈夫有外遇后，他们之间的夫妻关系急剧地恶化，社会和家庭都让她绝望，在精神和肉体的双重压力下，普拉斯得了严重的精神病，她开始关注死亡，死亡成了她向往的最终归宿，成了一门艺术，她的许多诗都以死亡为主题，表现她对生命与死亡的体验和她的自杀情结。

普拉斯的第一部诗集《巨像》（1960）忠实地记录了她的生活经历和精神苦旅，其中《所有死去的亲人》一诗以死亡为主题，有明显的哥特式特点，死亡的恐怖被变成了真正的、复杂的感官上的阵痛；《死亡公司》一诗把两个人相遇隐喻成死亡的相遇；《图腾》一诗也是充满了死亡的气息：生命如同苍蝇，被巨大的蜘蛛吞掉；

普拉斯最优秀的诗集《阿丽尔》（1965）出版于她去世后，诗人用纯熟的语言再现阴暗的社会，整个诗集都充满了跳跃性的意象，给人带来强烈的视觉刺激和心理刺激：疯狂、战争、残杀、吸毒、乱伦、精神病……
我们从中看到的是社会的疯狂和诗人对死亡的崇拜。

　　普拉斯在她短短的一生中，经历了太多的痛苦和不幸，而尤其不幸的
是，她又是个过分敏感、个性极强的女人，她曾多次因精神病而住院，孤
独、绝望的悲观情绪一直主宰着她，她的诗歌书写了现实中女性的遭遇，
而她对真理、对诗歌艺术的探索却付出了生命的代价。1963 年冬，普拉斯
的丈夫因外遇而提出离婚，她带着两个孩子住在寒冷破旧的公寓里，没有
经济来源……普拉斯内外交困，度日艰难，又一次陷入了精神分裂的状态
之中。一天早晨，她打开煤气，自杀身亡，一位才华横溢的女诗人过早地
离开了人世。

　　普拉斯的悲剧，很大程度上是由于婚姻的不幸。休斯作为诗人，他反
对暴力、关怀人类，然而，作为男人、作为丈夫，他却无意中实施了精神
的暴力，他不仅没能维系爱情，还冷漠地忽视普拉斯，甚至没给她情理之
中的关心和照顾，致使她走上自杀的绝路。

　　自古及今文人无行的例子不胜枚举，强大的男权文化却将男权暴力和
女人苦难排除在文学之外，普拉斯的创作，是对传统写作规范的坚决反
叛，她的诗歌是女性苦难及其精神痛苦的控诉。文学指引着人类精神向文
明求索，而只有把艺术之美和生活之善结合起来，文学才不会成为文明的
背叛。

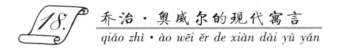

18. 乔治·奥威尔的现代寓言
qiáo zhì · ào wēi ěr de xiàn dài yù yán

　　英国作家乔治·奥威尔（1903 — 1950）生于印度孟加拉邦的莫蒂哈
里，原名埃里克·布莱尔。父亲在当时的殖民地政府任下级官员，用奥威
尔自己的话来说，他的家庭属于"上层中产阶级偏下，即没有钱的中产阶
级"。1904 年，年幼的他随母亲回到英国。

　　1911 年，八岁的小奥威尔进入圣塞浦里安寄宿学校，饱受富家子弟和

势利校长的白眼，这段生活经历对他以后的性格有极大的影响。随着欧战于1914年爆发，奥威尔首次在地方报上发表了诗作《醒来吧，英国的小伙子们》。小学毕业后，因家庭经济拮据，奥威尔靠奖学金进入了贵族化的伊顿中学，并从此开始接触民众自由和社会主义思想。十八岁时因中学成绩平庸，无法申请牛津或剑桥奖金，而家庭贫困的状况又无力供他继续升学，青年奥威尔只得报考公务员；尽管他憎恶帝国主义，称之为罪恶，可是他最终又不得不去缅甸参加帝国警察部队，从事这一他认为可耻的工作。在缅甸的五年军役中，奥威尔目睹了帝国主义统治对殖民地人民造成的苦难，激发了他当年在圣塞浦里安学校时期萌发的反权威思想，尤其痛恨将人像牲畜一样任意驱使。这些对他日后坚持个人自由的思想有很大影响。

1927年，奥威尔休假回国，决定辞职，不久便开始了写作生涯。像两次大战之间的许多作家一样，他受当时流行的社会主义思潮影响，想改变大众的生活境遇。1933年奥威尔用乔治·奥威尔这个笔名出版了《在巴黎和伦敦的穷困潦倒生活》，记述了他当年出于对下层人民的同情，为广泛收集素材，在巴黎和伦敦深入底层，过穷苦生活的经历，当时他曾在巴黎一家豪华旅馆当帮工，也曾到英国肯特郡当农业雇工。接下来他出版了小说《缅甸岁月》（1934）、《教士的女儿》（1935）、《让叶兰继续飞扬》（1936）。受出版商聘任，为反映英国工人阶级生活状况，奥威尔到英格兰北部工业区约克郡、兰开郡考察，目睹了工人失业、饥寒交迫的情景，坚定了他对社会主义的向往，归来后写了《去维冈码头之路》（1937）。

1936年7月，西班牙内战爆发，在与爱琳·奥肖纳塞结婚后，奥威尔以记者身份携妻子去西班牙，随即参加保卫共和国的国际志愿军。由于偶然的原因，奥威尔参加的不是国际共产党支持的国际纵队，而是反斯大林的托派组织，以致后来支持共和国政府的力量进行清洗时，他险些被当做托洛茨基分子处死。西班牙内战经历使奥威尔又增添了对社会主义可能破坏个人自由的恐惧。他创作的作品也再次证明，他的"社会主义"是正义、公平、消除贫困、保持个人自由的社会主义，是缺乏严密的科学性和鲜明的阶级态度的社会主义。为报道西班牙内战，1938 年他出版了《向卡德罗尼亚致敬》一书。

此后，"二战"又全面爆发。奥威尔多次报名参军，皆因体检不合格遭拒，后只好参加保卫英国本土的国内警卫队，并为英国广播公司（BBC）主持对印度广播。其间他在战前所作的小说《游上来透口气》（1939）出版，并于 1943 年着手创作《动物农场》（1945）。

作为奥威尔的一部重要作品，《动物农场》是典型的政治寓言式的小说，小说具有强烈的反乌托邦色彩，描写的是"动物庄园"里长期以来受苦受难的动物们发动了一场反对主人残酷统治的大革命，革命成功了，旧主人被推翻，但新主人很快又腐化堕落了。小说伊始，农庄上的"长者"公猪临终前向大家讲述它梦中所见的动物乐园景象，号召推翻一切动物灾难的根源——人类统治，建立平等友爱、没有剥削的理想社会。在他的鼓动下，农庄上的动物们赶走了农庄主，焚毁了象征奴役的鞭子，以开始平等美好生活。

可是好景不长，充当首领的公猪"雪球"与"拿破仑"发生了分歧。雪球主张建起风车以减轻大伙的劳动强度。而在进行表决时，拿破仑却放出他私下豢养的恶犬将雪球逐出了庄园，并将此后的一切歉收、挫折都归罪于雪球的暗中颠覆破坏活动。从此以后，以统治者自居的猪们开始侵占其他动物的劳动成果，并对不满情绪予以血腥镇压。很快，长者的"动物遗教"被篡改得面目全非："动物一律平等"变成"动物一律平等，但有的动物较之其他动物更为平等"，"任何动物不得杀害其他动物"变成"任何动物不得杀害其他动物而不陈述理由"……遗教遭到背叛，理想陷于幻灭，庄园里的动物又回复到了以前受奴役、受剥削的地位。

由于《动物庄园》的出版版税丰厚，奥威尔生活开始宽裕起来，在结束作为《观察家报》驻欧战地记者报道战争状况的生活之后，他迁居到苏格兰一海岛上生活，开始写《1984》（1949），该书 1948 年完稿，书名只是把该年"48"颠倒过来，变成"84"，设想成三十五年以后发生的事。

故事中的世界分成三个超级大国——大洋洲、欧亚和东亚。为了国内统治需要，彼此间常年处于战争状态，他们的人民遭受毫无自由可言的集权统治。英国属大洋洲国，故事就发生在伦敦。大洋洲居民分三类——无所不在、从不公开露面的党魁"大哥"为首的"内层党"占统治地位，此外是外层党和无产阶级。"真理部"随时改写历史，以适应统治需要；思想警察则随时监视党员的活动，随时将独立思考的思想犯"化为灰烬"。独裁者"大哥"手段毒辣，洞悉人性弱点，通过强制安装在每一家庭、每一角落的荧屏来监视人们的一举一动；而且荧屏还能侦察人的内心思想；甚至他们处于睡梦状况也在控制之下。国家控制每一领域，爱情遭到禁止，婚姻由国家安排，人民已无任何价值、尊严、友情可言，他们彼此出卖、背叛。这个国家的语言也是遭到严重破坏的"新语"，"新语"被统治者称之为主持公道和实现社会进步的语言，这种语言无法表达异端思想；在新语中，战争等于和平，无知等于力量。党把一切主观强加给外部现实，"党认为是真理，就是真理"。

故事中主人公温斯顿·斯密斯是"真理部"工作人员，有一定的独立思考能力和反抗精神，幻想自由美好的"金色田野"，私藏日记以记录个人思想和历史事实，甚至对一个姑娘产生爱慕之情。可是他最终还是被秘密警察抓获了。他在现实面前最终碰得头破血流，在精神上被打垮了。

最后，温斯顿面对"大哥"的巨幅画像凄然泪下，"他已经赢得了对自己的胜利，他爱上了'大哥'"。

这种指鹿为马、颠倒黑白的做法使人类的理性遭到无以复加的亵渎。这种个人或集团把意志强加给民众的行为以斯大林和前苏联为原型，预示国家对权力不加限制所带来的危险。这部小说再次以政治寓言形式把反乌托邦小说推向顶峰，在西方几乎家喻户晓，"奥威尔式的"已成为一个常用的形容词。

总之，把奥威尔前后期的作品放在一起，人们就可以看出他的两大基本主题：贫困与政治，正如作家自己说的："使每个现代人感到困惑的孪生噩梦，即失业的噩梦和国家干预的噩梦。"

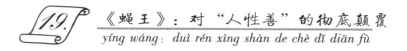

19. 《蝇王》：对"人性善"的彻底颠覆

yíng wáng: duì rén xìng shàn de chè dǐ diān fù

《蝇王》是英国著名小说家威廉·戈尔丁（1911—1993）的成名作和代表作。

戈尔丁出生于英国南部康沃尔郡的一个知识分子家庭。他从小就对文学感兴趣，并阅读了大量的古典文学作品，尤其是那些描写儿童和成年人生活的作品。1930年他遵从父亲的旨意，进入牛津大学攻读自然科学，但他最终还是不忍放弃自己所喜爱的文学，而于两年后又改学文学。1935年他获得了文学硕士学位。

戈尔丁于1934年发表了他的处女作——一本包括二十九首小诗的诗集，没有引起任何反响。毕业后，他到伦敦的一家小剧团作了编剧和导演，有时还在戏中客串一些角色。1939年，在家庭的压力下，他不得不离开剧团，到英国南部的一所教会学校任教职。不久，第二次世界大战爆发，戈尔丁应征入伍，在皇家海军服役。经过了五年的战火历练以后，戈尔丁于1945年退役，仍回学校执教，同时又重新拿起笔，进行文学创作。

戈尔丁

1954年戈尔丁发表了长篇寓言体小说《蝇王》，小说一问世就获得极大成功，英国小说家、批评家福斯特把它评为英国当年的最佳小说，批评家泼列却特则称戈尔丁为"我们近代作家最有想象力，最有独创性者之一"。小说的突然走红多少使戈尔丁有点意外，因为本书在出版以前，曾先后被二十一家出版社拒之门外。但金子终究是金子，不管它是被埋在沙里，还是见之于世，它的价值不会被永远埋没。《蝇王》最终得到了世人的一致认同。60年代，它一跃成为大学校园里的畅销书，并被搬上银幕。如今，它已被列为英美大中学校的英文教材和必读书目，享有"英国当代文学的典范"的声誉。

小说写了一群英国小学生在一个荒岛上如何变成野蛮人的故事。作者通过对这些天真无邪的儿童所发生的变化的描写，揭示出了与传统的"人性善"的观点截然相反的"人性恶"的主题。

为了逃避一场核战争，一群六至十二岁的孩子乘飞机逃离英国，途中飞机失事，机上的成年人全部身亡，而这群孩子则都漂流到太平洋中的一座荒无人烟的小岛上。在这里他们模仿英国的社会制度，建立了一个民主政府，并做了劳动分工。手执螺号的十二岁少年拉尔夫被推选为首领。

不愿服从拉尔夫领导的杰克和他带领的唱诗班的孩子则自成一个团伙，他们不甘心每天搭窝棚和照看那个作为求救信号的火堆，而是学着野蛮人的样子满脸涂黑，去森林里打猎。他们砍杀了一头正在哺乳幼崽的母猪，并把猪头砍下来作为祭品，献给那个使他们胆战心惊的神秘怪兽——遇难并腐烂的飞行员。猪头上爬满了苍蝇，所以被称为"蝇王"。

杰克领导的猎手们变得越来越野蛮、凶残。他们杀死了成熟、善良、善于思考的西蒙，又抢走了可以用来点火的皮吉的眼镜。当拉尔夫和皮吉前往讨还眼镜时，杰克的部下罗杰用巨石砸死了皮吉。随后他们又合伙对付拉尔夫。拉尔夫寡不敌众，藏身于丛林之中。不肯善罢甘休的杰克一把火将整个海岛化为灰烬。拉尔夫陷入了绝境。

正在这危及关头，成人世界又介入进来。岛上升起的浓烟黑雾引来了一艘刚好路过此地的英国军舰，一名海军军官上岛制止了孩子们的野蛮行径，并将这群已经失去人性的孩子带离了荒岛。

小说的英文书名 Lord of Flies（"蝇王"），即"苍蝇之王"，是粪便与污物之王，也是丑恶的同义词。它源出于希伯来语"Baalzebub"（意即撒旦或魔鬼）。在《圣经》中，"Baal"被当做"万恶之首"。作者给小说取名为"蝇王"，意在表现"人心的黑暗"，以及"人类产生邪恶就像蜜蜂制造蜂蜜"一样的主题。

作品中被抛到荒岛上的一群男孩，害怕莫须有的"野兽"，到头来，真正的"野兽"却是他们的人性中所潜伏着的兽性。野蛮的核战争把孩子们带到了这个孤岛上，但他们却重现了使他们落到这种处境的历史全过程。对于这些天真无邪的孩子们来说，脱离文明社会就是脱离了制度的规范和文明的约束，于是，他们分裂成崇尚本能的野蛮派和讲究理智的文明派，并由起初的齐心协力发展到后来的互相残杀。

《蝇王》剧照

最后野蛮派压倒了文明派，这说明归根结底是人类本身把乐园变成了屠场。

《蝇王》中的主人公主要都是 19 世纪英国小说家巴伦坦的著名小说《珊瑚岛》中的人物。《珊瑚岛》是一部儿童历险小说，发表于 1857 年。书中的三个主人公拉尔夫、杰克和彼得金一起乘船旅行，途中遇险，轮船沉没。他们几经周折，最后漂流到南海中的一座荒岛上，这就是"珊瑚岛"。在岛上，他们遇到了食人部落的人，还碰上了凶残的海盗，拉尔夫还一度被海盗劫走。然而，在这个生存环境异常险恶的岛上，三个心地善良、机智勇敢的少年克服了种种艰难险阻，智胜海盗，教育感化了生性野蛮的当地土著，救出了拉尔夫，还搭救了一名险遭不幸的少女。他们传播基督教精神，同时还按照英国的模式，在岛上建立了一个小型的文明社会。最后，三个孩子全部获救，又回到了英国。

《珊瑚岛》继承了《鲁滨孙漂流记》所开创的"荒岛文学"的题旨，揭示和发展了关于人类发展过程中，文明战胜野蛮的历史观念，同时，也表现了人性善的主题。可是戈尔丁却不这样想，他认为人性本恶，文明是脆弱的，社会的缺陷应归结为人性的缺陷，然而人类对此却并无自觉。因此，他的作品就是要使人正视"人自身的残酷和贪欲的可悲事实"，从而医治"人对自身本性的惊人无知"。

戈尔丁曾经表示，主要有三个方面的因素促使他写出了《蝇王》这部小说：一是战争中五年的服役；二是后来知道纳粹干了什么；三是十年的教书生涯。

戈尔丁经历过第一次世界大战，又参加过第二次世界大战，还亲自了解了几百万犹太人惨遭法西斯杀害的暴行，原子弹惊人的杀伤力，更是彻底地粉碎了他青年时代的梦想。"二战前，我相信社会的人能够达到完善的境地。"但当他在"二战"中目睹了"受过教育的人"们所干的丑行后，戈尔丁对人类感到绝望了，从此他开始致力于探索人性中丑恶的方面。

戈尔丁有将近十年的教龄，因此他有充分的机会接触和观察青少年学生。他通过观察和研究发现：如果没有规章制度的约束，没有老师的及时制止，学生们就会打架斗殴，表现出野蛮的行为。人性恶，在这些未成年的孩子身上自然地流露了出来。于是，他受到启发，借用传统的荒岛小说的人物和题材，表现了与之截然相反的主题。那就是，人的天性中潜伏着不可克服的邪恶意识，而且这种邪恶意识会不断膨胀，在缺乏约束的情况下，将会产生巨大的破坏力。这样，就对一部人类文明史作了反向的暗示。

在《蝇王》成功的巨大光环的照耀下，戈尔丁又先后推出了长篇小说《继承者》（1955）、《品契·马丁》（1956）、《自由堕落》（1959）、《塔尖》（1964，又译《螺旋》）、《金字塔》（1967）、《看得见的黑暗》（1979）、《航程祭典》（1980）、《纸人》（1984）和《近方位》（1987）等。其中《航程祭典》曾获布克·麦康内尔图书奖。此外，他还写过剧本、散文和短篇小说，并于 1982 年出版了文学评论集《活动的靶子》。

同时，戈尔丁本人也以他不懈的努力，不断地获得各种声誉。他从 1955 年起成为英国皇家文学院院士，任美国弗吉尼亚州豪林斯大学客座教授。1961 年获牛津大学文学硕士学位，1970 年获布赖顿市萨西克斯大学文学博士学位。1983 年，瑞典文学院因为他的小说"用明晰的现实主义的叙述艺术和多样的具有普遍意义的神话，阐明了当今世界人类的情况"，授予他本年度的诺贝尔文学奖。当然，戈尔丁获得此项大奖，《蝇王》功不可没。

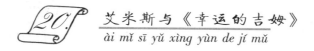

20. 艾米斯与《幸运的吉姆》
ài mǐ sī yǔ xìng yùn de jí mǔ

二战以后，西方知识分子们自我感觉日益渺小，作家们失去了以往的精英身份，被迫采取一种消极态度去对待人生与社会：于绝望之中再现生活的荒诞，戏谑式的对自身及同类进行幽默调侃，以夸张变形的手法再现生活的真实和精神的真实，西方文学的精神取向和艺术风格正迅速地经历着一场场的演变。当繁华落尽，再回首，重读名作，我们还会与那些不朽的精神和著作发生情感共鸣。这里我们再回顾一下英国的"愤怒"文学的代表作家金斯莱·艾米斯。

50 年代初期的英国，出现了一批由"愤怒的青年"所组成的文学流派，一些青年作家对资本主义工业机器和社会体制对个人的肉体与精神的压迫深恶痛绝，对下层的小人物们的苦涩的身心体验有着深深的同情。由于自身感受了过多的压抑和苦闷，他们便通过文学作品向社会发出"愤怒"的呐喊，向世人表明他们的悲伤、绝望和愤怒，以这种消极的对抗方式来维护自我的尊严。

金斯莱·艾米斯就是"愤怒的青年"之中的一位代表，他 1922 年出生于英国伦敦，受到过良好的教育，在牛津大学获得文学学士学位。"二战"时期，他在英国军队里任过职，战后在威尔士、英格兰和美国做大学

教授，也在剑桥大学工作过。学院里的生活经历酿成了他的反精英、反主流的思想，直接孕育了当年蜚声文坛的"吉姆"形象，可以说，是"愤怒的青年"的精神反抗成全了艾米斯，他由于突出的文学贡献获得了不凡的社会地位和人们的尊重。

艾米斯既是小说家，也是评论家和诗人。他出版过几部短篇小说集、三部诗集，还有大量的评论文章。他的小说继承了现实主义传统，用喜剧的、甚至滑稽的叙事手法写出了英国社会中小人物们的平凡生活，写出了他们生活表象之后的悲剧实质。他的小说《幸运的吉姆》（1954）、《那种莫名感觉》（1955）被认为是"愤怒的文学"的代表作，此外，像《找一个像你这样的姑娘》（1960）、《反死之联盟》（1966）、《我现在需要它》（1968）等也很著名。多才多艺的艾米斯还写过一些神怪小说、科幻小说，发表过许多关于科幻小说的研究专著。

艾米斯的名字，是和他的成名作《幸运的吉姆》一起走红英国文坛的。这部小说是战后英国文学中最成功的作品之一，也是"愤怒"文学的典型代表作。这部小说更像一部喜剧，或是一部闹剧，艾米斯本意并不在于讲稀奇的故事来充噱头，他是借吉姆的故事向正统的精英文化发动精神反抗。

《幸运的吉姆》写的是一个在事业上无比压抑、爱情生活上一波三折的大学讲师吉姆的"幸运"故事。其实吉姆根本不幸运，他出身卑微，仕途艰难，他厌恶周围的庸俗虚伪的社交氛围，厌恶装腔作势的道貌岸然的上司们，可是，要走进上层社会圈，他只能忍气吞声、小心行事，绞尽脑汁去应付来自方方面面的压力和打击。主人公吉姆的周围，还有另外几个人物：吉姆的顶头上司、掌握着吉姆前途的威尔奇教授；吉姆的女友玛格丽特，她为人泼辣，心计多，好控制别人；伯特兰德年轻漂亮的新任女友克莉斯廷；威尔奇教授的"画家"儿子，吉姆的情敌伯特兰德是个纨绔子弟，他不断地更换女朋友，品质十分恶劣，他甚至说只要拥有很多女人，他自然会成为艺术大师……在这些人中间，吉姆的地位最低，他在上司、两个女朋友和一个情敌之间四处周旋。

　　吉姆虽然忍受着上层社会的种种压力，生活得比较窝囊，却也没有停止过他的反抗，他的反抗更像是一场场的闹剧。他时刻想着和威尔奇教授对抗，就在威尔奇的家里进行地下恋爱，还曾经抢走教授儿子的情人。有一次，他去威尔奇教授家参加周末音乐会，他讨厌伯特兰德那种自以为是的浪荡作风，讨厌音乐会那种虚伪矫情的气氛，便带女友玛格丽特偷偷溜进了卧室，结果，正当他如痴如醉地想继续行动时，玛格丽特却把他赶到一边儿去，指责他的"非礼"，吉姆不仅没占着便宜，还在睡觉时把威尔奇教授家的毛毯烧坏，他没钱赔，也没胆量承认错误……

　　吉姆的一场"艳遇"则引发了更大的风波，那是在一次舞会上，那个"画家"伯特兰德四处卖弄自己的绘画才能，舞会上又是虚伪矫情的一群人……这一切都让吉姆感到无比厌烦。本来与克莉斯廷在一起的伯特兰德因为要应付新情妇，暂时把克莉斯廷交给吉姆，而且伯特兰德的新情妇暗中求助，怂恿吉姆从伯特兰德那里抢走克莉斯廷，和玛格丽特一刀两断，吉姆分明也感到玛格丽特不能让他顺心，而克莉斯廷对他态度很好，于是他便冒领别人的出租车，送克莉斯廷回住处，他们又偷偷钻到克莉斯廷的卧室，正当两人谈得火热，外面响起了威尔奇的汽车笛声，吉姆惊慌失措，跳窗逃走。一场"艳遇"在惊险之中草草收场。

　　吉姆从一个朋友那里得知，玛格丽特的品质有问题，抛弃她没什么可惜的，可是克莉斯廷是富家小姐，她虽然对吉姆有意，却也是不能轻易到手的。吉姆希望在克莉斯廷那里得到爱情的快乐，可是，两个人一起喝茶时，克莉斯廷却一反常态地劝他和玛格丽特重归于好，和她结束关系。爱情没戏了，他又受了打击，他气上加气，把他的绅士风度抛在了九霄云外，竟然把给侍者的小费也要了回来。吉姆和情敌伯特兰德关系恶劣，最后竟然发展到打架的地步，伯特兰德斥责他抢别人女朋友的放肆行径，并对他拳脚相向，吉姆奋起还击，把伯特兰德打倒在地，吉姆暂时获胜。

　　然而吉姆却命中注定又要遇到更倒霉的事，他和情敌争斗，和玛格丽特、克莉斯廷周旋，还受威尔奇的监督，忍受着伯特兰德的嘲笑，查资料，准备演讲……吉姆苦不堪言，他喝醉了酒后，上台去当众演讲，他演讲的题目是："可爱的英格兰"，他根本就不觉得英格兰有什么可爱，酒后吐真言，吉姆一通胡说，最后宣布说：英格兰没什么可爱的！台下一阵哄笑，他终于把大学的脸面丢个精光，吉姆晕倒在讲台上，他彻底地丢了工作，从此不得不和学院彻底决裂。

可怜的吉姆什么都没了，然而他却绝处逢生，克莉斯廷的舅舅主动给了他一份报酬丰厚的工作，高贵漂亮的克莉斯廷和那个附庸风雅的恶劣画家结束了关系，投进了吉姆的怀抱。

吉姆在主流文化阵营里，处处碰壁，处处闹得荒唐，他对恶俗的现实和自己命运的斗争是贯彻始终的，尽管他的斗争是徒劳的，却是相当可贵的。吉姆的"幸运"，不过是一种宽慰的说法，如果不是有克莉斯廷的舅舅神话一般地给他解围，他只有在社会上一落千丈的悲惨结局。在小说的结尾处，吉姆挽着克莉斯廷在大街上走着，正好和坐汽车的威尔奇教授一家人撞个正着，吉姆如同喝醉了酒一样，发出了一阵狂笑，这笑声里，既有胜利者的骄傲，也有失败者的悲愤（吉姆笑到最后，竟然由克莉斯廷挽着了），小说就在吉姆的笑声和远去的车声中结束了。作家塑造了一个"反精英"的小人物吉姆，对正统文化进行了嘲弄。

艾米斯站在文化的边缘处，以反正统、反精英的姿态揭露了资本主义社会中人与人之间的虚伪和恶俗，借此表达了他对现实文化状态的不满，发出了他"愤怒"的声音，他却因此而步入了精英的行列，他个人的反精英立场也渐渐消遁了。

《幸运的吉姆》情节脉络清楚明了，人物和故事都很有幽默感，吉姆一波三折的爱情经历、他和情敌伯特兰德、教授威尔奇之间的明争暗斗都吸引了读者。细腻的心理描写、精彩的语言、幽默的风格都给读者带来了审美的享受。

1957 年《幸运的吉姆》被拍成电影，声名远播，它已经走出了英国，赢得了世界上广大读者和观众的青睐。

有人问艾米斯对实验小说有什么看法，他说："我难以忍受这种小说。我讨厌它……我愿意接受作者的暗示……但我讨厌神秘化。"他认为现代派带有上层分子的色彩，而所谓"实验"则只是一小撮精英的装腔作势。可以说，《幸运的吉姆》属于现实主义回潮的50年代，以至于到了八九十年代，艾米斯仍被认为是50年代的人。

文坛传奇：玛格丽特·杜拉斯
wén tán chuán qí：mǎ gé lì tè·dù lā sī

她是一个传奇。

她的名字为20世纪的法国文坛增添了一抹奇异的光芒。

她就是玛格丽特·杜拉斯（1914—1996）。

玛格丽特·杜拉斯，1914年4月4日出生在越南南部，曾在西贡念中学。十八岁时随父母回到法国，定居巴黎。回国后的杜拉斯进大学学习，并最终获得了法学学士与政治学学士学位。

杜拉斯从小就向往着写作，但这一理想没有得到母亲的理解。性格叛逆、倔犟的她并没有屈服于母亲的压制，她默默地积累、酝酿、思索，终于在1943年，也就是她二十九岁那年推出了自己的第一部小说《厚颜无耻的人》，从此开始了长达五十三年的文学创作生涯。杜拉斯早期的作品完全是按照现实主义的手法进行创作的，在她的作品中还刻上了契诃夫的痕迹，如她早期的作品《多丹太太》中描写的是一个看门妇女的生活以及她与一个巴黎清扫工的友情，通篇叙述了生活

杜拉斯

在社会底层的小人物的生活和情感经历，抒发了对这些身份卑微的穷苦民众的深切同情。

Ein JEAN-JACQUES ANNAUD Film

情

Der Liebhaber

《情人》电影海报

1958 年，杜拉斯推出了她的代表作《琴声如诉》，人们惊异地发现她创作的风格和重心发生了极大的变化。她从描写情节和叙述故事为主的传统手法转到着重刻画人物的心理活动与内在感受。杜拉斯的这种变化有其历史原因。"二"战后，各种思潮在法国流行，尤其以现象学影响最大。现象学以为世界既是物理的领域，也是心理的领域，世界本身并无条理和秩序，因此不能凭借逻辑思维来把握世界的本质，而只能凭直觉，一切都诉之于直觉。现象学对文学领域的影响是巨大的，一些小说家开始写这种直觉，并以为直觉后面的世界才是真实的。另外，从社会生活方面看，50 年代的法国尚未从战争的摧残中复兴，人们普遍对眼前的世界感到茫然，非政治化的倾向日益明显，美学方面的革新成为艺术家们关心的焦点。这种探索与创新不但体现在小说上，同时也体现在戏剧、电影、绘画、音乐等方面。正是在这种情况下，一种被称为"新小说"的文学现象在法国悄然兴起。新小说的共同特点在于拒绝传统模式，认为一切艺术都必须随着时代而发展，小说也不例外。巴尔扎克式的小说对巴尔扎克时代是个革新，因为他使小说摆脱了纯主观的构想，向小说中注入了社会生活的现实。然而，到了20世纪50年代，应该重新认识世界，重新认识自己，重新审视小说的道路，而不应囿于固定的模式。新小说往往淡化或排斥人物和故事：人物往往是个影子，身份及性格模糊不清，有的甚至无名无姓，只是一代号而已；没有跌宕起伏，引人入胜的情节；时序被打乱，空间是跳跃式的，像拼凑起来的七巧板；叙事角度多变，等等。新小说的作家们在拒绝传统模式的程度上有所不同，有的是完全摒弃，有的仅仅是淡化，杜拉斯就是属于后者。继《琴声如诉》之后，杜拉斯又创作了《夏夜十点半》（1960）、《副领事》（1966）、《阿巴思·萨巴纳·大卫》（1970）等近二十部小说。

除此之外，杜拉斯还是一位具有突出成就的戏剧家，1965年和1968年她相继出版了两部戏剧集。其中，1967年创作的剧本《英国情人》获1970年易卜生奖。而且，作为电影家，她的成就更是引人注目。她的《广岛之恋》在1959年戛纳电影节上获评论大奖；1961年，她又与人合作写出了电影脚本《长久别离》，该片获得当年戛纳电影节的大奖——金棕榈奖。从1965年起，她亲自担任导演，创作了一批在法国电影史上较有影响的影片，其中最突出的成就是1975年拍摄的《印度之歌》。从那之后，杜拉斯全力以赴地投入到电影导演的事业中去，每年拍摄一部，两部甚至三部影片。1981年，她还以六十七岁的高龄导演了影片《阿加达》和《大西洋人》。杜拉斯对导演事业的痴迷一直持续到80年代中期她开始创作带有自传体性质的小说《情人》为止。1984年《情人》的发表是杜拉斯文学创作生涯的高峰，被人们称为"书中之书"，这部小说是对她创作理念的最好诠释。

杜拉斯之所以会取得艺术创作的巨大成功是因为她把艺术创作看成是生命的全部，甚至当她徘徊于死神的门外时，创作的冲动也能使她重新振作。据传说，当杜拉斯的第一篇手稿被她的丈夫罗贝尔·昂泰尔姆交给了伽利玛出版社时，罗贝尔对出版商雷蒙·格诺说："如果这部手稿出版不了，她会自杀的。"这句话毫无疑问是属实的，这其中强烈地回响着杜拉斯式的"全是或者全非"的声音。那奠定她作品基础的激情发出的拼死要挟，以及贯穿她一生的威胁、过激和谴责震撼人心。对于杜拉斯来说，"写作就是葬礼，人是活在死亡的证明中"，有的时候，她甚至一连几个小时坐在阴暗里，埋在她的柳条椅中一动不动，让人感觉她像个幽灵。她游离于自我之外，游离于理性之外，她迷失在苍茫的宇宙人生当中。法国作家寒赛西尔·瓦斯布罗特精道地指出，杜拉斯眼中的文学与托尔斯泰的短篇小说《主人与仆人》的隐喻暗暗相通。在《主人与仆人》中，主人瓦西里·安德列伊奇打算买下一片森林，不巧，他出发那天出奇的寒冷，并且大雪漫天，但瓦西里为了防止其他商人占了先机，还是带着熟悉路途的仆人尼基塔出发了。他们主仆二人为了赶时间走了一条最近但是最危险的小路，他们迷路了，来到了一个本来不应该经过的村庄。村里人劝他们留下来，他们没有答应，继续赶路。马突然停了下来，尼基塔下马想看看发生了什么事，却滚下了山谷。他准备从滚下去的一侧再爬上来，但却没能成功；他一次又一次地滑到底部。最终，他只得沿着谷底往前走，他终于艰难地在双手的帮助下爬了上来。于是，他开始沿着谷峰往他认为马应该在的那个地方走去。然而，他既没有见到马，也没有发现雪橇。好，现在问题出来了。尼基塔寻找马和雪橇的过程好像杜拉斯眼中的文学，或者更恰当地说，正像她心目当中的写作：必须滚落到谷底，沿着它往前走，然后再希望能重新爬上去，找回马和雪橇。在《主人与仆人》当中，主仆二人的曲折经历还不止这些，因为，要想重新站起来，仅仅摔倒是不够的。1993年，杜拉斯在《写作》中写道："待在一个洞里，待在它的底部，处于一种几乎是彻底的孤寂当中，然后，发现只有写作才能拯救你。没有任何书的主题，没有任何书的念头，这就是置身于、再次置身于一本书前面。一种虚空的无限。"在杜拉斯看来，写作，就意味着走向森林，追寻某个目标，常常还不知道追寻的那个目标是什么，因为某个瓦西里·安德列伊奇正带着仆人向那儿走去，而作家的本质就在于追随召唤，追随一种神秘的力量，走向一条消失在雪中的道路。

尽管"怀疑的时代"已经到来，但杜拉斯却毫不犹豫地相信文学，曾经有人问她："杜拉斯，你去做什么？"她回答说："我在搞文学。"杜拉斯在长达五十多年的创作历程中始终相信文学的力量，这种坚信开始是在她传统形式的小说《太平洋岸边的一道堤坝》、《直布罗陀海峡的水手》中，而后是在她具有实验性的小说《洛尔·瓦·斯泰因的迷狂》、《副领事》中不断地得到体现。杜拉斯认为写作从来没有与文学分离，因为写作是为文学服务的。《写作》中她说道："我写作是由于我的这种运气，我幸运地参与到一切事情中去，幸运地站在战场上，在这个因战争而空无一人的舞台上，在思考的开阔视野中。"

在"这个因战争而空无一人的舞台上"，死亡和罪行弥散在空气当中，痛苦是它不可避免的主题。杜拉斯厌恶那些将视线移开的人，恨那些自以为幸福的人，她只对那些拒绝规则的人感兴趣：疯子、妓女和罪犯。她只兴致勃勃地出入于流氓、犯人、小人、怪人聚集的地方，她试图压倒死亡，试图摧毁一切：友谊、爱情、义务。"让世界走向毁灭这是唯一的政治"。对于她的女主人公，《英国情人》中的那个谋杀者，杜拉斯评论道："克莱尔·拉纳想和我们所有人一样至少杀人。如果她写作的话，他就不会杀人了。"由此可见，"杀人"这个词可以由"写作"这个词代替，在写作中杜拉斯宣泄了常人难以在日常生活中释放掉的"力比多"，得到一种升华了的快感。

《情人》的主要故事是一对年龄相差悬殊的不同国度的情人间寄托生死的爱情往事。一个十五岁半的法国少女，家住越南南部的西贡，在一所法国中学里读书，有一天在湄公河的渡船上，和一个比她大十二岁的风度翩翩的中国男子邂逅，两个人一拍即合。后来，他每天去学校把她送回家，终于有一天，他把她领到他的房间，他对她表达爱情，她竟然在他还不知如何是好的时候，主动提出了性要求，他在一阵惊诧之后，按部就班地做去，她沉浸在肉体的欢乐之中，他们在狂热的爱情之中重忆往事，这爱情是快乐的，也是浸透了悲哀的，两个人对着流泪，眼泪安慰着他们过去的创伤和对未来的恐惧。

他不可救药地爱着她，他说她是为了钱。她还是需要他，她的爱，是为了钱，还是为了欲呢？小说中写到：她没有了爱，她的爱，从做童妓的时候起就被别人偷走了。

两个情人频频幽会，尽情地享受，变着花样满足肉体的欲望。她的母亲知道了他们的关系，把她痛打了一顿，她不能让女儿在殖民地结婚，而他的父亲也不允许他和一个白人女子结婚。他们之间缠绵悱恻的爱情命中注定要成为悲剧，中国情人没有勇气冲决家族的罗网把他心爱的人留在身边，他不止一次地伤心流泪，他和她都感到了生命里死亡的气息。

白人少女在她的家里，得不到母亲的爱，而且母亲生病，她的大哥吸毒成性，不仅偷光了母亲的一切，还挥霍了家里的所有财产，最后死去，她的亲爱的小哥哥也自杀身亡。这些家人，却永远留在了少女的记忆中。

他和她，一对情人，在分手前的日子里，每天聚在公寓里，一个渴望爱抚，一个尽情地给予，从金钱到肉体，他们的爱，仿佛抛弃了所有世俗的东西，他们之间，只剩下了爱。

白人少女踏上了归国的船，中国的情人在码头上目送她离去，一对情侣默默地分别了。她回法国后，两年没有接触任何男人。此后，中国情人不得不遵照父命，和家里指定的家乡姑娘结婚；她在巴黎，曾几次结婚，生孩子，写小说，时间日复一日，年复一年地飞逝过去，他们对彼此的爱一如既往，他们的思念之情与日俱增。

三十年后的一天，中国情人带着妻子来到巴黎，他给她打了电话，他的声音打了颤，他说他的爱将一直到死，她无言以对，她也爱着他。

小说里白人少女，是杜拉斯本人，那个中国情人，是中国北方的一个富家公子李云泰。

《情人》发表后，引起了轰动，杜拉斯的名字几乎家喻户晓，评论界称之为"杜拉斯现象"。杜拉斯的独特风格尤其吸引了许多当代女性，她们甚至把她的作品当做《圣经》来看待。

玛格丽特在写作和酒精中放浪形骸，被缪斯毁灭一切，然而，这并不是她的最终目的，我们欣喜地看到，在她刀劈斧凿过的废墟中，新的生命正在悄然萌动。

暗夜中绽放的白玫瑰：《情人》

àn yè zhōng zhàn fàng de bái méi guī：qíng rén

湄公河畔，潮湿，温润的空气当中浮荡着一丝暧昧的气息，十五岁半的法国少女走进了中国情人的住所……

冬雪消融，蛇苏醒了，它懒懒地舒展着躯体，一点儿一点儿地从衰老的外壳里钻出来，重新拾起光鲜的青春。玛格丽特·杜拉斯就是那条蛇。她把身体埋进房子一角的藤椅当中开始了喃喃呓语，闭上眼睛，她仿佛闻到了湄公河畔熟悉的气味。此刻的她，迷失在时空隧道之中，身体逐渐发生了变化：干枯的、被皱纹撕裂的面庞变得白皙、粉嫩；松弛的、被肥肉包镶的躯体变得平滑、纤细。她看到了十五岁半的自己重又活了起来。

十五岁半的法国少女"体形修长，几乎是瘦弱的，胸部平得和孩子的前胸一样"，并不富裕的家庭条件不允许她有什么奢侈品，但她还是别出心裁，让自己变得与众不同。她戴的"帽子是一顶平檐男帽，玫瑰木色，有黑色宽饰带的呢帽"，脚上穿"一双有镶金条的高跟鞋"，虽然两条小辫还挂在胸前，她异样的装束搭配纤弱的体形"显得很不平常，十分奇特"，"简直让人看来可笑"，但又十分惹人注目。在当时的西贡这个法属殖民地，白人妇女本来就受人注目，现在她就更成了人人注目的中心。少女有意识地打扮自己，因为她作为女性的身体已经成熟了，身体急切地要求外在的服饰语言向世界发出信息。这就是杜拉斯幻化出的自我，她试图脱离原来隶属的家庭，走向一个更广阔的天地，抛开重重桎梏，用自己的身体去领悟女性最隐秘的生命体验。这具青春而美丽的躯体呼之欲出，她在寻找，在乞求来自异性慰藉。于是，他出现了。他是谁？少女睁大了一双好奇的眼睛把他从头到脚印在了心里。他就是自己要寻求的人，一个刚从巴黎辍学回来，语言相通而肤色不同，对她又特别感兴趣的富家少爷，他就是自己的"情人"。

少女走进了中国情人的住所，那是西贡城南堤岸边一间光线昏暗的单间房间。在经历了痛楚和流血之后，少女的身体转入沉迷，最后上升到狂喜极乐的境界。这种感觉是她期待已久的，她感到非常满意，终于能为自己的少女时代画上句号了，从此，她将以女人的姿态为生命书写一个大大的惊叹号。少女为这种幸福的喜悦感到无比兴奋，她沉溺在肉体的欲望中不能自拔，一次次要他，让肉体按照对方的意愿去做……她闭紧了双眼，失去了名字，感到整个人似乎被巨浪所席卷，被暴风雨所裹挟，被黑暗所吞没。当一切结束之后，世界恢复了原初的平静，她于迷狂中苏醒，发现自己又重新回到了人间，重新有了名字，于是悲伤弥漫在黑暗之中，笼罩着两个以身相许的情人。

这就是杜拉斯在《情人》中为我们展开的一场异国之恋，确切地说，是一场异国的情爱。杜拉斯在其中打破了传统的模式，她笔下的爱不再是那种一见钟情，那种先是心心相印而后肌肤相亲，先有精神或情趣上的默契，而后才有肉体的拥吻和结合的模式。她笔下的爱突现了生命当中的欲望，一种肉体之爱，但这种爱并不是道学家们所鄙薄的低级趣味，它来自于生命最原初的召唤，它是那么质朴自然，那么强烈。杜拉斯在努力挖掘着自己已成为历史的女性身体，让已被遗忘已久的少女的肉体讲述真相，从而完成了对女性自我的重新认识。就像女性主义批评家说的，"女性的存在是一种身体的存在，她因身体进入男性的世界而存在"。通过《情人》的写作，通过对女性躯体的突破，杜拉斯不但使女性解除了对自己的性特征和女性存在方式的长期沉默，还使得女性接近了自己的本原力量，归还了自己的能力与资格，恢复了久被男性禁锢的快乐和身体领域本身。还不止是这些，杜拉斯的尝试，也恰好合乎现代人否定人的精神本质论的狭隘，破除灵肉分离的二元论，转而追求一种身体性的趋向。身体性意味着，人的存在是一种灵肉合一的躯体的存在，而不是某种精神性的本质；本能或欲念，甚至是比精神或灵魂更为根本的东西。

《情人》中法国少女对解开身体奥秘的热切渴望具有巨大的震撼力和感染力，中国情人的出现使她的身体得到了彻底的解放，她就像一枝在暗夜中绽放的玫瑰，全身散发着神秘的芳香，这芳香使她、也使中国情人迷醉。她对中国情人说："我宁可要你不要爱我"，她根本不想听、也不相信对方"你是我唯一的爱"之类的情话，因为对于她来说，情话是精神的、虚空的，而来自肉体的快感却是真实的、触手可及的。从这一点来看，法国少女的头脑是清醒的，她把两个人之间的情爱看成是一场"交易"，从而拒绝了爱情的可能性。那么，她的中国情人是怎样的呢？他又是怎样看待与法国少女的肉体之爱呢？

中国情人是巨商的儿子，他的生活是富足而奢侈的，足够的金钱使他随心所欲地放浪形骸。无论是在中国、巴黎还是在西贡，他花大把的钱在各种各样的女人身上寻求刺激和快乐。当他初次看到法国少女时，他被她独特的神秘气质所吸引，此后，有一年半的时间里，她充当了他的秘密情妇。他每天用自己的黑色轿车载着少女从寄宿学校逃学出来，载着她到大饭店、到堤岸边的密室。他在她的身上找寻到了一种英雄气概的满足感，一种不同于巴黎那些用法郎换来的一夜情的快乐。他爱她，但他不敢去想或说出这个爱字，因为他清楚地知道他们之间的障碍是种族的差异、是家庭的法规、是岁月的差距、是社会的偏见。同法国少女一样，他也在为自己寻找借口，他宁可强迫自己相信他只想从法国少女身上得到性的快乐。

两个"逃避"爱的情人既是痛苦的，也是快乐的。他们心中的情感因为注定的分离而更加强烈，于是，他们不再用语言去表达什么，只是不断地幽会，在对方的身体上宣泄着内心的惶惑与痛苦。对于他们来说，身体是唯一可靠的慰藉，是唯一逃避现实的乐园，灵魂在欲望中蒸发，两个人在肢体的纠缠和汹涌的情欲中忘却了一切。

但是，这种肉体的欢爱也难以持久，他是富商的儿子，金钱在提供给他无尽的物质享受的同时也奴役了他的灵魂，他不得不屈从于父亲的命令去娶一个他从未见过的中国女子。行期一旦确定，他们之间的关系就已被宣判彻底地死亡。他对于法国少女的身体似乎什么也不能了，他已无力再去要她，尽管他的柔情仍在。他温柔、痛苦而歉意地微笑着，说他已经死了。此刻的他宁可痛苦也甚于要得到她。她也同样。她做不到如他们约定的，谁也不看谁。"每天傍晚我都会在学校门前他的黑色汽车里看到他，

羞耻心早已抛到九霄云外。"

离别的时刻终于来临了，杜拉斯这样写道："海上没有风，乐声在一片黑暗的大船上向四外扩散，仿佛是上天发出的一道命令，也不知与什么有关，又像是上帝降下旨意，但又不知它的内容是什么。这少女直挺挺地站在那里，好像这次该轮到她也纵身投到海里自杀。后来，她哭了，她想到堤岸的那个男人，因为她一时之间无法判断她是否是不是爱他，是不是用她所未曾见过的爱情去爱他，因为，他已经消失于历史，就像水消失于沙中一样，因为，只有在现在，此时此刻，从投向大海的乐声中，她才发现他，找到他。"法国少女莫名其妙地淌下了眼泪，即使她的理智告诉她不应该为中国情人而流泪，但是串串热泪还是在肖邦圆舞曲悠扬的旋律中潸然而下。

离她远去后，中国情人遵从父命娶了早在十年前就已定下婚约的来自中国北方的女子。多少年过去了，经历了战争和其他许多事情之后，他带了妻子来到巴黎。他给她打来电话，对她说"和过去一样，我依然爱你，我根本不能不爱你，我说我爱你将一直爱到我死"。于是，就有了《情人》开头的一段："我已经老了，有一天，在一处公共场所的大厅里，有一个男人向我走来。他主动介绍自己，他对我说：'我认识你，永远记得你。那时候，你还年轻，人人都说你美，现在，我是特为来告诉你，对我来说，我觉得现在你比年轻的时候更美，那时你是年轻女人，与你那时的容貌相比，我更爱你现在备受摧残的面容'。"

在这里，杜拉斯用一种少有的真诚与坦率挑战了传统爱情，进入到人们回避很久、也歪曲很久的性爱领域。杜拉斯通过《情人》向我们展示了一个全新的爱的领域，在那里，灵与肉不是对立的，肉体之爱与精神之爱同等重要，肉体之爱甚至是比精神之爱更重要的爱，它是来自我们灵魂深处的悸动，它是我们不可或缺的人性。

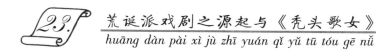

23. 荒诞派戏剧之源起与《秃头歌女》

huāng dàn pài xì jù zhī yuán qǐ yǔ tū tóu gē nǚ

荒诞派戏剧是西方后现代派艺术的一个重要的组成部分，它在 20 世纪 50 年代兴起于法国，60 年代风行于欧美，在世界文坛和剧坛上都产生了重大的影响。

荒诞派剧作家们深受法国存在主义哲学的熏陶，他们充分体验到了人与世界的荒诞性：人失去了神性，失去了理性，失去了自我的本质，人生存在于世界当中是无价值的，也是无奈的。很显然，传统的戏剧模式不能充分表现出人的荒诞感受，于是，荒诞派戏剧家们打破了传统的戏剧规则，用扭曲怪诞的舞台形象和混乱的人物语言去表现人的异化、人的无奈和悲哀。

荒诞派戏剧的共同特点是在思想上，艺术上都极端地反传统，戏剧中穿插了哑剧、闹剧、杂耍、歌舞等民间艺术形式，舞台背景和道具充分发挥表达功能，而人物的语言却更多的是荒唐的胡言乱语和反语，这种抛弃逻辑常识和语言秩序的"反戏剧"的艺术恰恰体现了现实中无所不在的荒诞本质。

首先把荒诞派戏剧搬上舞台的是法国剧作家尤金·尤奈斯库（1912 — 1994），他出生在罗马尼亚，后来随父母去法国，在法国定居。1950 年，尤奈斯库推出了他的惊世骇俗的《秃头歌女》，奠定了自己荒诞派戏剧创作的基调。

尤奈斯库的"荒诞"，和哲学家萨特、加缪等人的"荒诞"不同，他是把具体的生活场面夸张变形，用接近闹剧的方式对人的处境进行揭示，少了一些哲理的抽象，多了一些轻松和幽默。

"秃头歌女"这一剧名就是荒诞的，剧本内容和秃头的女人及演唱毫无关系。据说《秃头歌女》的产生，得益于尤奈斯库的一次突发奇想，他在自学英语时，发现那些不连贯的英语句子既有意义又荒唐可笑，于是就写下了一个剧本:《简易英语》,后来,一个演员在排练时,把"金发女教师"一词错念成了"秃头歌女",尤奈斯库从他的错误里又发现了荒诞,于是把剧本改名为"秃头歌女",剧名和剧情就相差更远了。

《秃头歌女》是一部独幕十一场剧,前后出场的有六个人,剧中发生的都是离奇反常的事件。史密斯夫妇正在家里东拉西扯地说着闲话,他们说着无头无尾的博比夫妇的事,博比先生死了,博比太太爱上了小叔……史密斯太太语言枯燥,说话毫无逻辑。墙上的钟胡乱地敲着,它敲十七下时,他们却说成是九点了,那只钟一会敲七下,一会敲三下,一会敲五下,敲了两下后,干脆停下来不响了。史密斯先生对家里的一切似乎不觉得反常,他好像是习惯了这种反常的生活。

正当夫妇两个东拉西扯闲谈时,女仆报告说客人马丁夫妇来了,马丁夫妇本来是他们请来会餐的,结果双方见了面却十分尴尬。更可笑的是,马丁夫妇进屋后,竟然互相不认识了对方,他们如陌生人一般进行了一场交谈,他们发现,他们乘坐同一辆车来伦敦,他们家的格局是一样的,他们的女儿几乎是一个人,他们睡的是同一张床,后来他们终于弄明白了,他们是夫妻,有一个女儿。那只钟胡乱地敲着,他们相互依偎接吻,却面无表情,女仆忽然提出一个问题:马丁先生的孩子左眼是红的,马丁太太的孩子右眼是红的,这就出了矛盾,他们的孩子还是不一样,他们到底是不是夫妻呢?

四个人一起在东拉西扯地闲聊着,这时,一个年轻的消防队长走进来。消防队无事可做,无钱可赚,他是奉上级之命扑灭城中的"火灾"的——壁炉中的小火也算是火灾。然后消防队长也参加了闲聊,他胡言乱语一通,说有一头公牛,生下一头母牛,小公牛却不是母牛的"妈妈",因为他比母牛小,两头牛结了婚……女仆听着他一通胡说,一时激动,投入了这个消防队长的怀抱,他们是一对情人,女仆含泪诵诗《火》,以此表达她对情人的敬爱之情,这种放肆的举动激怒了史密斯先生,他把她赶了出去,消防队长走了,他要去扑灭"火灾",去扑灭"连壁炉小火也不是的,由一时的激情和胃部的有点火辣辣而引起的火灾"。

屋子里又剩下了史密斯夫妇和马丁夫妇，他们在黑暗中不停地乱嚷乱叫："不从那儿走！从这儿走！……"

在戏剧的结尾，叫喊声停止，电灯亮了，房间里又是原来的情景，马丁夫妇和史密斯夫妇虽然调换了座位，他们却重复着开场时所说过的话。

《秃头歌女》看似荒诞，实际上是揭示了现代社会的本质的病症。人们向来经由时间理解世界，而剧中的时间却失去了常态，墙上的钟一直在胡乱地敲着，让正常人无法理解，这也在暗示着人们失掉了把握世界、把握自身的理性。消防队长的行为和他的故事都在解说着世界的平庸和人的无奈，消防队无事可做，他被指派到城中四处灭火，其实根本就没有火灾发生，于是，凡是燃烧着的火都被当做了火灾，后来，消防队长要消灭的竟然成了人的热情的火。

戏剧里的火有一定的象征意义，人类在穷尽了创造力之后，面对的是太平社会里的无聊和平庸，打破平庸的努力却演化成了要消灭一切光明、消灭人应有的激情的恶劣行径，当女仆朗诵诗赞美火时，却遭到了史密斯夫妇的驱逐。剧中人物的所作所为和他们的言语、对话都不合理性、不合逻辑，他们对待荒唐的行为和胡乱的言语都习以为常，这正是表明世界的荒诞和人的荒诞，人在荒诞之中生活而并不觉悟。

《秃头歌女》也揭示了人情的冷酷和人性的异化。马丁夫妇一同来到史密斯家，却彼此不相识，他们通过回忆种种细节——对证，才确信了原来他们是夫妻，当女仆质疑他们的女儿时，他们又不敢肯定他们的确是夫妻，被认为是最亲密的夫妻之间的关系已经冷漠到如此地步，人与人之间感情的隔绝可想而知。不仅如此，史密斯夫妇不动声色的胡扯也透露出人的本性的失落，他们谈论博比夫妇，后来那一家人的名字却都成了博比·沃森，结尾时史密斯夫妇和马丁夫妇互换座位，他们的"自我"人格进行了互换，而四个人又一次重复开始时的原话，表现了人的异化和荒诞是周而复始的，永远存在的。消防队长编造的牛与人的故事更荒诞：公牛生下了小母牛，还不是她的妈妈，还能和她结婚，牛能结婚，人与牛不分彼此，人异化成了动物，牛的荒诞也是人的荒诞，也是遍布了整个世界的

荒诞。

《秃头歌女》于 1950 年 5 月在巴黎一家剧院上演，在场的三名观众大为惊愕，演出过后，这部剧作很快引起了轰动。观众和评论家们各执己见，褒贬不一，有些保守的人把它斥责为胡闹的戏剧，但是它毕竟是以一种崭新的形式表现人对世界本质和自我本质的深刻认识，其思想性和艺术性都有重要的价值，作为荒诞派戏剧的重要代表作，它最终还是得到了西方正统文学的认可。

尤奈斯库的其他剧作还有 1952 年的《待婚的少女》、《椅子》、《责任的牺牲者》、1953 年的《新房客》和《阿麦迪或脱身术》、1958 年的《犀牛》等。在 1955 年至 1962 年间尤奈斯库曾创作过一些游离于荒诞风格的剧作，主要表现个人向恐怖的世界作斗争而最终失败的主题，在艺术上多采用超现实的手法，如《不为钱的杀人者》（1957）和《空中行人》（1962）等。《秃头歌女》、《椅子》和《犀牛》三部作品被公认为尤奈斯库最成功的代表作。

1970 年，由于尤奈斯库突出的戏剧成就，他当选为法兰西学士院院士，尤奈斯库和他的《秃头歌女》无疑是西方戏剧发展史上的一座里程碑。

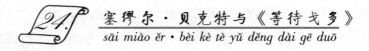

24. 塞缪尔·贝克特与《等待戈多》
sāi miào ěr · bèi kè tè yǔ děng dài gē duō

《等待戈多》（1952）写于 1948 年至 1949 年冬。1953 年在巴黎首次公演时，观众反应冷淡，但由于阿兰·罗伯-格里耶等名家为之喝彩，很快引起轰动，连演了三百余场。1955 年 8 月 3 日在伦敦英语版首演也遭到同样命运，受到英国舆论的讥讽和嘲笑，但随着演出场次的增加，人们对此剧的兴趣也与日俱增。该剧本很快被译为二十多种文字，先后在欧、美、日等三十多个国家和地区上演，其作者贝克特（1906—1989）一举成为举世瞩目的剧作家。1986 年，上海戏剧学院首次在中国上演《等待戈多》。

塞缪尔·贝克特是爱尔兰的小说家和戏剧家，荒诞派戏剧的奠基人之一。学生时代漫游巴黎，他结识了爱尔兰的意识流大师詹姆斯·乔伊斯，后曾担任他的秘书，创作思想深受其影响，有"小乔伊斯"之称。1938 年以后长期定居法国，经常以法语写作，并将法语版译成英语，两语种文学的熟练驾驭成为他的作品迅速推向世界的有利条件。1969 年，由于"他那具有新奇形式的小说和戏剧作品使现代人从精神

塞缪尔·贝克特

贫困中得到振奋"，他的戏剧"具有希腊悲剧的净化作用"，贝克特获诺贝尔文学奖。

《等待戈多》面世后，人们惊呼：一种新的戏剧诞生了，一种崭新的戏剧语言产生了。有趣的是，尽管戏剧特别是该剧给贝克特带来了巨大的名声，但同时创作小说的他却希望人们以小说来评价他的创作，他认为写剧本仅是在写小说走进了死胡同时的一种消遣。《等待戈多》即是贝克特在写小说《莫卢瓦》（1951）、《马隆死了》（1951）、《无名的人》（1953）的时候，作为消遣，从小说中抽出一部分内容构成的。

《等待戈多》：

等待的第一天：

两个瘪三式的人物弗拉季米尔和爱斯特拉冈（又分别称为狄狄、戈戈）在等待神秘的戈多。场景荒凉，路边只有一棵树。为了消磨时间，他们百无聊赖地交谈。等待的烦恼使人想上吊，死吧，又不能，要等待戈多。戈多没来，却来了两个马戏演员式的人物（主仆）波卓和幸运儿——一个被套着脖子的奴隶。这两人表演一番。随后，一个信使前来通知：戈多"今晚不来了，不过明天准来"。夜幕突然降临（他们不认识戈多，也

并不知为何等戈多，却又如此迫切地等戈多）。

等待的第二天：

人物同前，但时光流逝，他们已衰老。（波卓主仆再次经过）波卓双目失明，幸运儿成了哑巴。舞台上的场景还是那么无聊：光秃秃的树长出了几片树叶，脱靴子，等待戈多……同一个信使前来通知与戈多的约会推迟到明天。狄狄和戈戈试图上吊却终属徒劳。明天还将继续同样的生活，后天……"人们在干什么？"——等待戈多（他们绝望极了，决定明天来此上吊，除非戈多来了，"咱们得救了"）。

我们对剧中人物的身份和经历一无所知，狄狄和戈戈似乎就是在等待戈多的来临，尽管等待是痛苦的。在贝克特那里，悲剧在于生活本身，就是徒劳空虚的等待。在空虚的世界中，人类一切都在重复，一切都在无休止地开始，生活在毫无理由地原地旋转。等待，失望，再等待，再失望，人生变成了一种没完没了的等待与失望的交替。贝克特创造了一个无上帝的世界，戈多永远不会来临，等待变得毫无意义和价值，人将在期待中耗尽生命，走向死亡。"什么也没有发生，谁也没有来，谁也没有去"的悲剧表现了生存的残酷与荒谬，生存只能让人感到痛苦和难过，可是"我们却喋喋不休地说个没完"。

贝克特在指导德国演员马丁·赫尔德

1958 年，《等待戈多》在美国上演时，导演特意向贝克特提出："戈多代表什么？"贝克特说："我要是知道，早在戏剧里说出来了。"这种或许是故弄玄虚的戏言，蕴涵着某种深意。热衷于学术探索的评论家们为寻找该剧的深层意义不遗余力。贝克特认为，世界是荒谬的，人的存在也是荒谬的，失落了意义的。处在这种荒诞痛苦的生存状况中的人，却怀有一种模糊的希望，以期得到改变甚至拯救。而实际上人又对生存其中的世界以及自己的命运一无所知。正如评论界人士所指出，《等待戈多》反映了一个残酷的"社会现实"，弹出了一个时代的"失望之音"，反映了西方社会"一代人的内心焦虑"。人们"能理解等待意味着什么……而且他们知道即使戈多来了，他也会令人失望"。"揭示人类在一个荒诞的宇宙中的尴尬处境。"

贝克特后来的剧作趋向简朴，手法更加简练。《啊！美好的日子》（1961）提示了人类日常生活的空虚无聊，《喜剧》（1963）更是走向极端：三个无名无姓的人蜷缩在大瓮中，絮絮叨叨地诉说生活的辛酸，没有任何动作。此外还有《剧终》（或译《结局》，1957），《最后一盘磁带》（1948）等十多个剧本。

25. 意大利的卡夫卡：迪诺·布扎蒂
yì dà lì de kǎ fū kǎ: dí nuò · bù zā dì

当代作家迪诺·布扎蒂（1906 — 1972）被誉为"意大利的卡夫卡"，在意大利的新先锋派文学变革中，他始终是个引人注目的角色。

在60年代以后，伴随着资本主义工业的进程，意大利的文学艺术也步入了一个新的时代。纷繁复杂的社会现象，变幻莫测的思想意识都使得现实主义文学捉襟见肘，于是，许多作家便寻求以新的方式表现社会生活和人的意识状态，各种姿态的现代派作家，各种风格的现代派作品应运而生，其中最显著的一个现象是新先锋派小说对传统文学的挑战。

新先锋派作家在思想上和技巧上都进行了大胆的试验，取得了一定的成绩，评论界倾向于把迪诺·布扎蒂划归入新先锋派。实际上，布扎蒂早在"二战"之前便形成了自己独特的创作风格，并且他一直都自觉地坚持小说艺术的探索，他的小说充满了奇异的意境和非凡的想象，常常引领读者在现实与梦幻的交织中体味人生和人的存在。

迪诺·布扎蒂有着与众不同的家庭和与众不同的童年，1906年他出生在意大利东北部威尼托大区的一个小镇，布扎蒂的故乡风光奇异，有幽深僻静的山谷、连绵起伏的群山，有春夏秋冬四季变幻的自然美景。当年他就住在一幢19世纪风格的别墅里，由于父亲在米兰工作，他有机会了解到米兰城的风貌。家乡的自然风光，风格特异的别墅、别墅大门上的古画和米兰城的风情都赋予了布扎蒂神秘而浪漫的想象，其成年后的小说充满了古怪奇特的意境也就不足为奇。

布扎蒂的家庭相当富裕，父亲是大学教授，长住米兰，很少回家乡，而且他在布扎蒂十四岁时就去世了，布扎蒂对父亲印象很淡。他对母亲却相当崇拜，在他眼里，母亲是个非凡的女人，她身上刚毅又柔美的两种气质一直保持到晚年。布扎蒂把母亲当成了偶像，他所遇到的女性，与母亲相比，都相形见绌，他到六十岁时才结婚，而且，在他的小说中几乎只有男人，没有女人。

布扎蒂的家庭给他提供了充足的物质财富和知识财富，他的祖父有一个藏书丰富的私人图书馆，里面有许多关于他家乡的历史资料和自然科学读物，童年时的布扎蒂从这众多的书籍中获得了知识，也获得了创作的灵感，他的许多短篇小说是以动物为主题的。

布扎蒂酷爱爬山，这项运动他一直保持到晚年，故乡的群山给了他生活的激情和创作的灵感，他甚至把自己梦里爬山的奇妙情景写到了小说中，这就是1954年的短篇小说《巴利维亚那的山崩》。

布扎蒂在读高中时，表现出对文学的明显的喜好，可是他却考上了米兰大学的法律系，去攻读自己不太喜欢的法律，这并未影响这位文学天才的日后发展。1928年，他在米兰的《晚邮报》做记者和编辑，而后入军队服兵役。

在30年代，欧美著名作家卡夫卡、普鲁斯特、乔伊斯等人的现代派作品已经被介绍到意大利，但是，布扎蒂既不同于欧美文学的现实主义、现代主义，也不属于意大利的新现实主义，在1933年的处女作《山中的巴尔纳博》之后，他渐渐开辟了自己独特的文学道路。编辑和记者的工作，使他有机会开拓创作视野，1935 年，布扎蒂又发表了一篇写群山的小说《古树林的秘密》，在"二战"期间，他被派作战地记者，去埃塞俄比亚采访。

1940 年，布扎蒂发表了成名作《鞑靼人的沙漠》。这部小说创作于 1933 年，当时布扎蒂正在做报社的夜间编辑，经常通宵达旦地辛苦工作，他看见其他同事也一样在平凡琐碎的工作中任岁月流逝、青春老去，他深感自己犹如固守在军事要塞的士兵，把根本不存在意义的"事业"当成心灵的寄托，徒劳地等待着或许会有的什么意外事件或是战争灾难，布扎蒂相信大多数人和他一样，对现代生活有一种难言的焦虑和恐惧，传统的宁静而充实的生活一去不复返，人们在现实中努力奋斗的激情早已消失殆尽，他们失去了对现实生活的把握，失去了安全感。在寂静的孤独中，人们心怀恐惧地等待着，时刻准备着对付可能会有的侵害。

《鞑靼人的沙漠》成功地运用了象征和隐喻的手法，形象地揭示出了现代人的生存状态。小说中的故事发生在某个国家北部的变幻莫测的沙漠中，没有明确的时间和地点，也没有曲折的故事情节，一位青年军官德里戈奉命去边疆的沙漠地带守卫古堡，防备鞑靼人的进攻。德里戈单枪匹马一个人走向那不知名的古堡，他长途跋涉后走在了山谷的一条小路上，对面的山坡小路上走着另一个上尉军官，两人在大桥上相遇，那上尉已经在堡垒之中守了十八年，他们走进了古堡，于是德里戈和所有的官兵们一样，开始"守卫"古堡，等待"敌人"的袭击。

四年后，古堡内外一切照旧，德里戈回家探亲，但故乡和亲人却早已生疏了。十五年后，当了上尉的德里戈和一个新上任的青年军官又一次行走在遥遥相对的两条山路之上。这场面，正和他刚来古堡时的情景一模一样。最后，曾经是假想的北方的敌人真的天兵神将一般终于要攻打要塞时，德里戈却已经病入膏肓。他沮丧地走在下山的路上，遇见了援救古堡驻兵的一连士兵，此时他思绪万千，不由得替自己哀伤，也替年轻的士兵们哀伤，因为这些人也都和他一样，注定了要在漫长的等待中走向衰老和死亡。

小说中荒凉而神秘的古堡是被孤立的、被废弃的，它对所有人来说都是神秘的，德里戈几次在山路上跋涉隐喻着现代人在孤寂而漫长的人生长途中跋涉。人们走进了古堡，走入了神秘而虚无的现实世界，在那里维护着安全，期待着英雄的事业，他们把生命寄托给了神秘和虚无，长年累月地驻守着一块荒凉的领地。驻守在堡垒中的士兵，形形色色，性格各异，是真实世界里各种人物的代表，他们被漫长的等待折磨得精疲力竭，意志颓丧，无论性格怎样，他们的命运是相同的：或是被疾病折磨而死，或是在徒劳的等待中了结生命，一切都是那么荒凉，一切都显得毫无意义。

小说主人公德里戈为了完成某种事业，远离家乡和亲人，远离了自然本真的自我，走入空旷而神秘的古堡，一场徒劳的等待之后，他带着衰弱的病体，撤离了这个地方，他为了他期待的事物耗尽了生命力，却又因此而错过了他期待的事物。更为可悲的是，鞑靼人的入侵也许根本就不存在，德里戈和所有的士兵却把防御鞑靼人的侵略当成了驻守古堡的目的，作家借此喻示了现实生活的荒谬和人们在虚无之中挣扎的生存悲剧。

《鞑靼人的沙漠》出版后，受到评论界的高度赞扬，由于布扎蒂对现代人悲剧性生存的揭露和对现实的梦境般的想象与描绘都类似于奥地利作家卡夫卡，因此他获得了"意大利的卡夫卡"的美誉。

"二战"期间，布扎蒂曾以战地记者的身份亲身经历了战争，体验了海上的战斗生活，他在40年代前期的许多小说是以战争生活为题材的，如1942年的短篇小说集《七位信使》等。

布扎蒂和意大利战后的新现实主义文学格格不入，他曾经忧伤地感叹说，人们仅仅依靠回忆现实写小说是艺术上的停滞。

在40年代后期，布扎蒂继续坚持个性化的创作风格，这一时期所发表的一些短篇小说作品，后来都收集成集，名为《六十个短篇故事》，于1958年出版。其中的两个短篇《与爱因斯坦的约会》和《氢化》继承并发展了他以往的梦幻艺术，小说中的梦幻气氛淋漓尽致地体现了思想的意境，这种艺术手法也解放了读者的想象力。

1963 年，布扎蒂发表长篇科幻体小说《大肖像》，这部小说想象奇特，内容深刻，通过一对夫妇的悲剧故事寓示了人类追求永恒的时间与爱情的悲剧。它的内容是，在很多年以前，一位科学家的妻子在车祸中死去，这位科学家一直都深深地爱着妻子，尽管她生前对他有不忠行为，他还是要想尽办法把已经是机器人的妻子变成有生命的活人，他运用数学计算方程力图让机器人妻子获得人的正常智商和感觉。最后，一个赤身裸体的姑娘在机器人面前卖弄姿色，终于激怒了她，惹起了她的回忆和欲望，可是，她深知一切美好的事物早已成为过去，她只不过是个机器人，她在绝望中杀死了姑娘，自己也自杀而死。这个故事也体现出作家本人对生命和爱情的悲剧性感受。

布扎蒂晚年的另一部长篇小说《一种爱情》（1963）是根据他本人的晚年婚恋写成的，作者通过一个爱情故事意在说明没有爱情的人生是凄凉的。

布扎蒂在 60 年代后期发表的作品还有短篇小说集《星鲨》（1966）、《艰难的夜晚》（1971）等，他晚年还从事绘画创作，其作品曾获过奖，他的最后一部小说《莫雷尔山谷里的奇迹》采用了故事和绘画相结合的形式，给读者耳目一新的艺术享受。

1972 年 1 月，布扎蒂因癌症不幸去世，直到生命的最后一刻，他才停止他的文学创作。

"未获诺贝尔奖的诺贝尔奖获得者"
wèi huò nuò bèi ěr jiǎng de nuò bèi ěr jiǎng huò dé zhě

阿尔贝托·莫拉维亚（1907 — 1990），原名阿尔贝托·平凯尔勒，是意大利当代著名小说家、戏剧家和散文家，与卡尔维诺和夏侠一起，并称当代意大利文学的"三杰"。

1907 年 11 月 28 日，莫拉维亚降生于罗马一个富裕的犹太人家庭。莫拉维亚的父亲是个艺术修养很深的建筑师，这使他有幸在很小的时候就接触到了艺术，并培养出很深的艺术素养。莫拉维亚九岁的时候发生了一件不幸的事——他被诊断出患有骨结核病。在这以后的近十年中，莫拉维亚不得不卧床修养，为此他失去了接受正规教育的机会。病痛的折磨给莫拉维亚幼小的心灵留下了难以磨灭的印记，并深深地影响了他日后的文学创作。他在 1935 年发表的《病人的冬天》，就专门描述了他在患病期间从体质到精神所受到的痛苦折磨。

莫拉维亚的父亲有一个小型的私人图书馆，珍藏着大量的欧洲古典名著，莫拉维亚把它当做自己汲取知识的乐园和与病魔作斗争的坚实后盾。他在这里如饥似渴地阅读欧洲文学的经典作品，以至于忘记了病痛的折磨。他在这时所汲取的丰富知识，使他在以后的文学创作中受益终身。

1925 年莫拉维亚病愈出院时，正值法西斯统治意大利时期。他发现当时的罗马人都是那样的冷漠、虚伪，令人难以捉摸，这与他家里所充溢的温馨和亲情，以及家人给他的无微不至的关怀和照顾形成强烈对比，于是他萌发了一种创作的冲动，要写一部剖析意大利上流社会中资产阶级生活内幕的小说。他趁在意大利东北部的波尔扎诺疗养的时机，坚持每天清晨卧床写作（这后来成了他终身不变的习惯），创作出了脍炙人口的长篇小说《冷漠的人们》。全书犹如一幅笔锋尖刻的画卷，展示了罗马的中产阶级家庭中两天内发生的故事，揭示了 1920 年至 1926 年间法西斯主义在形成和发展过程中，给人们带来的精神上的堕落和危机——迷恋物质享受，崇拜金钱，爱慕虚荣，冷漠自私。1929 年莫拉维亚自筹资金出版此书，小说一出版，整个欧洲文坛为之沸腾，莫拉维亚也因此而一举成名，成为文学界关注的焦点。但是小说的内容触及到了法西斯统治的利益，所以在准备刊印第六版时，遭到法西斯当局的查禁。莫拉维亚从此与法西斯结下了不可调和的矛盾。

《冷漠的人们》发表以后，莫拉维亚被多家报纸和杂志聘为旅行记者，有机会漫游了瑞士、德国、法国、英国及美国等许多欧美国家，并且还在 1936 年远涉重洋访问了中国，这段时期的经历大大地开阔了莫拉维亚的创作视野，丰富了他的人生阅历。1928 年至 1935 年间，莫拉维亚又花了六年的时间，模仿俄国作家陀思妥耶夫斯基的著名作品《白痴》的创作手法，写出了他的第二部长篇小说《错误的野心》。这可以说是一篇失败之作，它在主题上仍旧重复着第一篇的老调，未能脱出窠臼。1935 年一出版就遭到了当局的查禁。

1936 年 10 月，墨索里尼与德国纳粹勾结，结成罗马——柏林轴心国，并大肆迫害犹太人。莫拉维亚因为有犹太血统而受到株连，从此被迫多次流亡海外，提心吊胆，流离失所。1941 年他在困境中与女作家艾尔莎·莫兰特结为伉俪，但他的名字已被警方列入"颠覆分子"的黑名单，所以婚后仍然过着四处躲藏、颠沛流离的生活。他后来回忆说："1936 年至 1943 年是我一生最倒霉的时期，至今回想起来还毛骨悚然。" 当然莫拉维亚并未因为敌人的强大而有丝毫畏缩，他坚持用文学作武器，继续与法西斯作斗争。为了避免法西斯的控制和查抄，他只好采用隐喻、幽默、讽刺等隐晦曲折的笔法来进行创作。他仍坚持着自己一贯的主题，继续关注那些在法西斯统治下精神空虚、庸俗自私的"冷漠的人们"。小说《惶惑》（1937）、《懒人之梦》（1940）、剧本《假面舞会》（1941），以及莫拉维亚在战后完成的《违命》（1948）和《随波逐流》（1951）写的都是这类题材。

1943 年，盟军在西西里登陆，对意大利进行了铺天盖地的狂轰滥炸，莫拉维亚携妻子逃亡那不勒斯，因交通线被切断而流落中途。这次的逃难经历成为他后来写作"献给抵抗运动的小说"《乔恰拉》（1957）的背景。小说描写了一对母女为了躲避战争在逃难途中所经受的悲惨遭遇，控诉了战争的罪恶，及其给下层人民带来的灾难。

第二次世界大战结束后，莫拉维亚的生活仍然很贫困清苦，这使他更加了解和同情生活在底层的贫苦人们，也使他的创作获得了更多的新鲜"血液"，描写和反映底层人民的苦难生活成为他这一时期的创作主题。他在 1947 年写成的《罗马女人》，就是一位平民女子痛苦绝望的倾诉、哭泣和呐喊。作品描写了罗马姑娘阿特里亚娜被人欺骗沦为妓女以后的一系列不幸遭遇，鞭挞了法西斯统治下的意大利社会的腐朽和黑暗。短篇小说集《罗马故事》（1954）和《罗马故事新编》（1959）也是反映底层人民悲惨生活的优秀作品。

第二次世界大战的噩梦过去以后，社会经济突飞猛进地发展起来，人们的物质生活也大大提高，但是与此同时，人们的精神却出现了危机。资本主义社会的机械化大生产将人异化为"物"，而人与人之间赤裸裸的金钱交易和冷漠态度，更使人感到了精神的空虚和绝望，许多知识分子纷纷到性爱中去寻求解脱。莫拉维亚敏感地捕捉到了这一信息，他开始在作品中反映小资产阶级知识分子的这种病态心理和厌世情绪，并且增加了色情和性爱成分的描写。

他在1960年发表的长篇小说《愁闷》是他转变的标志。小说塑造了一个生活于现代社会中的"愁闷"人。画家迪诺，从小就与现实格格不入，发展到后来，觉得一切存在物都失去了真实的意义和效用，于是他把与情人的性爱作为他与外部世界保持联系的唯一桥梁，但最后发现连情人也无法掌握，他的精神崩溃了，并想以自杀来结束自己与现实的矛盾。

莫拉维亚后来的长篇小说《注意》（1965），以及他花了四年工夫、五易其稿写成的《我与他》（1971）和以1968年意大利学生运动为背景的长篇小说《内心生活》（1978）、以希特勒上台为历史背景的《1934年》（1982），以及短篇小说集《机器人》（1962）、《东西就是东西》（1967）、《东西》（1983）和《观望的人》（1985）等作品，都反映了现代人丰富舒适的物质生活和空虚无聊的精神生活之间的矛盾和对立，以及由此产生的不平衡心态和绝望情绪。

70年代，莫拉维亚还多次去非洲旅行，希望寻找到一个与西方文明不同的人类文明，创作出了书信体游记《撒哈拉的来信》（1981），描述了非洲民族的风土人情。1983年莫拉维亚被选为欧洲笔会主席。1986年他第三次访问了中国。1990年9月26日，这位意大利伟大的文学家在罗马逝世，结束了他的文学生涯。

莫拉维亚在他半个多世纪的文学生涯中，共发表了各种体裁的作品近四十部，这些作品经常获得各种奖项，而且不断地被搬上银幕。他的这些作品始终都带有社会生活升沉运动的印记，半个多世纪以来意大利的风云变幻和人民的精神风貌，在他各个时期的作品中，都留有痕迹。

莫拉维亚是意大利当代文学史上最有争议的作家。法西斯当局对他不容，曾多次查禁他的作品；宗教界视他为异端，将他的书全部列为禁书；而批评界对他的评价也众说纷纭，各执一端，有人将他归为新现实主义流派，有人认为他是存在主义大师萨特的先驱，还有人认为他与弗洛伊德的精神分析学有着内在的联系。但是他所取得的成就却是举世公认的，人们称誉他为"意大利的巴尔扎克"，"20世纪划时代的伟大作家"，"未获诺贝尔奖的诺贝尔奖获得者"。

27. 反法西斯的文化斗士普拉托利尼
fǎn fǎ xī sī de wén huà dǒu shì pǔ lā tuō lì ní

20世纪40年代，意大利人民在经受了二十多年的法西斯政权统治后，终于获得了民主和自由，在全民性的抵抗运动期间，众多文学家们亲身体验到了战争中的艰苦生活，他们对广大人民的苦难和抗争，对他们的思想情感都有深切的了解，在政治高压和文化禁忌都解除之后，作家们有一种普遍的愿望，要描述这个时代的历史以及个人的身心经验，于是诞生了声势浩大的新现实主义文学流派，著名的当代作家普拉托利尼就是这一流派的一位代表。

瓦·斯科·普拉托利尼（1913—1991）出生于意大利佛罗伦萨的一个普通工人家庭，他幼年丧母，和外祖母一起生活。童年的不幸遭遇给他留下了无法磨灭的记忆，这些遭遇在他以后的文学创作中被真实地反映出来。普拉托利尼是自学成才的作家，由于家境贫寒，他小学没毕业就当学徒工、印刷工、还做过买卖，他深切地体验到佛罗伦萨下层百姓的艰辛生活，和下层人民产生了深厚的情谊，在他的小说作品中，对故乡和故乡人民的深厚感情都有明显的体现，乡土情结是普拉托利尼早期小说的一大特点。

1938年，普拉托利尼和一位诗人一起主编隐逸派诗刊《校场》，这一工作给他的小说创作做了准备。1941 年，他发表处女作《绿色的地毯》，这部自传体小说抒情性很强，富有浓郁的乡土气息。1942 年的自传体中篇小说《马志尼大街》以作者的故乡为背景，描述了战争对他和他的家人的人生与命运的影响，主人公瓦雷利奥是作者的化身，我们从他身上看到了意大利青少年在战乱的年月里精神痛苦和心灵的忧郁。小说采用第一人称叙述视角，感情细腻自然，充满了怀旧之情和伤感的气息。

1943 年，普拉托利尼参加了意大利全民性的抵抗运动。"二战"结束后，他迁居米兰，在那里创作了长篇小说《街区》。小说的背景是意大利法西斯政府侵占阿比西尼亚，社会动荡不安，小说中的故事环境是一条小街，是作家故乡的再现，这条小街上各种各样的年轻人在动荡不堪的岁月里走向成熟，有些青年工人参加了反法西斯的地下斗争，有些只顾读书的学生在现实的逼迫下，走出学校和街区人民一同保卫家乡；也有一些青年人贪求虚荣，走上犯罪道路，更有些人误入歧途，跟随法西斯军国主义，到非洲战场上当了可鄙可悲的战争牺牲品。这部小说揭露了法西斯政权的反动行径，热情地赞扬了家乡人民间的友情、爱情和他们的团结精神、斗争精神，它给作家以后的成名作《苦难的情侣》提供了一个蓝本。

1947 年，普拉托利尼为悼念死去的弟弟，创作了《家庭纪事》，这也是一部自传体小说，以主人公的日记形式写出。弟弟来到人世未满一个月，母亲去世，他被送到一富贵人家做养子，他在优越的环境中长大，拒绝和身世卑微的亲人们往来。后来，弟弟的养父离开了他，他在困境中渴望家庭的温暖，于是，两个兄弟聚在一起，生活上和感情上的障碍消失了。可是，这时弟弟却得病去世，两兄弟又一次被命运拆散了。作家带着沉痛的感情写出了苦难的家庭的不幸遭遇，对自己童年经历的叙述更是悲悲切切，哀婉动人。

普拉托利尼的前期作品以自传体为主，大多是写自己，写家乡。他的语言生动优美，几乎所有的小说都浸染了浓重的悲剧情绪和怀乡情绪。普拉托利尼早期的文学风格，体现了意大利二三十年代散文给他的深刻影响。

1947 年，普拉托利尼发表长篇小说《苦难的情侣》，奠定了自己在当代文坛的地位。这部小说发展了《街区》的题材和内容，它描述了意大利法西斯分子掌握政权后，对内疯狂镇压的恐怖现实，一条小街上的风风雨雨反映出整个意大利人民的反法西斯斗争的状况，作品还第一次成功地塑造了一个反法西斯英雄的人物形象。那条小街，是意大利社会的缩影，它肮脏破败，其中居住着各色人等；有进步人士，有流氓歹徒，有妓女，有情妇。严酷的时局把这些人的命运拴在了一起，而且其中大部分人是经受了种种变故后重聚在一起的情侣，他们抛弃了固有的道德成见，互相间关心照顾，团结在共产党员科拉多的周围。

作家并没有因为情感的倾向性而美化现实，这条街也是混乱的，贫穷导致了恶习，在巨大的生存压力下，有人偷窃，有人堕落，但是一场战斗改变了人们的生活，法西斯当权者大肆捕杀进步人士，主人公科拉多为了营救同伴，在街上与法西斯匪徒相遇，在一场搏斗中不幸牺牲，科拉多的牺牲和他的战友的被捕惊醒了小街上的人们，他们认清了法西斯政权的真实嘴脸，更坚定了通过斗争去争取自由的信心。

《苦难的情侣》是一部人民群众斗争生活的史诗，作者从各个方面描述了小街区人们的世道人心，对人们的苦难寄予了深切的同情。

《苦难的情侣》标志着普拉托利尼小说创作的一个转折。自《苦难和情侣》始，经历了战争洗礼的普拉托利尼突破了早期创作的题材局限，他从个人感伤的小角落里走出来，其小说的内容和主题发展到了写群众斗争，表现社会状况和人民的命运。

1949 年，普拉托利尼带着强烈的爱憎感情塑造了一个典型的民族败类：山德里诺，他是《我们的时代英雄》中的主人公，他背叛道义，出卖朋友、亵渎爱情，他患有神经官能症，染上了各种恶习，最后堕落成为彻底的法西斯帮凶。作家通过这个反面形象，批判了当时污浊的社会和人性的堕落。

1951 年，普拉托利尼迁居罗马，在罗马完成了三部曲小说《意大利历史》，作家意在通过小说给意大利作传。《意大利三部曲》堪称一幅广阔历史画卷，它从各个方面再现了 19 世纪末到 20 世纪 60 年代的意大利社会面貌，标志着普拉托利尼的现实主义文学达到了一个新的高度。

《意大利三部曲》的第一部《麦泰洛》（1955）描述了 1875 年到 1902 年佛罗伦萨的社会状况和工人运动的发展。主人公麦泰洛出身贫苦，饱经磨炼，他做过各种苦差事、服过兵役，参加过工会斗争，为此进过监狱，后参加社会党，领导工人进行罢工并取得了胜利，再次入狱后，和同伴一起坚持斗争。

小说不仅写出了主人公的生活经历和斗争经历，也写出他的斗争环境和时代背景，作家并没有因为表现宏大的时代主题而放弃对人性的刻画，他也写出了麦泰洛的爱情、友情和他的思想发展过程、把他塑造成了一个血肉丰满的典型形象。《麦泰洛》曾轰动过意大利文坛，被称为新现实主义不可多得的佳作。

三部曲的第二部是《奢侈》，发表于 1961 年，这部小说描写了"一战"后至意大利法西斯上台这一时期的社会状况。小说主人公科尔西尼是个反面人物典型。他由社会主义者蜕变为法西斯主义者，掌权以后，穷奢极欲，迅速堕落，最后当了法西斯的牺牲品，小说的批判性是显而易见的。

《意大利三部曲》的最后一部发表于 1966 年，这部小说采用日记体的形式，描述了一个法西斯主义者转变成共产主义者的思想历程，间接地反映了 1935 年到 1945 年间一代人的经历和社会上的各种冲突。主人公以讽刺与嘲弄的口吻回忆过去，分析罪恶的根源，他对生命对时间的深刻体悟足以看出作家敏锐而深沉的灵魂关怀，这也展现了作家把握人物心灵世界的艺术魄力。

普拉托利尼的新现实主义，既表现在社会斗争的外部题材上，也表现在个人生活及其思想经历上，而同情人民疾苦，反对法西斯战争是他所有作品的一个主题特点。

在 60 年代，普拉托利尼还创作了另一部小说《理智的永恒》，也是采用第一人称的叙述角度，主人公是一个知识分子形象，他的思想反映了作家本人力图摆脱幼稚、深入了解现实的愿望。

从《苦难的情侣》到《意大利三部曲》，作者都是在给意大利及其人民的斗争做传记，普拉托利尼忠实地记录了自己国家风云变幻的历史兴衰，给意大利的历史和文学留下了宝贵的财富。

普拉托利尼的最后一部小说《幼稚病》叙述了 20 年代去美国的意大利侨民的经历，再现了他们在异国他乡的困境及上下两代之间的隔阂，揭示出两种文明及两代人之间的冲突。

1991 年 1 月，普拉托利尼逝世于罗马。

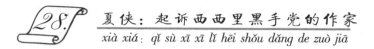

28. 夏侠：起诉西西里黑手党的作家
xià xiá：qǐ sù xī xī lǐ hēi shǒu dǎng de zuò jiā

黑手党是意大利最敏感、最令人关注的社会焦点。与黑手党有关的消息总是世界各大电台、通讯社媒体争相报道的话题。在围绕黑手党出版的各种著作中，只有一个人真正地触及了黑手党的内幕——他就是夏侠。

莱奥那多·夏侠（1921 — 1989）出生于西西里南部一座偏僻小城镇的一个世代矿工之家。1949 年至 1956 年在家乡执教的经历成为他日后文学创作的重要源泉，此后他一直居住在西西里岛首府巴勒莫市。夏侠又是著名的政治活动家，参加过黑手党罪行调查委员会，后来是震惊世界的莫罗惨案事件调查委员会成员，还曾担任欧洲议会议员，在政界秉公直言，痛砭时弊。

20 世纪 60 年代，西西里工业社会迅速发展，经济结构发生变化，使原本盘踞农村的黑手党有机会从农村进入城市，逐渐渗透到金融、工业甚至政治领域。与政权相渗透结合，使黑手党的罪恶活动可以在大红伞的保护下更具有隐蔽性，与此同时，与黑手党的斗争也就变得更加艰巨而危险。黑手党成了意大利要害部位上急剧扩散的毒瘤。

夏侠的黑手党系列小说《白天的猫头鹰》（1961）、《各得其所》（1966）、《前因后果》和《千方百计》（1974）等，以西西里为背景，用犀利的笔触揭发了黑手党在西西里的猖獗活动，以及政权与犯罪集团的腐败勾结，深刻地表现了特定历史时期的本质特征。

《白天的猫头鹰》是夏侠黑手党题材的第一部小说。围绕黑手党犯下的一桩凶杀案，宪兵上尉贝洛迪奉命展开调查。聪明而又正直的贝洛迪经过缜密侦查，终于使案件水落石出，并且打破了罪犯们的攻守同盟，获取到杀人凶手及教唆者的大量供词和证据。然而，当贝洛迪返乡度假时，黑手党阴险地制造了种种不利伪证，使形势突转，贝洛迪的侦查活动亦告失败。小说揭露了西西里社会的种种痼疾和意大利政界与黑势力勾结的黑暗内幕。小说预示着：黑手党战胜了代表司法力量的贝洛迪，而最需要的首先是疗救西西里精神与道德的贫困：知情人与周围人的冷漠与恐惧，他们的耳朵、眼睛和嘴巴全都闭上了。小说出版后被译成二十多种文字，并改编成电影，使夏侠迅速成为意大利的一流作家。

夏侠1966年发表的《各得其所》也是一部揭露黑手党活动的作品。

药剂师马诺是一个既不过问政治也不管闲事的正派人，和眼科大夫罗肖去打猎是他唯一的爱好。一天，马诺收到一封写着"你要为你的所作所为去死，这封信就是判处你的死刑"的匿名信，地址是剪下报纸铅字贴上去的。在省城教高中语文和历史的老师拉乌拉纳在灯光照耀下发现信封上映衬出"各得其所"，原来报纸来自《罗马观察家报》。

一星期后，相约去打猎的马诺和罗肖在归途中被杀害。城中很快风传这件事与马诺（实际子虚乌有）的桃色事件有关。

仁慈善良而又医术高明的罗肖为穷苦人看病只收医药费。可是他那年轻漂亮的妻子路易莎却给他带来陷入黑手党魔掌的灾难。路易莎从小在表哥罗塞洛的当总司铎的叔叔家与表哥一起长大，即使婚后他们仍然私通。

好奇的拉乌拉纳自从发现信件的破绽后决定把案子查个水落石出。何况，遇害的罗肖是他的同窗密友。他很快在总司铎家中发现了用来拼凑匿名信的《罗马观察家报》；了解到罗肖死前曾去上访过一位议员，说要检举一位营私舞弊的显赫人物，而他又与这个人有微妙复杂的难以言说的关系；拉乌拉纳在司法大楼楼梯上巧遇有私人保镖跟随的罗塞洛陪同部长下楼，发现那个保镖掏出的雪茄与罗肖被杀现场遗弃的烟头牌子一样。

已掌握大量线索的拉乌拉纳并没有去司法机关告发，他害怕自己落得与罗肖一样的悲惨下场。可是他未意识到自己的怯懦无形中为黑手党的罪恶活动提供了掩护，沦为他们的同谋，同时也为自己的毁灭种下了祸根。拉乌拉纳很快因露马脚被杀。

在马诺与罗肖被杀一周年之际，罗塞洛的叔叔宣布了罗塞洛与路易莎订婚，并在众人面前振振有辞地夸奖他的侄子，说他是出于对寡母孤女的同情才答应这门亲事的，竭力为这个天主教家庭所策划的一系列罪恶活动涂脂抹粉。然而纸终究包不住火，有人对这件事内幕了如指掌，并在订婚宴会上流传开来：罗肖通过罗塞洛律师事务所见习生拍摄了罗塞洛的许多罪行材料，并严正对其叔叔指出：罗塞洛必须中断与表妹的私通行为，否则将予以揭发。

小说悲剧性的结局证实了黑手党活动的猖獗和惨无人道，谁敢揭露社会的真相，谁试图与黑社会作斗争，谁就必将遭受灭亡的结局。1976 年作者在重版后记中写道："现在我重读此书时，深感小说不仅反映意大利当时黑手党活动的猖獗，以及国家的政治和社会形势的严峻，更描绘了一个西西里的天主教家庭中的伪善外表和腐朽实质，以及罪恶得不到惩治、伪善得不到揭露的现实。"

作为深受众望的政治家，从意大利议会反黑手党委员会成立之日起，夏侠便是它的成员。他在解释为什么接受这一崇高而又危险的使命时这样说过："统治阶级无力审判自己，更无力宣判自己有罪。"

小说不再有一般侦探小说所有的结局，在夏侠描绘的黑手党势力猖獗的社会环境里，那种破案结局也不可能存在；国家机器已无力提供任何生存的保证，法律与理想显得遥远而抽象，成为捉弄人的游戏。夏侠说过："我并不认为自己是个小说家。我仅仅是一个诉状作者。"作家的小说不再是普通意义上的侦探小说，重现案件的追查，在作家笔下，压倒一切的是对生存环境的躁动不安和反思：失望与责任令人痛苦地并存着。

手法多变的卡尔维诺
shǒu fǎ duō biàn de kǎ ěr wéi nuò

　　伊达洛·卡尔维诺（1923 — 1985）是意大利文坛一颗耀眼的明星。他出生于圣地亚哥一个名叫拉斯维加斯的小镇。父亲是意大利利古里亚人，一名出色的园艺师；母亲是撒丁岛人，植物学家，他们因从事热带农艺学而在拉美生活多年。

　　卡尔维诺两岁时随父母回到故乡圣雷莫城，他父亲领导该城的一个花卉实验站。他从父母亲那里了解到了丰富的自然科学知识，他还常常跟父亲去打猎垂钓，在父母的影响下，他与大自然结下了不解之缘。这种独特的童年生活，使卡尔维诺在后来的创作中，始终带有着浓厚的童话和寓言色彩。他同时还喜欢阅读吉卜林、史蒂文森和康拉德等人的富有浪漫、传奇色彩的作品，这又为他的作品增添了一种浪漫传奇的色彩。

　　1941 年，卡尔维诺进入都灵大学农学系学习。1943 年德国纳粹入侵意大利，他与十六岁的弟弟一起参加了当地游击队组织的抵抗运动，他们的父母为此被德寇当做人质扣押数月。战后，他又回到都灵大学，改学文学，一年内通过了全部科目的考试，并于 1947 年 9 月以一篇关于英国作家约瑟夫·康拉德的论文毕业。

　　读大学期间，卡尔维诺作为意大利共产党的积极分子，热心从事党的新闻事业，为党的机关报《团结报》写了不少政论性文章。大学毕业后，卡尔维诺加入意大利共产党，继续从事《团结报》的编辑工作，同时兼任意大利艾侬那乌迪出版社的文学顾问。这期间他始终没有放弃文学创作。1946 年 12 月卡尔维诺发表了根据他参加抵抗运动的亲身经历写成的处女作《蛛巢小径》。这部以现实主义手法写成的作品一出版就好评如潮，卡尔维诺也因此成名，以一个新现实主义作家的身份登上意大利文坛。

　　他 1949 年出版的短篇小说集《最后飞来的是乌鸦》，仍然以抵抗运动为主题。作品在写法上虽然带有明显的传奇与寓言色彩，但仍未脱离现实

114

主义。1954 年，他又发表了带有自传性质的短篇小说集《参战》，反映了战争给他的身心所造成的难以医治的创伤。

1957 年苏共二十大后，卡尔维诺发表公开信，声明退出意大利共产党。同年，推出两部在内容和形式上都截然对立的小说《栖息在树上的男爵》和《建筑业投机》，前者是寓言小说，后者是写实小说。两部作品的主人公都是不肯与现实苟同、却又消极反抗的"失败者"。他在 1958 年发表的中篇小说《烟云》和长篇小说《波河两岸的青年》，也都是现实主义作品，其中《烟云》还曾获巴古塔奖。《探索者的一天》（1963）是他的最后一部写实小说。此后，他便全力投入带有传奇色彩的寓言小说、具有科学幻想性质的科幻小说和后现代派的小说创作之中了。

卡尔维诺早在 1952 年就推出了他的第一部寓言小说——《分成两半的子爵》（以下简称《子爵》）。这部小说与他后来创作的《栖息在树上的男爵》（1956 年，以下简称《男爵》）和《不存在的骑士》（1959 年，以下简称《骑士》），一同收录在 1960 年出版的《我们的祖先》中，被称为"寓言三部曲"或"纹章三部曲"。作品以魔幻般的、寓言式的和超现实的题材，向我们揭示了西方现代社会中人的异化状态，以及人与人之间的错综复杂的关系。

《子爵》被看做是当代寓言小说的滥觞，卡尔维诺也因最早从事这类小说的创作而被尊为"寓言编撰家的先驱"人物。小说以一个 17 世纪奥土战争中被一颗炮弹炸成两半的贵族军官，来象征现代社会中被资本主义经济发展的"大炮"轰成两半的现代人，揭示了西方现代社会中人的生存状态，同时探讨了人性的畸变问题。小说既带有"寓言式的现实主义色彩"，又是"带有现实主义色彩的寓言"，在当时新现实主义衰退之际，为意大利的文学创作开辟了一条新路。

《男爵》的主人公是十八九世纪的一个贵族后裔，他因忍受不了贵族家庭那种令人紧张的气氛，以及不满于家人的所作所为，从幼年开始就栖居在树上，宁愿过着风餐露宿、危险艰难的原始人生活，也不愿下来在地面生活。作者以此向读者表明：现代人要想过上真正的生活，就必须脱离这个可恶的社会。

《骑士》以中世纪法国查理大帝时代的一名"不存在的骑士",象征了已经被"异化"和"机械化"了的现代人。在资本主义社会中,人们已与他所担任的职能融为一体,只是麻木地下意识地干着社会给他安排好的工作,早已丧失了自我的社会意识。作品还以"不存在的骑士"对真正的人的生活的向往,揭示了现代人焦虑不安的心态。

卡尔维诺在1963年发表的短篇小说集《马可瓦多》(又名《城市的四季》),同样是一部寓言式的小说。它通过小职员马可瓦多的悲惨经历,揭示了被物欲所淹没的人类社会,描述了当代人孤寂、陌生和惶恐不安的心态。

卡尔维诺60年代的注意力主要集中在科幻小说的创作上。这一时期他先后发表了两部富有科幻色彩和符号学特点的姊妹篇《宇宙奇趣》(1965)和《零点起始》(1967年,又译《你和零》)。它们就像描写宇宙体系、人类起源和社会形成的神话故事,在五彩缤纷的幻想中寄寓着广博的新宇宙学和天文学知识,以及深刻的哲学思想。

70年代,卡尔维诺的创作风格又一次转变,他在这一时期创作的《看不见的城市》(1972,同年被意大利林琴学院授予"费尔特里内利"奖)、《命运交叉的古堡》(1973)和《寒冬夜行人》(1979,又译《如果在一个冬天,有一位旅人》)等作品,都带有明显的后现代风格。其中《寒冬夜行人》是一部结构奇特的小说,可以看做是他后现代主义创作的代表作。

小说由十二章作者的议论和附在其后的十个独立的短篇小说组成,这十个故事相互独立又有着内在的联系,通过主人公,也就是这部小说的读者,在不断寻求确切答案的过程中依次展开。作者采用时空交错、人物互换等超现实和超理性的手法,试图探索一种新型的作者与读者的关系,是对有来龙去脉和完整的故事情节的传统小说模式的一种挑战。

1983年,卡尔维诺完成了他的最后一部长篇小说《帕洛玛尔》。小说以荒诞的故事表现了现代人的孤独、彷徨和失落的心态。1985年9月19日,卡尔维诺因突患脑溢血医治无效逝世,享年六十二岁。他的猝然离世使举国震惊，人们为他举行了隆重的葬礼，意大利总统科西嘉亲自前往吊唁。1986年5月，他的未竟之作《在太阳下的美洲豹》出版。

综观卡尔维诺的文学生涯，可以发现无论他的创作风格如何变化，但他总是"一只脚站在幻想世界，另一只脚留在客观现实之中"，并以此种姿态进行创作。他的作品都是幻想与现实完美结合的结晶，故事出自幻想，是超现实的，但却又传达出了现代人的精神生活信息。他在叙事上仍保留着薄伽丘、马可·波罗或意大利神话故事的那种典型的意大利式的传统手法，在结构上则使用了现代技巧，使故事既生动有趣、明白易懂，又传达了深刻的思想和哲理。

卡尔维诺是意大利文坛上一位比较独特的作家，他在一生的创作中，总是不断地探索和尝试新的创作手法，从而形成了他多变的小说艺术风格。他前期属于意大利新现实主义，后来创作中幻想的成分逐渐增加，传奇和寓言的色彩也越来越明显，而他最终又发展成了一名优秀的后现代派作家。他的小说创作的丰富多彩使他享誉国内外。有的评论家把他誉为"意大利最独出心裁、最富有创作才能、最有趣的寓言式作家"，而美国著名作家厄普代克则称他为"最有魅力的后现代派大师"，"世界上屈指可数的几位伟大艺术家之一"。

西班牙战后文学的创新者
xī bān yá zhàn hòu wén xué de chuàng xīn zhě

卡米洛·何塞·塞拉（1916—2002）是当今西班牙文坛最负盛名的作家。他1916年出生于西班牙西北部的伊利亚—弗拉维亚小镇的一个资产者家庭。父亲是个地道的西班牙人，母亲是英国和意大利混血儿。他幼年曾在英国居住，后来回国，在故乡念完小学。然后到首都马德里读中学，中学毕业后还曾在马德里大学先后攻读过医学、农艺、哲学、文学和法律，但都未能善始善终。1936年，西班牙内战爆发，他被迫中断学业，并怀着要有所作为的狂热思想，加入了佛朗哥的军队。战争中的血腥杀戮和人性的扭曲给他的心灵带来了强烈的震撼，他开始用自己的良知反省这场战争，并对人生的底蕴作了深刻的探索。离开军队后，他还曾先后做过记者、斗牛士、工会与新闻出版检查机构的职员、画家和电影演员等，最后才在文坛找到适合自己的位置。

塞拉从小就表现出很高的文学天赋，在少年时代就创作了不少诗歌。1936年，在他二十岁的时候，塞拉出版了自己的第一部诗集——《踏着白日朦胧的光》。1942年，塞拉发表了他的第一部小说《帕斯库亚尔·杜阿尔特一家》，这部小说一扫文坛往日的沉寂，为西班牙战后的小说创作注入了生气，因此本书一出版就取得了极大的成功，不仅被译成英、法、意等二十多种文字，而且成为继《堂吉诃德》之后流传最广的西班牙文学作品。

小说以一个死囚在狱中回忆的形式写成，叙述了他怎样由一个老实本分、富有同情心的农民，在家庭和社会恶浊环境的影响下，逐渐染上恶习，并最终沦为杀人犯的经历。杜阿尔特从小在一个贫穷、野蛮、愚昧的家庭中长大。父亲是一个酒鬼、走私犯，他生性粗鲁，脾气暴躁，在家中占据着霸主地位，最终被家人抛弃。家人趁着他患狂犬症之机，将他关进壁橱活活折磨致死。母亲是一个无知、粗野，脾气暴烈的村妇，对于孩子们来说，她毫无母性可言。杜阿尔特最终无法忍受母亲的恶行，满怀仇恨地将母亲掐死了。

小说以近乎自然主义的现实主义手法反映了西班牙农村的愚昧落后状态，以及广大民众对战后生活的幻灭与绝望情绪。作品问世时，正值西班牙内战，国内民不聊生，统治者为转移人民的视线，竭力通过一些粉饰太平的作品欺骗人民。因此小说出版后被指责为宣传残暴行为和恐怖主义，有害于公众和道德，被当局查禁。据说，本书最初是在布尔戈斯的一个汽车库里秘密印刷出来的，当官方注意到它时，这一版已几乎售罄。

《帕斯库亚尔·杜阿尔特一家》发表以后，塞拉被公认为西班牙战后小说创作的第一个创新者。许多文学青年纷纷效仿他，以他所开创的恐怖主义手法反映和批判现实，形成了一股"暴露文学"的潮流。但塞拉却不愿重复自己，他又转向了对其他小说艺术技巧的探索。

他根据自己两次患病住院的体验，创作了他的第二部小说《憩阁疗养院》（1943），描写了来自不同阶层的不同身份的人在病魔折磨下的相同境遇，全书被一种灰暗、绝望的情绪笼罩着。1944 年，塞拉发表了他尝试"流浪汉"体小说技巧创作的《小癞子新传》。在这部作品中，塞拉让西班牙 16 世纪的著名流浪汉小说《小癞子》的同名主人公来到现代生活中，通过他的种种历险和遭遇，讽刺了充斥着贫穷和落后的社会现实。

1951 年塞拉发表了他花五年时间写成的、最具代表意义的长篇力作《蜂房》。由于西班牙当局的查禁，小说的第一版是在阿根廷首都出版的，虽然它一出版就成为畅销书，并被译成多种文字，但是西班牙的读者直到十八年后才有幸读到它。

小说以一条市民集居的街道为背景，集中描写了 1942 年严冬的某三天内发生的各种事件。罗莎的咖啡馆是人物活动的聚集地，近三百个不同身份的人物出入其中，往来穿梭，有工人、职员、贵妇、小姐、嫖客、巡警、守夜人、院士、作家、放债人、烟贩等，他们各自的遭遇都在咖啡馆内有所展示，这些在咖啡馆内营营不息地骚动着的人们，形成了一个"人类的蜂房"。小说以"蜂房"命名，暗示出"蜂房"一样的咖啡馆就是整个马德里的缩影。作品中的马德里下层社会，到处是一片凄凉、悲苦的景象，一切都毫无希望，污秽不堪。

塞拉宣称他的这部作品"只不过是生活的一个片断，既不隐讳什么，也没有出奇的悲剧，也不发善心，只是照生活本来的样子，按部就班地把它叙述出来……"作者以对马德里社会的真实描绘，有力地粉碎了佛朗哥粉饰现实的企图。作品发表后，一些人说作者描写得未免太夸大其词了，但塞拉纠正到："谁也不知道，我在墨水瓶里掺了多少水，好叫我笔下的反映和阴影不至于太强烈、太过分地真实。"可见作者对当时的社会现实的失望和愤怒之情。他因此也把自己的这部作品称做"沙漠里的一声呐喊"。

这部小说独特的艺术手法使塞拉获得了"西班牙当代叙事文学最杰出

的革新者"的声誉。因为作品要描写的人物众多，表现的生活也更为广阔，传统的表现手法已不能满足这种表达的需要，塞拉于是创造出了"群体人物"的表现手法。他在情节上打破了以往自始至终贯穿一条故事脉络的写法，而是运用电影中的蒙太奇手法，把人物全面铺开，穿插地加以描写，客观地展示了种种社会现象。

《蜂房》的艺术创新性和社会批判性受到了读者和评论家们的赞誉，被认为是战后西班牙影响最大的小说之一。1982 年小说被搬上银幕，广受欢迎，作家本人除担任影片的文学顾问外，还在片中扮演了一个角色。影片在 1983 年 2 月举办的第三十三届西柏林国际电影节上，荣获了"金熊奖"。在 1984 年马德里举办的西班牙语当代优秀小说评选活动中，小说原著《蜂房》和《帕斯库亚尔·杜阿尔特一家》双双中选，有力地证明了塞拉小说的非凡价值和高超水平。

《蜂房》之后，塞拉一再变换题材与风格，力求在艺术上不断更新自我。他又先后发表了长篇小说《考德威尔夫人与儿子谈心》（1953）、《黄发女人》（1954）、《圣卡米洛，1936》（1969）、《为亡灵弹奏玛祖卡》（1983）、《面对阿里索那的基督》（1988）等。其中《圣卡米洛》（1936）被看做是和《蜂房》不相上下的作品。它所叙述的故事发生在西班牙内战爆发前一周的马德里。主人公怀着沉重的心情面对镜子进行"良心的反省"，解释人生的意义以及当时的那个历史时代。小说从马德里妓院的角度进行叙述，所使用的语言也粗俗不堪，通过妓院里出入往来的众多人物之口，反映了当时西班牙社会的现实生活。

除了长篇外，塞拉还创作了不少有特色的中短篇小说，其中包括中篇小说《圣巴尔维那》（1951）、《不受赏识的艺术家》（1952）、《艺术家的咖啡馆》（1953）、《风车》（1956），以及短篇小说集《飘过的那些云》（1945）、《加西利亚人及其匪帮》（1949）、《西班牙的故事》（1948）、《卡宾枪手的漂亮故事》（1963）、《没有爱情的寓言集》、《饿汉们的雪橇》等。其质朴无华的描述，风趣幽默的笔调，以及不拘一格的表现技巧，都不逊于他的长篇作品。

塞拉是个多才多艺的作家，他创作的文体多种多样。他的散文创作，尤其是游记，师承西班牙著名作家巴罗哈和阿索林，文字优美，感情洋溢，给人以美的享受。其中《阿尔卡利亚游记》（1948）、《从米尼奥到比达索亚》（1952）、《基督徒、摩尔人和犹太人》（1956）等作品都是脍炙人口的散文佳作。

塞拉在创作方面的才能和成就，为他赢得了广泛的荣誉。1957 年他被选为西班牙皇家学院院士，1964 年被美国西拉丘塞大学授予名誉博士学位，1984 年和 1987 年，先后获得西班牙国家文学奖和阿斯图里亚斯亲王文学奖。1989 年，塞拉"作为西班牙内战（1936 — 1939）后文艺复兴中的有影响人物，他的笔下带有浓郁情感的丰富而精简的描写，对人类弱点的揭示，具有令人难以企及的想象力"，而被授予世界文学的最高奖项——诺贝尔文学奖。

31. 西班牙当代文坛的猎人作家
xī bān yá dāng dài wén tán de liè rén zuò jiā

1936 年至 1939 年内战期间，西班牙国内政治、经济、文化生活均发生了重大变化。此时文坛出现了一批新人，被称为"1936 年一代"或"战争中一代"（原因在于他们参加了内战）。这批内战爆发时仅二十五岁左右的作家，由各种经历不同的青年组成，他们五六十年代以后都不断有手法新颖的作品面世。其中著名的人物有卡米洛·何塞·塞拉、卡门·拉福雷特等，其中佼佼者之一即是米盖尔·德里维斯。

米盖尔·德里维斯 1920 年生于西班牙巴利亚多里德，是商学院教授兼律师的儿子。内战爆发后德里维斯在海军服役。战争结束，进入大学继续学习法律和商学，后来获商业监督官头衔。在获博士学位之前，曾一度当过漫画家和银行职员。从 1943 年开始，到马德里历史悠久的《卡斯蒂利亚北方报》任漫画师和记者；同时于 1944 年在家乡巴利亚里多德通过考试取得了商业专科学校的商业史教授职位。此后，德里维斯一边在家乡商

学院任教，一边开始文学创作。德里维斯曾半开玩笑地说，他从未想过要从事文学创作，只是在准备教授资格考试时，一本必读书《商法教程》中凝炼准确的语言引起了他对文学艺术的兴趣，使他最终走上了文学创作的道路。

1947 年，德里维斯的第一部小说《拉长的柏树影子》获该年度"纳达尔"文学奖。此后他的创作一发而不可收，分别于 1949 年、1950 年发表《依然是白天》、《道路》两部小说，描写对象逐渐由存在主义所关心的不幸和死亡转向西班牙农村的现状。1955 年《一个猎人的日记》以日记形式记述了某商业专科学校校工洛伦索热衷于打猎的种种经历。作品抓住自然中各种风景的细微之处，将笔下人物的行动描述得栩栩如生；各类人物语言特征也十分鲜明，读来妙趣横生，引人入胜。《一个侨民的日记》（1959）讲述主人公移居拉丁美洲后的见闻及思乡之情。此外，还有反映退休者苦闷生活的《红叶》（1959）、农村题材的上乘之作《老鼠》（1962）。1965 年，德里维斯出版了具有革新意义的《与马里奥在一起的五个小时》。

德里维斯最为独特之处在于：他笔下的人物大多为爱好狩猎之辈，是优美自然景观的爱好者。在科技相当发达的今天，他们依然为保持个人的价值而进行自我挣扎。面对新的社会发展形势，这些人物也许只能回到大自然中才能求得新的平衡。另一方面，德里维斯本人也酷爱打猎和各种运动，甚至自称是一个"会写作的猎人"，而不以知识分子自居。这一点在他的带有回忆录性质的《我的户外生活》中表现得十分明显。也正因此，他创作了大批以打猎为题材的小说和散文。从某种程度上说，德里维斯同时又是"人文环境保护主义者"，否认现代科技文明带来的人类进步。由此，有的评论家称德里维斯为"猎户作家"。

德里维斯一生曾游历过不少地方，并写了大量游记。但他始终对家乡怀有深深的感情，热爱乡村淳朴的人们和健康自然的生活方式，为此他一直未去文化中心马德里定居。无论是在生活中还是在作品中，德里维斯都自觉地采取深思熟虑的态度和乡村文学的精神，选择独特的切入角，反映社会问题，字里行间流露出作者的深沉思考和对人间真情的执著。

《拉长的柏树影子》讲述了孤儿佩德罗的经历。佩德罗由叔叔抚养，后被送到私塾老师家中代为照看、培养，度过了阴冷、乏味的童年生活。老师堂·马特奥是个胸无大志，胆小懦弱的人，传授给弟子的都是悲观主义哲学。有几件事情在十二岁的佩德罗心灵上留下了深深的烙印：一次他看见送葬队伍中年纪轻轻的鳏夫，便想：一对夫妻中一个肯定要为另一个送终；他最喜爱的小狗被轧断了腿；同窗好友阿尔弗雷多患肺病夭折。在这些事情的影响和打击下，佩德罗变成了自我幽闭、孤独、未健全发展的孩子。他不愿与外部接触，不愿爱别人，也不接受别人的爱。后来他成了海员，漫游世界，还当上了船长。

在偶然遇到美国姑娘简之后，佩德罗的生活发生了改变：为了结婚，他购房、购家具，打算过快乐的下半生。当幸福美满的生活刚激起他乐观向上的情绪时，突然简因车祸身亡。

不幸降临后，佩德罗回到了童年生活过的故乡，再度陷入悲观的泥沼。他拜谒了密友阿尔弗雷多的墓，并将妻子的结婚戒指放入朋友的墓中。

《与马里奥在一起的五个小时》是德里维斯最令人喜爱的一部小说，故事发生在子夜到拂晓的五个小时，在这段时间内，一个叫卡门的女子在一所小教堂里，要与死去的丈夫在灵堂中共同度过，为他作送葬前的守灵。小说的标题即来源于此。小说用内心独白这种现代小说经常使用的手法写成。卡门一边守灵，一边拿起她丈夫的一本圈圈点点的《圣经》，圈点的都是马里奥曾喜欢的段落和句子。每当卡门读完一段马里奥过去圈点过的经文时，就会引发出这个女人对死者发表一通议论或对往事的回忆，五个小时即回忆往事、吐露隐私的五个小时。

德里维斯把马里奥和卡门两个"新旧西班牙"的矛盾冲突表现得十分充分。卡门是一个出身富贵、目光短浅、虚荣心强的女人，反对一切社会变革："你们鼓动那些个穷人们去折腾，一旦有朝一日，他们对此有了反应，他们都去学习，以至都当上公路工程师，那么我们今后还向什么人去施舍，去发善心呢?" 而马里奥与卡门出身不同，他酷爱文化，拥护社会革新，为进步报刊撰稿，积极响应维护生态平衡，不买轿车，骑自行车上班。但所有的优点都成了卡门谴责丈夫的事由。作为马里奥的对立面，卡门对丈夫喜爱的一切都统统反对，不管丈夫干什么都看不惯。由此反映了西班牙人对生活的两种不同理解所造成的隔阂。小说最后，卡门终于勇敢地向丈夫坦白了自己的不忠行为：出于羡慕他人的阔绰，自己与青梅竹马的当今富翁帕科保持着不纯的往来，尽管并未沦入私通的地步。

德里维斯写小说才能得到了一致公认，特别是以农村为背景的故事，情节及人物的叙述令人赞叹。他一生在文学创作上孜孜以求，获得了多项文学大奖，并于 1973 年入选皇家语言学院院士。他的作品使传统与现代融为一体，为西班牙战后文坛增添了一抹不可缺少的亮色。

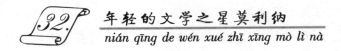

32. 年轻的文学之星莫利纳
nián qīng de wén xué zhī xīng mò lì nà

1988 年西班牙文坛上颇有影响的两项文学大奖，国家文学奖和文学批评奖，同时授给一位年轻的作家，以表彰他在 1987 年 5 月出版，且在一年内就再版四次的小说《里斯本的冬天》，这是这位青年出版的第二部作品。

这位作家确实是艺术之神的宠儿，他获得这两个大奖的时候仅仅三十二岁。而在他三十六岁的时候，他的自传性小说《波兰骑士》又获国家小说奖，其实在 1991 年它由行星出版社初版就达二十一万册，当年成为西班牙书市排名第二的畅销书，并获该年度行星文学奖。自此，这位最为年轻的小说家创作已达到成熟时期。

他就是 1956 年出生于西班牙南方哈恩省的农民之子，安东尼奥·穆尼奥斯·莫利纳。成年后，他去马德里攻读新闻专业，1974 年到格拉纳达大学学习艺术史专业，获得学士学位，很年轻的时候就向报刊投稿，后来从事文学事业。1986 年发表处女作《福地》，并获"日报 16"为奖励新秀而设置的"伊加罗文学奖"。1987 年出版的第二部作品《里斯本的冬天》一举成名，奠定了他在西班牙文坛上的地位，成为报刊评论的中心人物。两年后他又出版了第三部小说《贝尔特内布罗斯》。90年代推出的力作《波兰骑士》可谓他的传世之作。他的创作道路是一帆风顺的，天生的禀赋，后天的努力，适当的机会，完美地结合在一起，使这颗年轻的文学之星在西班牙，乃至世界的文学天空上熠熠发光。

　　《里斯本的冬天》以一起倒卖油画而导致的凶杀案为背景，演绎了爵士乐乐队的黑人钢琴演奏家比拉尔博的一段爱情故事。小说以第一人称叙述展开，叙述人是钢琴手的好友，他在讲述与钢琴手的密切关系的同时，还以无所不知的叙述者身份描述了比拉尔博和卢克莱西娅的爱情经历，此外还穿插有主人公的回忆。美国侦探电影模式和迷人的爵士乐世界，构成了吸引读者的故事情节。错综复杂的故事在马德里、圣塞巴斯蒂安以及里斯本这三座古老而美丽的城市展开。作者把在这三座城市里发生的欺骗、敲诈、谋杀与一对恋人间的优美的爱情故事交织在一起。一支爵士乐三人演奏小乐队在圣塞巴斯蒂安、马德里以及里斯本的几家酒吧巡回演出，性格内向的比拉尔博——乐队的钢琴手正热恋着卢克莱西娅。尽管这个姑娘也爱他，但是她却被另外一个男人风度翩翩的外表所迷惑，整日与这个绰号为"美国人"的青年形影不离，在一起鬼混，"美国人"以非法倒卖古董油画为生。后来，在卢克莱西娅发现了标明油画藏匿地点的平面图后，这个女青年被拖进一起谋杀案中，遭到"美国人"及其同伙的追杀，卢克莱西娅终于在钢琴手的帮助下，摆脱了那伙人的纠缠。但在救援的过程中，"美国人"却被比拉尔博误杀，姑娘替比拉尔博弄到一本假护照，帮他逃离了里斯本。书中还描述了姑娘如何将变卖油画的钱用来帮助三人小乐队的小号手治病，流亡到里斯本的安哥拉王爷高价收藏油画，组织"布尔马"大本营企图复辟被推翻的王朝。作者交替使用顺叙、倒叙的手法，有时倒叙中还有倒叙，前后跳跃的叙述使人目不暇接，形成扑朔迷离的氛围。这对恋人时而情意绵绵，时而若即若离，时而难分难舍，时而不欢而散。恋人们变幻莫测的恋爱前景与书中跌宕起伏的悬念相呼应、相衬托，达到了引人入胜的效果。

《波兰骑士》以西班牙小镇马希诺为背景，通过埃斯波西托家族的四代人近一个世纪的经历展现了西班牙一个世纪以来的历史面貌和世态人情。小说基本上以第一人称写成，间或穿插第三人称的回忆和第一人称向第二人称倾吐衷情。主人公兼叙述者马努埃尔（与其外祖父同名）是第四代传人，其曾祖父出身卑贱，自幼成为孤儿，无依无靠，长大后参加对古巴之战，大难不死。外祖父马努埃尔富冒险精神，是主人公心中的偶像，内战后却被不明不白地关进集中营。主人公与外祖母的感情最深，但因公事未能为其送终。而叙述者的父母都是典型的规矩农民，代表西班牙内战后具有传统思想的一代人。马努埃尔成年后，参与联合国的同声传译组的工作，经常因国际会议在欧美间穿梭，一个偶然的机会，在纽约的旅馆里与纳迪亚一见钟情，她是叙述者的老乡，她的父亲是共和军的少校军官，因反对佛朗哥武装叛乱失败而流亡美国。婚后生女，又离异，与女儿曾在佛朗哥统治后返回祖国小住，但因与当局政见不和而返回美国，在老人院里了却残生。纳迪亚的父亲代管着好友一生的工作成果——珍藏多年的一箱照片，一次他在街上买回伦勃朗的名画《波兰骑士》。死后，他这些东西留给了女儿。

小说以两个人的爱情为主线，以名画和装有家乡风貌的老照片为引子，将西班牙从1870年普姆被杀到20世纪90年代海湾战争的历史生活囊括其中，展示了不断发展变化的西班牙人的人生观和世界观，以及历史风云变幻的大图景，可谓以小见大。全书共分三个部分："声音的王国"，"暴风雨中的骑士"和"波兰骑士"。第一部分主要是马努埃尔祖辈们生活的再现，现实与回忆、梦境与现实轮番更迭，回忆中有梦境，梦境中又有真实的往事。第二部分反映了马努埃尔60年代的青少年生活，那是追逐新潮，具有反叛性的一代人的生活。通过纳迪亚父亲生命垂危之际的梦呓潜流和他过去陆续向女儿谈过的往事，再现了内战时期这位少校的戏剧性个人经历和马努埃尔的初恋、失恋的心态。第三部分是讲80年代后，主人公到中年时与纳迪亚邂逅，通过二人的谈话，剖析了高科技时代的社会新问题。最有意味的是主人公合欢共枕的床头上挂着的《波兰骑士》，头顶鞑靼帽，箭囊、弯弓置于臀部后方，趾高气扬地将右手插在腰间，左手牵着缰绳的骑士，在茫茫暗夜里却没有注视前方，不知道他是谁，不知道他要骑马去哪里，这幅画的深刻内涵就孕育在整部小说中，由读者自己体会。

小说《福地》是他的第一部作品。马德里的大学生米纳亚回到故乡马希纳，收集关于被人遗忘的老作家哈辛托·索拉纳的论文资料。他住在贵族后代马努埃尔的豪宅里，与他的女仆伊因斯相爱。素材收集很艰难，索拉纳的生和死都被神秘的光环笼罩着。马努埃尔的母亲堂娜·埃尔维拉始终反对儿子与索拉纳结交，并对儿子之妻玛丽亚娜心怀仇视，而玛丽亚娜恰在与马努埃尔的新婚之夜莫名其妙地被杀。通过马努埃尔的朋友乌特霍拉的艺术品，米纳亚感到这位雕塑家是凶手，事实上正是他在埃尔维拉的指使下将玛丽亚娜枪杀，却归罪于街上追逐长枪党的流弹。埃尔维拉不满意玛丽亚娜与索拉纳继续往来。

内战中索拉纳当兵负伤，后入狱又被放，父亲被人害死，妻子抛弃了他，不得不再投奔马努埃尔。在朋友那里，他得以去古巴岛的庄园安心写作，但在一次与宪警的冲突中死掉了。在米纳亚着手调查此事时，马努埃尔因发现米纳亚与伊内斯在他原来的洞房里幽会而心脏病突发而死，整件事情看来已无需再查。但一个偶然的机会，米纳亚发现索拉纳不仅还活着，而且和伊内斯住在一起。

这部小说将不同的时代画面与几种主题编排在一起，战前、战后的西班牙形势都得以再现，还反映了佛朗哥政权后期的情况。运用侦探小说的手法突出离奇的情节，结构复杂、气氛神秘，出版后引起评论界的注意，但在读者中影响不大。

莫利纳的成长阶段正逢西班牙60年代经济大发展时期，文学修养成熟期正赶上在西班牙被称之为实验主义流派不仅走下坡路、而且还遭到否定的时刻，他自己也持这种态度。这位年轻的小说家作品的特点更具有80年代西方小说的特色，强调叙事文学善于讲故事的艺术性，与法国评论界所说的新寓言、后现代小说相关。

年轻的作家艺术上已然成熟，未来还有几十年的时间留给他尽展才

华，随着阅历的日益丰富，技巧的不断升华，我们期待着看到他更多的更好的得意之作。

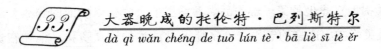
大器晚成的托伦特·巴列斯特尔
dà qì wǎn chéng de tuō lún tè · bā liè sī tè ěr

1972 年 6 月，西班牙人被一部新出版的小说震动了，老人惊叹于它博杂的内容和丰富的学识，孩子们流连于那奇妙诡异的故事情节，从哲学家到社会语言学家，几乎所有的学者都能从中获得共鸣，并且总是被其诙谐的滑稽模仿所感染。这本被争相传看的书的题目是——《J·B·们的神话传说与消失》。

话说在加利西亚地区有一座虚构的、神秘的城市：卡斯特罗福尔特德尔巴拉利亚，早在中世纪这座城市就迁葬了圣徒的尸体，于是引发了一系列传奇式的故事。一个海员手捧装有圣徒遗体的玻璃盒子走下船，主教恩准说，圣徒遗体是其家族的私有财产，于是将其安置在由家族的教徒们集资建造的教堂里，海员巴拉略布雷曾保证，一定照顾好这座小教堂。几个世纪过去了，巴拉略布雷家族发了财，人丁兴旺，成为这座城市的首富之一。这个城市的居民有个秘密，只有他们知道加利西亚的第五个省会的神秘特点，因为他们是从那里出来的，去那儿的路线有密码式标志，只有能破译密码的本城居民方能在里面行走自如。而在马德里人们只知道，加利西亚仅有四个省，就是说只有四个省会，而不是五个。来自莱茵河的西哥特人管理、统治着卡斯特罗福尔特德尔巴拉利亚城，压迫当地的土著居民塞尔塔人，命中注定帮他们获解放的人名字和姓的头一个字母是 J 与 B。这样的人包括具有异端思想的主教、求神占卜的修士、西班牙籍的外国海军司令和革命诗人等。而这座城池的解放者人选可能是两个人：著名语言学家哈辛托·巴拉略布雷，自从背叛了自己的同胞后，与世隔绝起来；在美国任教的著名教授赫苏亚尔多·本达尼亚，入侵者的代表，但民众愿意拥护他。第三个人选是一个不出名的法语教师，专门研究这座城市风俗、传统的学者何塞·巴斯蒂达，他知道在某几天的大雾中整个城池将要升起、消逝。就在那一天，即 3 月 15 日，他与巫师的女儿胡利娅从城中逃出，旁观城池如何升起与消失。在此之前，哈辛托·巴拉略布雷已携圣徒遗体从水路而逃，那些带有 J·B·姓氏的神秘人物以及七鳃鳗为了得到圣体都跟踪而去。

这部小说出版后，评论界好评如潮，认为成就巨大，甚至视其为西班牙开创文学新时代的作品，因为它创造了一个全新模式，为西班牙小说发展竖立了一个分水岭式的界标。虽然这评论有些言过其实，但它确在发挥想象力方面超越了在五六十年代占据统治地位的现实主义。小说采用了滑稽模仿的写作手法，通篇皆是，这是盛行于 60 年代末 70 年代初的叙事体文学革新运动的反映。书中众多纷杂的人物，复杂的故事情节与真实时代背景的影射以及旁征博引的文化背景材料，触及到文化学科之宽，前所未有。甚至从荷马、但丁、塞万提斯、莎士比亚到法朗士、乔伊斯、马尔克斯，乃至塞拉和贝内特，作者将近五十位作家的叙述方式一一作了模仿。

这部作品在被津津乐道的时候，作者贡萨洛·托伦特·巴列斯特尔也名声大振，功夫不负苦心人，在三十年默默无闻地笔耕不辍后，他终于得到了报偿。自此以后，1975 年他被接纳为西班牙皇家语言学院的院士，1982 年获得阿斯图里亚斯亲王文学奖，1985 年获得塞万提斯文学奖。80年代以后出版了小说《达佛涅和幻想》、《也许风会把我们带到无边无际的地方》、《风玫瑰》和《当然，我并非是我》，都得到广泛的传播。并且在《J·B·们的神话传说与消失》的基础上，又完成了《启示录的片断》和《被砍掉风信子的岛屿》两部作品，形成"鬼怪志异三部曲"。

最具有戏剧性的是，他从 1943 年起出版小说《哈维尔·马里尼奥》，还有《瓜达卢佩利蒙的政变》、《伊菲赫尼亚》，都摆在书店里少人问津。即使他倾尽全力写的三部曲《欢乐与阴影》的第一部《我主降临》，1957年出版后，由于宣传渠道不畅，销路也很差，鲜为读者所知。这一次次打击加上父亲、妻子的相继去世，使他甚至怀疑自己的文学才能，几乎搁笔。好在 1959 年胡安·马奇基金会将小说奖授予《我主降临》，才挽救了他的第二部《空气流通的地方》，第三部《悲切的圣诞节》。结果，命运多舛，由于他在抗议政府对阿斯图里亚斯罢工镇压的抗议书上签名，从而导致《悲切的圣诞节》被禁止在书店出售，他也被停职反省，禁止他为报刊和电台投稿。后来作品《堂·胡安》和《界外》两部小说均在书店的架子上落满灰尘，无人青睐。其间的三十年，他虽遭冷遇，却仍不放弃，一直到1972年《J·B·们的神话传说与消失》引起轰动，他才终于迎来了阳光灿烂的日子。当年被冷落的《欢乐与阴影》三部曲随后以电视剧形式出现在观众眼前，他奇迹般地成为家喻户晓的作家，现代大众传媒的神奇力量有的时候有点石成金的奇效，更何况那本来就是金子的宝藏，更要闪闪发光，过去长期无人问津、被冷落多年的现实主义作品《欢乐与阴影》一书竟创销售量百万册的记录，过去一直滞销的其他作品也接二连三地再版。

三部曲《欢乐与阴影》的第一部《我主降临》的书名系来自书中一位神父布道时讲的一句话。在西班牙第二共和国成立后的最初几年的加利西亚濒海城镇普埃布拉努埃瓦，当地的贵族子弟卡洛斯出外闯荡多年回到家乡。他曾学习了心理分析，被称为"疯子们的大夫"，他的家族邱鲁查奥斯家族的人们盼他回来重现昔日家族辉煌，以与新生的资产阶级卡耶塔诺斯·萨尔卡多等抗衡，恢复贵族头衔的威慑力。卡洛斯为了儿时常去的一个塔楼回到家乡，得知小时父亲出走的原委，了解百姓的生活现状，决定听从代管他家土地的堂娜·玛丽亚娜的话，维护家族传统。玛丽亚娜和卡耶塔诺斯是镇上的冤家对头，前者有土地与渔船，是船厂重要股东，后者是船厂主，镇里首富，旧的封建贵族与新资产阶级激烈斗争。后者以高薪聘卡洛斯为厂医，以争取其支持，被拒绝；又试图高价买卡洛斯继承的土地，又被拒绝。卡洛斯试图保持中立。但卡耶塔诺斯认为非友即敌，加上卡耶塔诺斯的情人罗萨里奥与卡洛斯坠入情网，更使二人关系紧张，甚至这位厂主要杀死卡洛斯。

第二部《空气流动的地方》标题是作者从大街上一个农民的话里得来的。神父奥索里奥布道时内容悖于现修道院长的观点，但又被禁止查阅前院长留下的有深邃宗教思想的信件，一气之下去了马德里，在那儿为一家有共产主义思想倾向的出版社译稿。邱鲁查奥斯家族的胡安、伊内斯、克拉拉都佩服他，伊内斯随其至马德里。胡安是卡洛斯童年的朋友，答应帮渔民向玛丽亚娜租渔船，事不成，弃渔民而去马德里。风暴来临，玛丽亚娜为救渔民，不顾个人面子，顶着大雨向冤家卡耶塔诺斯求救，请他派船救生，自己却因急性肺炎而死。立下遗嘱要卡洛斯代管财产，直到客居巴黎的合法继承人赫尔马伊内回来，原打算离开这是非之地的卡洛斯只好留下。被卡耶塔诺斯打了一顿的罗萨里奥与农民拉蒙结婚，卡洛斯居然以庄园主身份参加了雇农拉蒙的婚礼。

第三部《悲切的圣诞节》中讲邱鲁查奥斯家族要修缮自家的教堂，曾在巴黎学过现代派绘画的神父欧亨尼奥神父，以自己的美学原则描绘圣经故事，激怒其他神父和信徒，教堂被烧。赫尔马伊内回到家乡，并不愿留下继承玛丽亚娜遗志，于是遗产大部分变卖后由她带走，剩下的极少部分渔船，由卡洛斯送给渔民，以使其脱贫，但渔业萧条，只好求助政府。镇上人民阵线获西班牙大选胜利，教师堂·利诺当代表，卡洛斯却仍以贵族身份指手画脚，遭利诺反抗。克拉拉对卡洛斯有意，卡耶塔诺斯勾引她未成，于是在俱乐部的无耻之徒挑唆下，强奸了克拉拉。卡洛斯与从马德里回来的胡安与之恶斗，在家族火并中，邱鲁查奥斯家族失败，卡洛斯带克拉拉远走他乡。

托伦特·巴列斯特尔的作品中，常常出现鬼怪形象和魔幻色彩，因为1910年出生于西班牙加利西亚地区一个中产阶级家庭的他，从小就受到加利西亚传说、鬼怪故事的熏陶。七岁的他上小学、中学后又读了易卜生、伏尔泰以及西班牙古典文学，并酷爱戏剧。虽然根据家长意愿攻读法学，但在文学院自由选课，并接触到先锋派文学，为刊物撰稿。当全家迁往维哥时，他只身赴马德里，听课、参加报告会和文学集会。1930年在马德里一家无政府主义倾向的《土地报》工作，婚后在埃尔费罗尔一家私立学校教书。1935年获历史专业学士学位，当助教，并去巴黎进修半年。内战爆发后，边教书边进行创作。虽然在一生的创作历程中屡遭失败，但是锲而

不舍，一颗对文学的执著之心终于感动了缪斯，虽大器晚成，却终成正果。

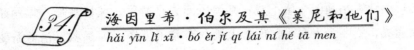

34. 海因里希·伯尔及其《莱尼和他们》
hǎi yīn lǐ xī · bó ěr jí qí lái ní hé tā men

海因里希·伯尔（1917—1985）是当代德国最负盛名的作家之一。他是 1972 年诺贝尔文学奖的获得者，被誉为"国际文坛巨擘"。从 1951 年获得"四七社"文学奖开始，他先后获得了十多种文学奖，其中有法国出版界授予的"外国最佳小说奖"，德国语文学院的乔治·毕希纳奖金。他还是伯明翰的亚斯顿大学以及另外两所院校的名誉博士。1970 年他被选为德国笔会主席，并从第二年开始任国际笔会主席，直到 1974 年。他的作品被译成三十五种文字，印数达二千多万册，深受世界各国读者的欢迎，在国际、国内文坛上享有盛誉。

伯尔于 1917 年 12 月 21 日出生于科隆一个天主教徒家庭。父亲是雕刻匠与细木工，祖先是爱尔兰的移民。中学毕业后，伯尔曾到波恩一家书店当学徒。1939 年，他进入科隆大学学习了一个学期的古典语文学。第二次世界大战爆发后，他应征入伍，在部队中经历了六年战争生活并多次受伤。战后，伯尔住在科隆，一面在大学学习日耳曼语文学，一面做些辅助工作，如木工、统计员、职员等。从 1951 年起，伯尔成为专业作家。1985 年 7 月 16 日病逝。

伯尔的文学生涯开始于从中学读书和做店员时的习作，但都没有发表。战后，他的创作又正值"废墟文学"时期，于是他成为这一时期的重要代表作家。他曾写道："1945 年以后我们这一代作家的早期作品，有人称之为'废墟文学'，……事实上，我们所描写的人都生活在废墟之中，他们刚经历了战争，男人和妇女都在同样的程度上蒙受了创伤，儿童也是如此。……"

1974 年伯尔发表了中篇小说《丧失了名誉的卡塔琳娜·勃罗姆》。

这部中篇小说写的是年轻的女职员勃罗姆在一次舞会上认识了一个名叫戈顿的青年人。戈顿告诉她他是被警方通缉的逃兵后，勃罗姆就把戈顿带回自己的公寓住了一晚。

不料，从她认识戈顿开始，她就开始被置于警方的控制之下：住处被搜查，电话被窃听，经济收入被公布，私人联系被追查——警方认为她是戈顿的同伙。被警方传讯的勃罗姆一再追问这是为什么，警方说戈顿是一个被通缉的谋杀嫌疑犯，其实他只是联邦国防军的逃兵。

此后，新闻界也开始介入此事。《日报》在这件事中充当了极不光彩的角色。记者托特格斯不择手段地开始炮制各种桃色新闻，说勃罗姆行为不端，常在家中接客。还制造各种政治谣言，称她的住所是"强盗窝"和"武器转运站"，住房是赃款购得。报纸的恶意诽谤伤害了卡塔琳娜·勃罗姆的声誉。这时，记者托特格斯甚至还想趁火打劫染指勃罗姆。最后勃罗姆忍无可忍，在走投无路的情况下，开枪把他打死，随后主动投案。

这部揭露性作品旨在告诫人们，要时时提防新闻界的无耻行径。一些报刊为了赚钱，可以操纵新闻媒介，把持公众舆论，不惜无中生有，通过造谣诽谤葬送一位女子的声誉；警方更是想当然地肆意侵犯人权、为非作歹。小说的副标题就是："暴力是如何产生的，会引向何处？"这就提出了一个发人深省的问题，究竟是谁在践踏人的尊严，在向老百姓施暴？为了明确地把矛头指向《画报》之类报刊，伯尔在小说引言中明确声明，故事中记者托特格斯和《画报》的行径是一样的，这在某种程度上也是不可避免的。

在伯尔逝世后一个月出版的《面对大河秀色的女士们》描述的是波恩政治家的内幕故事。所谓"大河秀色"指的是当时联邦德国（即"西德"）首都波恩附近的莱茵河风光，这里是政治家角逐的场所，风云变幻的舞台。这些波恩政治家除少数几个外，几乎都是些无恶不作的蒙昧主义者，劣迹昭著的坏蛋。小说中出现的女士们，大部分成了这些尔虞我诈、争权夺利的政治家手中的牺牲品。全书共二十章，不是通过上场人物的对话就是通过内心独白来表现，作者的叙述只有几句提示式的说明。因此，

这部作品既没有完整的故事，也没有情节的发展，既没有细节描写，也没有形象描写，完全靠读者的再创造来进行补充，其目的在于把读者从被动状态中解脱出来，让他们一起参与创作。

《莱尼和他们》主要围绕莱尼这个中心人物展开。莱尼是一个正直、善良的劳动妇女。她有自己的人生观，她认为合乎自然的事不管有什么障碍和非议自己都乐于去做。她心眼很好，愿意帮助别人，却对别人无所企求。她的父亲格鲁伊腾原是泥瓦匠出身，后来成为建筑工程师，开一家营造厂。十六岁的莱尼退学后在父亲的办事处当一名办事员，在战争中她失去了自己喜欢的表哥艾哈德，后来又失去了丈夫普法伊费尔。最后父亲也因伪造证件而入狱。她到一个花圈厂当了工人。她同情受迫害的人，在法西斯排犹高潮中，她敢作敢为，冒着生命危险帮助修女拉埃尔。战争年代在花圈场工作时，她与苏联战俘博里斯产生了感情，两人秘密结合，生下了儿子莱夫。在战争结束前夕极端困苦的岁月里，她为了还债和维持生活，以低廉的价格典出了自己的房产，招来了被强制迁居的风险。她的独生子被加上莫须有的罪名投入监狱，她本人不但遭到诽谤谩骂，甚至还遭到敲诈勒索。

在这部作品中，伯尔对现代德国社会政治、经济、宗教和道德进行了全面的批判。这部小说成为引起全世界剧烈反响的名篇。

小说描述了另一位修女拉埃尔。书中详细介绍了这位修女介乎厕所女工和勤杂工之间的地位，并对她用了讽刺手法描写：如果读者以为拉埃尔修女的天才仅仅反映在粪便方面，那就错了。经过复杂的学习过程，她首先成了生物学家，继而当上医生，往后成了哲学家，皈依了天主教，进了修道院，有心用生物——医学——神学的配套知识去"教育青年"。"但罗马教会停止了她的工作，其理由是因为她有纯生物观点和神秘唯物主义的嫌疑。"通过这个被夸张了的传奇式的修女，通过她的生活遭遇，伯尔的讽刺矛头明显地直指天主教会。伯尔和家人都是天主教徒，但伯尔把信教和教会看做两回事。正如他所说的，他不是不信教，而是不喜欢教会和教会所干的那些罪恶勾当。

小说的另一个主题是对战争的残酷性和给人类带来的灾难进行批判。伯尔着重叙述与主人公莱尼关系密切的父母、哥哥、表哥、丈夫、苏联战俘和儿子的命运，用他们在战争中的不幸遭遇，证明战争是多么残酷，给人类带来多么巨大的灾难。战争对每个德国人来讲都关系重大，没有人能逃脱这场浩劫，但人们对战争的态度却各不相同。固然有拥护战争的军国主义分子，但更多的人是在希特勒的暴政下逆来顺受，不敢违抗，不得不把自己的父兄亲人送上战场，最后这些人中的大多数都当了炮灰。

总体来说，伯尔一向对下层人民即"小人物"寄予无限的同情，要为他们伸张正义，愿意成为"小人物"的代言人，因此西方评论家把伯尔称为"小人物"的代表作家。他的作品充满同情"小人物"的人道主义思想，无情地揭露和批判了联邦德国社会存在的种种弊端。他的创作总是和他所处的时代以及当前的现实生活紧密联系在一起。在艺术上他不断追求，不断创新，成为战后西德文学的代表，也受到了世界人民的喜爱。

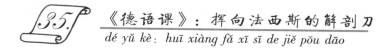

35. 《德语课》：挥向法西斯的解剖刀
dé yǔ kè: huī xiàng fǎ xī sī de jiě pōu dāo

西格弗里德·伦茨是德国当代享有世界声誉的作家，在当代德国文坛的地位仅次于伯尔和格拉斯。

伦茨 1926 年出生于东普鲁士的一个小康家庭，父亲是个税务员。1943年，伦茨在十七岁时被征入海军服役，在此之前他曾经加入过希特勒的青年团。1944 年 7 月 22 日发生的谋杀希特勒事件，使他从迷梦中惊醒，彻底认清了纳粹统治的反动本质，开始厌恶他们所发动的侵略战争，并想方设法逃避这场邪恶的战争。半年后，他趁在丹麦受训的机会，携枪逃到森林中躲藏起来，并在一个丹麦农夫的帮助下一直躲到战争结束。

战争结束后伦茨经过短暂的战俘营拘留，又回到汉堡，并考入汉堡大学攻读英国文学、德国文学和哲学。1950 年，他到汉堡的《世界报》担任副刊编辑，并开始文学创作。1951 年，他走进了专业作家的行列。

伦茨曾经是"四七社"的成员。"四七社"是一个不固定的文学组织，它从 1947 年诞生到 1967 年解体，存在了二十年，它在 20 世纪 50 年代到 60 年代中期的德国文坛上，扮演了一个十分重要的角色，甚至有人慨叹说，它几乎控制了联邦德国这段时期的文学生活。

伦茨与"四七社"的其他许多成员一样，热衷于政治活动，他支持社会民主党，积极参加这个党派的竞选活动，这在一定程度上影响了他的文学观。他反对"为艺术而艺术"的主张，坚持现实主义的创作道路，认为作家应该真实地反映现实，反映人们生活中的"绝望时刻"和"幸福时刻"。同时作家还应该是一个"知情人"，能够为那些不幸的人代言，做一个启蒙者和教育者，为社会的道德教育服务。

伦茨在少年时代曾阅读过海涅、托马斯·曼、陀思妥耶夫斯基、福克纳和海明威等人的作品，这对他以后的文学创作大有裨益。他 1951 年发表的长篇处女作《空中之鹜》，就是在陀思妥耶夫斯基、福克纳和海明威的影响下写成的。《空中之鹜》的发表使伦茨在德国文坛上崭露头角。小说描写了一个被追逐的战俘在芬兰边境上的逃亡故事，表现了人在绝望和无助环境下的抗争。

随后，他继续这个主题，又先后创作了长篇小说《与影子的决斗》(1953)、《激流中的人》(1957)、《面包和运动》(1959)，以及短篇小说集《苏莱肯村曾经如此多情》(1955)、《嘲讽的猎人》和《灯船》等。虽然在这些作品中不乏海明威笔下的"硬汉"形象，但伦茨已经开始努力摆脱海明威的影响，并逐渐形成自己独特的写作风格。中篇小说《灯船》是一个转折，它充分体现了伦茨自己的特色。作品不但塑造了船长夫莱塔克这个有胆有识的形象，同时还赋予他一种强烈的社会责任感。这部小说融艺术性和思想性于一体，一出版就获得了极大的成功，被视为"具有长久生命力的散文"，甚至有人说伦茨在这里"达到了一个不可被超过的顶点"。

当然，那不过是些夸张之词罢了，事实证明 60 年代才是伦茨创作的鼎盛时期。在这一时期，伦茨先后发表了以挪威为背景、反抗纳粹的长篇小说《城市在谈话》（1963），短篇小说集《雷曼的故事》（1964）、《败兴的人》（1965）、《汉堡人物》（1968），以及戏剧《无辜者的时代》和《有辜者的时代》等作品。长篇小说《德语课》在1968年一发表就轰动了文坛，不但在一年的时间内就售出10万册，而且被拍成电影，巡回放映。伦茨也因此成为德国文坛上仅次于伯尔和格拉斯的知名作家。

《德语课》中讲西吉的父亲、乡村警官严斯，是一个冥顽不灵的帝国走狗，他忠于职守，尽职尽责，总是无条件地服从上级的命令，而从不问命令的意义何在。当他接到上级的命令，要他禁止并监督表现主义画家南森作画时，他不顾友情和恩情忠实地执行了柏林的命令，履行他的职责。他不但没收了南森的画（甚至连白纸也不放过），而且还强迫儿子西吉与他一起监督南森。大儿子为逃避战争，自伤后逃回家，严斯为了尽职责，不顾亲情又把儿子送交给"刽子手"。

战后，严斯仍然一如既往地执行他的职责，继续销毁南森的画。发现小儿子西吉"偷画"的毛病后，他不但不知反思自己的过失，而且丝毫没有觉悟到儿子的神经病——恐惧症，正是他和让他履行职责的法西斯一手造成的，却狠心地把儿子当成"小偷"送进了教养所。

作品的另一个主人公西吉，是一个心灵被扭曲的人物形象，他是法西斯统治的受害者，也是见证人。他本来是个听话、热爱大自然，热爱艺术而且颇富正义感的少年。在父亲与画家的冲突中，他因为站在无畏的艺术家的一边，而遭到父亲的打骂迫害。他不忍看到心爱的画被毁，总是千方百计地帮画家藏画，以至后来发展成一个恐惧症患者，一见到好画就会产生一种不安全感，而要把它偷偷地藏起来。当心理学家问到西吉为什么来到教养所时，西吉回答说"我可以告诉你们，我是代替我们家的老头儿……来的。"他还说所有的青少年都是在顶替别人，因为社会忘了改造他们那些机械地执行命令的成人。最后，西吉虽然写完了他的长篇作文，而且有可能被释放，但是他的心理却并没有解脱，往事固执地留在他的记忆中，责任、义务、罪责等问题仍然在纠缠着他。

作恶多端的成人造成的历史，很快就被人们谅解了，但是善良无辜的

青少年却要为罪恶的老子赎罪，这是何等令人痛心的悲剧。然而在今天的学校里，道德教育课上所鼓吹的仍然是"履行职责的喜悦"的信条，而且它还被视为高于一切的"德意志品质"。惨痛的历史和盲目的现实相对照，发人深省。

这篇作品刚写成时，有些评论家认为时代早已今非昔比，在法西斯已覆灭二十年后，再清算过去，未免太迟了些。20 世纪 20 年代至 40 年代，法西斯恶魔猖獗一时，把人类推入了炼狱般的苦难深渊，铁蹄所到之处，无不血雨腥风，惨绝人寰。关于法西斯的种种暴行，在许多文学作品中早已有所反映。但是《德语课》却把探究的目光投向了法西斯浊流的欧洲源头——德国，从更深层次上剖析了法西斯产生的根源，及其可能死灰复燃的缘由。

1978 年出版的《故乡博物馆》成为当年最受欢迎的畅销书，写的是主人公在其故乡呕心沥血筹办了一座博物馆，后来为了不让它被人在政治上利用而付之一炬的故事。其后问世的作品有《损失》（1981）、《训练场》（1985）等，均产生了广泛的影响。

2008 年 5 月，82 岁高龄的伦茨奉献出他第一部爱情小说——《默哀一分钟》，哀婉动人，别具一格。伦茨众多忠实的读者和作家一同重温了昔日的韶华和忧伤。

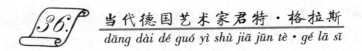

36. 当代德国艺术家君特·格拉斯
dāng dài dé guó yì shù jiā jūn tè · gé lā sī

二战后德国文坛巨匠、诗人、小说家、剧作家、画家君特·格拉斯于 1999 年荣获诺贝尔文学奖，获奖作品是长篇小说《铁皮鼓》，自 1959 年《铁皮鼓》问世以来，格拉斯的名字已经响遍了全世界。

格拉斯，1927 年 10 月 16 日生于波兰但泽（即今天的格但斯克），其父是德国人，母亲是波兰人，父母经商。格拉斯的母亲很有教养，由于母亲的熏陶教导，幼年的格拉斯酷爱艺术，十几岁时立志将来投身艺术事业

并有所造就，他梦想着有朝一日能从
事舞台造型设计，同时也喜爱文学，
但他并未料想到自己日后成为举世闻
名的文学家，而实际上，他的成功得
益于幼年的艺术灵感和写作训练。

君特·格拉斯

格拉斯的家乡但泽是波兰重要的
港口城市，它向来都是帝国主义抢夺
的焦点，因而它屡遭战祸，多灾多
难。格拉斯的青少年时代，正是德国
纳粹统治的时期，残酷的战争击碎了
他当艺术家的美梦，他被迫加入了德
国纳粹党的"少年团"和"义务劳动
军"，十七岁时便正式入伍，开赴前
线，去充当法西斯侵略战争的炮灰。和那些丧命于战场的人相比，格拉斯
是幸运的，他曾经负伤住院，在医院里被美军俘虏，从战俘营获释时，他
已经是一个无家可归的难民了。

从美军战俘营中脱险后，随之而来的是格拉斯生平中最艰难的岁月，
他当过农业工人，钾盐矿矿工、石匠艺徒，爵士乐乐师，后来他有机会到
杜塞尔多夫和西柏林的艺术学院学习版画和雕塑，并于这一时期开始诗歌
创作和戏剧创作。1954 年，格拉斯同瑞士舞蹈演员安娜·施瓦茨结婚，两
个人过的依然是清贫而劳累的苦日子。1955 年，格拉斯的诗作《幽睡的百
合》荣获德国斯图加特电台诗歌比赛头奖，次年他的第一本诗集《风信旗
的优点》出版，就在这一年，他与妻子迁居巴黎，卢赫特汉德出版社每月
仅三百马克的津贴维持着格拉斯的生活和创作。

长篇小说《铁皮鼓》风靡全世界，它是联邦德国著名作家君特·格拉
斯的代表作，是德国 20 世纪 50 年代小说艺术的一个高峰。它以现代流浪
汉小说的形式再现了二战前后德国风云变幻的历史过程和种种光怪陆离的
社会现象，具有丰厚的历史内容和政治寓意，其丰富的文学想象和怪诞离

奇的叙述风格令读者拍案叫绝。

《铁皮鼓》电影剧照

格拉斯自幼立志于艺术事业，他自青少年时代饱经战争创伤与磨炼，二十八岁时迁居法国，并在此后的两年内创作了长篇小说《铁皮鼓》，半个世纪以来，格拉斯的名字和他的"铁皮鼓"一起响遍了全世界。

《铁皮鼓》的主人公是一个鸡胸驼背、四肢短粗，身高只有一点二三米的侏儒奥斯卡，其相貌中唯一耐看的就是那双漂亮的蓝眼睛，在第一章《肥大的裙子》的开头，奥斯卡住在一家精神病院里叙述家史和自身经历，他的身世颇有传奇色彩。外祖母安娜是一个美丽的波兰村姑，家住但泽。一天，她在田地里干活，遇见一个受人追捕的逃犯，她把逃犯藏在了自己肥大的裙子下面，救了他的性命，他们很快发生了恋情，结了婚，并生下一女，几年后逃犯被查出，他再次逃跑，毫无音讯，或落水而死或成了美国"火灾保险公司"的奠基人。安娜只得改嫁他的哥哥，第二位丈夫也很快病故，她又搬到哥哥家住，其女阿格内斯与表兄扬青梅竹马，情投意合，后来成了恋人。可是阿格内斯在医院做护士时，又结识了乐观开朗的德国伤员阿尔弗雷德·马策拉特，两人成婚，但阿格内斯与表兄扬藕断丝连，每周幽会，奸夫情妇做爱后产生了奥斯卡，于是马策拉特是他的"德国"父亲，而扬则是他的"波兰"父亲，他的名字叫奥斯卡·马策拉特。

奥斯卡被格拉斯写成了一个超常人物，其行为怪诞嚣张，极具象征性与讽刺性。奥斯卡在娘胎之中就有成年人的智力和超人的听力，他不愿来到黑暗的人间，想回到娘肚子里去，但当时脐带已经剪断，而且听见母亲许诺说要给他买一只铁皮鼓，便只得作罢。至三岁生日时，母亲果然给他一面儿童玩的铁皮鼓，他从此把鼓挂在胸前，走到哪里敲到哪里。由于厌恶成人世界，他决定不再长大，他让自己从九级台阶上摔下去，变成了患呆小症的侏儒，但他的智力却因此而比常人高出三倍，而且意外地获得了具有魔力的嗓子，他曾在过生日时喊碎吊灯，在看医生时叫碎玻璃窗，上剧院时喊掉门窗玻璃，他还曾经震破珠宝店的橱窗，帮扬偷来一串金项链，后来，扬把这项链送给了他母亲。这时的奥斯卡，没有政治意识，只是任性地大喊大叫。

奥斯卡的母亲继续和她的表兄幽会，然后忏悔，然后又满怀激情地再去幽会，可惜，她不幸怀上了丈夫马策拉特的孩子，她想尽办法折磨自己，大量地吞吃各种鱼，终于中毒而死。当时德国纳粹党势力在波兰蔓延，但泽的小市民们纷纷投靠纳粹党。奥斯卡的德国父亲马策拉特也参加了纳粹党。

1939 年 9 月，德国纳粹军队入侵波兰但泽，法西斯党徒大肆屠杀波兰人和犹太人，奥斯卡的波兰父亲扬曾在反纳粹的邮局工作过，他因此而被杀害。

奥斯卡的母亲和他的"波兰"父亲死后，马策拉特把邻居家十七岁的姑娘玛丽亚请来照顾家里的商店和儿子奥斯卡，玛丽亚勤劳能干，对奥斯卡关怀备至，因为奥斯卡只有三岁儿童的身高和相貌，玛丽亚把他当成了孩子。她照顾他的日常生活，天长日久，奥斯卡暗暗爱上了她，终于在一天夜里，他按捺不住心中的欲火，和熟睡的玛丽亚发生了关系，玛丽亚怀了孕。奥斯卡的父亲也爱上了玛丽亚，精明的玛丽亚又和他私通并嫁给了他，婚后生下奥斯卡的儿子库尔特。

奥斯卡遇见了老熟人侏儒贝布拉，他是欧仁亲王的直系子孙，原是马戏团的丑角，自称不与纳粹合作，而这时却成了德军前线剧团的上尉团长。应贝布拉之邀，奥斯卡加入剧团，开赴前线巡回演出，在此期间，他和梦游女罗丝维塔相爱，后随剧团四处奔走，在他们参观水泥地堡时，亲眼目睹了法西斯士兵用机枪扫射海边修女的场面，奥斯卡感叹 20 世纪

"神秘、野蛮、无聊"。奥斯卡一行人又到了诺曼底，虽受到前线官兵的热烈欢迎，但情人罗丝维塔却被炮弹炸死，奥斯卡又想念家中儿子库尔特，便离开剧团，返回了家乡。

奥斯卡四处漫游，随身携带拉斯普京（苏联当代著名作家）和歌德的诗选，他的鼓，似乎很有魔力，他走到哪儿，鼓也就响在哪儿，他曾经大声击鼓，参加纳粹党的群众闻声而起，舞姿翩翩。后来奥斯卡又参加了一个流氓团伙，自称"耶稣"，受众人推崇，他还当上了头领，这一伙人是专和纳粹青年组织作对的。

后来苏军攻打但泽城，德军穷途末路，奥斯卡的一个恶作剧使马策拉特暴露了身份，他企图吞下纳粹党党章结果被窒息而死，埋葬马策拉特时，奥斯卡把鼓和鼓槌也埋进了坟墓。四岁的儿子库尔特向他摔去一块石头，击中他的脑袋，他倒在了坟坑里，鼻子流血，他开始再次长个儿……

小说第三篇的背景是战后德国的杜塞尔多夫，那里社会混乱，物资贫乏，黑市泛滥，……这时的奥斯卡已病愈，他长成了身高一点二三米的鸡胸驼背的糟糕模样，其日后的生活也日益困顿。玛丽亚和儿子库尔特搞起了黑市买卖，六岁的儿子库尔特竟然也成了黑市的高手。奥斯卡不肯与儿子一类人同流合污，跑到一个石匠那里做帮工，专刻墓志铭，后来又去做模特，最后，他甚至做裸体模特：一个高大的女模特做圣母，裸体的奥斯卡坐在她的大腿上做圣婴耶稣，奥斯卡不以为耻，还认为自己身上的驼背是艺术的牺牲品，自己的裸体可以把艺术的灵感传递给新潮的艺术家……

奥斯卡仍旧喜爱玛丽亚，他向她求婚，但是遭到了拒绝，他十分颓唐，开始暗恋未曾谋面的护士道罗泰娅姆姆，奥斯卡受性压抑之苦又干出荒唐事：他组织了一个三人乐队，在洋葱地窖里切洋葱，辣味刺激得他们眼泪直流，于是，他们在这个无泪的世界上得到了情感的宣泄。

奥斯卡在困顿潦倒之时再次和侏儒朋友贝布拉不期而遇，贝布拉在政治上善于见风使舵，现已成为一家演出公司的大老板，他把奥斯卡捧成了鼓手明星，为他组织了多次的旅行演出，奥斯卡轻而易举地发了财，贝布拉死后把一大笔遗产留给了奥斯卡，他成了富翁。可是，奥斯卡发迹以后更感到精神空虚。一天，他牵着狗去散步，拣到一个戴戒指的无名指，便把它盛在酒精瓶子里，对之朝拜忏悔，原来这是被情敌谋杀的道罗泰娅姆姆的无名指。奥斯卡让一个爱出风头的朋友到警察局报案说自己是杀人凶手，为了增强可信度，他逃到巴黎，警察抓到奥斯卡并把他引渡回国，关进了精神病院，在医院里，奥斯卡过上了平静而舒适的一段好日子，他在病床上擂鼓回忆，写下自供状……

然而，好景不长，护士的谋杀案真相大白，奥斯卡被宣判无罪，此时奥斯卡的神鼓已经失去了力量，曾经大起大落，大福大祸的他感到异常的悲哀与失落，他本来是想把精神病院当做安身立命之地，到如今，离开这个清静的地方，要往何处去呢？奥斯卡的精神应该到哪里去呢？小说就此结束。

由于格拉斯曾经亲身经历了战争及战后的艰难岁月，法西斯的罪恶一直让他耿耿于怀，他对当年德国纳粹统治的痛恨形诸于笔端，《铁皮鼓》的政治讽刺还有象征和隐喻的形式激发着读者的想象，另外两部小说的政治批判性则更加明显。格拉斯于1960年返回西柏林以后，又创作了中篇小说《猫与鼠》（1961）和长篇小说《狗年月》（1963），它们更明确地写出了普通人在战争年代里无法主宰命运的悲剧。

《猫与鼠》通过一个中学生马尔克的不幸遭遇揭露了法西斯意识形态的荒谬性以及英雄崇拜给青少年的毒害。马尔克出生在但泽，青春期时长了一个硕大的喉结，说起话来那喉结如同一只跳动的老鼠，由于这个生理缺陷，他饱受嘲笑与歧视。为了维护自己的尊严，为了赢得别人的敬重，他不惜冒险去做不平凡的事，可是，他的所有努力都无济于事。命运如同猫玩弄老鼠一样，让马尔克吃尽了苦头，最后他在儿时常去的一条船上永远地失踪了。

《猫与鼠》最初名为《土豆皮》，1961年，这一部分抽出来单独发表，剩下一部分成了1963年发表的《狗年月》。

《狗年月》的主人公是两个青年：阿姆塞尔和马特恩，他们在法西斯统治的年代里，在精神上，肉体上都受到严重的毒害和摧残，由于阿姆塞尔的半个犹太血统，他被纳粹党徒抓走，备受折磨，马特恩被投入苦役营，后被送上前线，充当炮灰……这部小说以两个主人公的命运为线索，展现了昔日德国的历史：希特勒上台，法西斯集权统治，二次世界大战，德国分裂，联邦德国的"经济奇迹"……小说以"狗年月"为书名，讽刺了哈拉斯和"亲王"等人如同走狗一样，与法西斯勾结，从而制造了普通百姓的种种悲剧。

"但泽三部曲"之后，格拉斯功成名就，但他从未停止过艺术探索。1972 年始，他又潜心创作另一部长篇小说《鲽鱼》，这部小说于 1977 年发表。1978 年，格拉斯用《鲽鱼》的部分稿酬设立了"德布林奖"，以提携青年作家。

格拉斯自幼喜爱绘画，他寻回了少年时的梦，真的成了一名画家，他出版过许多画集，在美、英、法、日、中、南斯拉夫等十几个国家举办过近百次画展。

格拉斯创作诗歌和戏剧在小说之先，他的诗集还有《三角轨道》、《盘问》、《诗歌全集》等；剧本有《洪水》、《叔叔、叔叔》、《恶厨师》、《平民试验起义》、《在这之前》等；其小说作品除了闻名世界的"但泽三部曲"外还有《蜗牛日记》、《鲽鱼》、《在特尔格特的聚会》、《说来话长》等，此外，还有十多本散文集。

格拉斯在小说中无情地抨击德国法西斯政权，但他并非对政治彻底绝望。他信奉社会民主主义，曾经自称是个"修正主义者"，他主张实行社会改良，反对暴力。1960 年，格拉斯回到西柏林后，成了德国社会民主党的拥护者，他与社会民主党前主席，联邦德国前总理勃兰特关系甚密，1966 年格拉斯的《猫与鼠》被改编成电影，勃兰特的两个儿子参加了摄制工作，其次子拉尔斯扮演主角马尔克。1982 年，格拉斯所极力支持的社会民主党争取连任失败，他却义无反顾地加入了该党。

1979 年，格拉斯作为联邦德国驻华大使的客人来到中国，在北京举办了长篇童话小说《鲽鱼》的片断朗诵会。

晚年的格拉斯仍然笔耕不辍，几乎每部作品都引发了狂热的追捧，如

《蟹行》（2002）两周内发售25万册，全年销售50万册；2007年问世的《剥洋葱》引发了震惊世界文坛的"格拉斯党卫军事件"——堪称近年来最具影响力的文化事件。让我们来听听他的八十自白吧：

"我累了，只有回忆能让我保持清醒。回忆就像洋葱，每剥掉一层都会露出一些早已忘却的事情。层层剥落间，泪湿衣襟。"

37. 谱写民族史诗的若泽·萨拉马戈
pǔ xiě mín zú shǐ shī de ruò zé · sà lā mǎ gē

自从1998年葡萄牙作家若泽·萨拉马戈获得了诺贝尔文学奖后，全世界对这位大器晚成的作家倍加关注。

萨拉马戈1922年11月16日出生在里巴特茹省戈莱加地区阿济尼亚加村的一个贫困家庭，后随父母迁居里斯本。但由于家境贫寒，他不得不在中学时代就转入一所工业技校学习，做过五金工人、绘图员、出版社校对等下层职业。1960年入科尔出版社，任职达十二年之久，1975年出任《新闻日报》副

若泽·萨拉马戈

社长一职。从1976年起，他成为葡萄牙乃至整个西方社会中极少数靠写作为生的职业作家，现住在西班牙加那列群岛的兰萨罗特岛。

在科尔出版社工作期间，葡萄牙正处于右翼统治的白色恐怖之中，他的创作仅限于诗歌及一些文学评论，才能未得到充分发挥。从1968年起，他开始为几家报纸写专栏文章，并出版了《这个世界和另外的世界》和《旅行者的行李》两部专栏作品。但总体来说，萨拉马戈的诗歌和专栏文

章都不是特别出色。他被世人所称道的是他的小说，尤其是长篇小说。

在诺贝尔文学奖颁奖典礼上

1947 年，萨拉马戈出版第一部长篇小说《罪孽之地》。两年之后，他写出了中篇小说《天窗》，但这部作品至今未出版。1977 年，他出版了长篇小说《绘画与书法指南》。也就是在写这部小说前后，随着政治气候的好转，萨拉马戈成为葡萄牙为数不多的专职作家之一。自从 1980 年出版《从地上站起来》后，萨拉马戈的知名度获得提升，逐步确定了他在葡萄牙当代文坛上的地位。这部小说出版当年就获得里斯本城市奖。从此以后，萨拉马戈的好作品连连出现，并连连获奖。1982 年他发表长篇小说《修道院纪事》。在这部作品中，他发挥了自己的叙事才能并获得了巨大成功，该作当年便获得葡萄牙国际笔会奖，并于十六年之后再次为他赢得诺贝尔文学奖。

《修道院纪事》所描述的历史背景是这样的：1680 年西班牙人攻陷了里斯本。六十年后葡萄牙独立党利用西班牙在三十年战争中的困境，把西班牙部队驱逐出境，光复了自己的祖国。西班牙王位继承战发生后，葡萄牙士兵借着英国、荷兰和奥地利的势力对西班牙人进行疯狂报复和虐待，并于 1706 年攻陷了马德里。这时，佩德罗二世去世，十八岁的若奥登基。若奥发展了殖民地巴西，使葡萄牙进入了一个繁荣时代。但在生活上，他是一个奢侈浪费、生活不检点的人，甚至与奥迪维拉斯修道院的修女保拉·特雷莎·达·席尔瓦私通。这个修道院通过与若奥的这种特殊关系，每年可以从国库中得到大量的钱财。他的这种生活方式带坏了葡萄牙人的风气。史载若奥在位期间曾下令修建马弗拉修道院。小说正是围绕这一历史事件叙述的。

小说的情节由两条线索构成，一是国王若奥修建马弗拉修道院，一是巴尔托洛梅乌·洛伦索·德·古斯曼神父和巴尔塔萨尔夫妇制造大鸟。前者源于史实，后者则纯属杜撰。小说通过巴尔塔萨尔和布里蒙达这两个虚构的人物把修建修道院与制造"大鸟"两项工程联系在一起。

国王若奥久未得子，于是他向大主教许愿，如果上帝让他有了子女，就出巨资修建马弗拉修道院。后来若奥果真有了儿子，在圣方济各会的催促下，他不顾国库空虚，把修道院的规模扩大了几倍。横征暴敛使葡萄牙人民怨声载道。

小说对洛伦索神父等人制造飞行器花了更多的笔墨来描写。洛伦索有一个叫做巴尔塔萨尔的助手，外号叫"七个太阳"。他在战争中失去了左手，之后奉命离开军队。在回家的过程中，他目睹了葡萄牙各个阶层的生活。后来他遇见了一个有特异功能的女人布里蒙达，她能看见别人看不见的东西。洛伦索神父为二人举行了婚礼并请他们帮助制造飞行器。布里蒙达说，太阳吸引琥珀，琥珀吸引乙醚，乙醚吸引磁铁，磁铁吸引铁片，这样机器会被拉着不停地朝太阳飞去。

洛伦索神父凭借布里蒙达的意志，在宗教裁判所的人到来之前飞上了天空。这样，他们亲眼目睹了大地上人类的罪恶与苦难。太阳落山后，飞行器落到地上，神父不知所终。巴尔塔萨尔继续照顾和修理飞行器。在修理过程中，他一不小心拉动了飞行器的布帆，又飞向了天空。布里蒙达一直等待丈夫归来。九年后，她来到一所教堂，看见宗教裁判所在处死几个罪人，其中就有巴尔塔萨尔。布里蒙达说了一声"过来"，于是巴尔塔萨尔的肉体被焚烧了，灵魂则与布里蒙达结合在一起。

在这里，修建修道院的工程代表着国王的意志，即权力意志。制造神鸟代表神父的意志，即文化意志。在这里，一个有文化的神父，一位缺了一只手的士兵和一个具有超常视力的女人构成的意志联合使他们能够鸟瞰国王永远也看不到的修道院工地的全景。其寓意显而易见：神父的"异端"智慧胜过国王的权力。

小说实际上也有许多分主题，比如对国王及贵族阶级的奢侈生活的批判，小说中国王的女儿玛莉亚·巴尔巴拉在出嫁时与母亲的对话是对上层社会的极端讽刺。另外一个分主题是对上帝的不恭与讽刺。还有一个分主题则是巴尔塔萨尔与布里蒙达的爱情。

在这篇小说中，我们可以看到，权力总是伴随着镇压的力量。国王手中有军队和宗教裁判所。如果有叛乱就出兵镇压。如果有离经叛道的言论，宗教裁判所的法官就要动用各种刑罚。在第五章中，曾经详细描绘过一些犯人，其中一个叫塞巴斯蒂安娜的女犯人的罪名是这样的："我看到神灵，获得了天启，但法官说是假的；我听到过上天的声音，但他们说是鬼伎俩；……我看不出我和圣徒之间有什么区别，但他们说我口吐狂言、亵渎了神明，是个异教徒。"可见，统治者对于异己力量的镇压，完全是出自维护权力的需要。而若泽·萨拉马戈则这样写道，火刑之后，"国王将率领他的王子兄弟和公主姐妹们在宗教裁判所共进晚餐，那里有一盘盘丰美的鸡汤、石鸡、小牛排、大馅饼和佐以糖和肉桂的羊肉馅饼，以及这种晚餐上所必不可少的西班牙式辅以藏红花的佳肴，最后是油炸甜食和应时鲜果。"这就可见，镇压的目的在于要维护这种奢侈放纵的生活。

在小说中，我们时时可见国王的巨大财富和骄奢生活："从澳门来的是丝绸，织器，茶叶，胡椒，青铜，灰琥珀，黄金；从果阿来的是粗钻石，红宝石，珍珠，肉桂，胡椒，棉布，砂石；从迪乌来的是地毯，细工镶嵌家具，绣花床单；从马林迪来的是象牙；从莫桑比克来的是黑人，黄金；……"，王宫的巨大财富和葡萄牙人民饥饿苦难的生活形成鲜明的对比："军队士兵打着赤脚，服装破烂，抢劫农民，拒绝前去打仗，有的开小差投奔敌方，有的逃回家乡，走上邪路，以行窃为生……""劳累的白天，难以入睡的夜晚，工人们就在这些工棚里歇息，一共有两万多人，住在寝舱似的隔间里。一般说来，总该有张床嘛，可是这里只是在地上铺块席子，和衣而睡，外衣当被子，在寒冷的日子里还能互相用身体取暖，最糟糕的是天气热了的时候，无数跳蚤和臭虫吮吸血液，还有头上和身上的虱子，让人奇痒难忍。……"

正是这些在贫困和疾病中挣扎的人民用血汗和痛苦取下附近山上的石头修建了修道院。而历史对此的记载却把他们一笔带过：五万劳动者用了几十年的时间建起了修道院，一千余人在工程中丧生。但是，作家不允许人民的冤魂在修道院地下徘徊，他把他们从历史背后推到了前台。在小说中，众人的意志产生了巨大的力量。

90 年代的萨拉马戈加倍努力，《耶稣基督眼中的福音书》又获葡萄牙国际笔会奖。1995 年，他的杰作《失明症漫记》获卡蒙斯文学奖。这是葡萄牙语内最重要的文学大奖，也是仅次于诺贝尔奖的世界大奖之一。

1995 年发表的小说《失明症漫记》是若泽·萨拉马戈的代表作品。正如瑞典皇家学院对他的评价："他那为想象、同情和反讽所维系的寓言，持续不断地触动着我们，使我们能再次体悟难以捉摸的现实。"该作品具有时空的穿透力，能够引起人们对人类的生存和未来的关切，是一部寓言式的警示、讽喻佳作。

小说叙述了这样一个故事：在某一个城市的交通路口，绿灯亮了，所有车子开始移动，只有一辆停在中间的车道上，车里的人一遍遍疯狂地大喊："我看不见了！"幸运的是一个人把他送回家。可是这个人在送他回家后，又偷走了他的车，不久，这个小偷也瞎了。

第一个瞎子去找一位眼科医生看病，并告诉医生他的眼前并不是一片漆黑，而是一片令人不可理解的闪亮的白色。医生检查了他的眼睛，没有一丝损伤和任何疾病的征兆。当天晚上，迷惑不解的医生翻开了他的医学课本，一直到深夜仍一无所获。他耸耸肩，把书放回书架，就在这时，他也瞎了。

接下来是一个戴墨镜的女孩，一个斜视的男孩，一位老人……

政府采取措施来制止这种被称为"白色罪恶"的怪病的蔓延。那些已经瞎了的和正在被传染的人，被送到郊区的一所精神病院里。在首批被隔离的人中间，就有医生和他的妻子。事实上，她是这批人中唯一没有失明的，她是为了呆在丈夫身边，才谎称被传染的。

随着失明的人数的增加，医院的情况变得十分糟糕。食物不足，一些人开始挨饿，也没有医药。任何想逃出医院的人，都会被站岗的士兵击毙。士兵们也十分害怕被传染。军队中的当权者想把所有被传染的人杀死，这样更省事和安全。收容所这时更像一所集中营，而不是一所医院。

新的传染者带来了外界关于这种可怕疾病的报道：交通事故增加，失明的飞行员和飞机一起下坠。失明的痛苦，失明的怨恨，甚至作者也描写了失明的爱。两个年轻人通过声音认识了对方，"因为不仅只有生命的呐喊不需要眼睛，对盲人来讲，爱也有自己的声音。"

两派盲人间戏剧性的战争结束了收容所里的折磨。战争开始后，参战者请求士兵的帮助，可是，士兵早已撤退，收容所的门大开着。医生的妻子领着一群经过残酷战斗的头晕眼花的幸存者进入城市。在城里，一群群盲人正沿街摸索着，寻找食物。死尸到处都是，成了狗和乌鸦的食物。汽车被废弃生锈，商店被洗劫一空。

所有的公用设施都遭到了破坏，自来水也断了，人们习惯了周围令人作呕的环境。最后，一场暴雨来了，他们能够为自己或为他人洗澡，这样就有了令人放松和振奋的感觉。

这部小说被人们称为是萨拉马戈最冷峻的作品。小说的主旨是想说明我们的眼睛虽然能看见东西，但我们生活在一个失明的世界里，我们这个社会的丑恶和冷酷与小说中的失明世界没什么两样。

进入 21 世纪，萨拉马戈继续勤勉创作，不断有新作问世。2004 年，《透明》问世，小说讲述了一个右翼政府对一次选举的残忍操控。2005 年，小说《死亡间歇》同时以六种语言在欧洲和拉丁美洲出版。2007 年 1 月，萨拉马戈在马德里推出自传《小回忆录》的西班牙语版。

萨拉马戈的小说光彩照人，新颖独特。它们以深厚的文化底蕴和对葡萄牙语潜能的天才发掘为基础，既忠实于传统又富于想象力，从而创造出了一种充满隐喻和暗示的、与众不同的全新小说形式。

解剖人性者迪伦马特

jiě pōu rén xìng zhě dí lún mǎ tè

在瑞士，有一位不该被遗忘的作家，就是迪伦马特。

瑞士自古以来以太平著称，二战后这个国家的资本主义经济飞速发展，它率先具备了西方当代社会的种种特征，传统的道德观、价值观土崩瓦解，一切向钱看的消费潮流涌进了社会的每一个角落。然而就在这种消费主义的土壤中，却孕育了瑞士著名的德语作家、戏剧家迪伦马特，他以深邃的思想和人道主义情怀去观照当代社会与人生，以丰富的文学想象和艺术才华去经营故事，创作了众多优秀的剧作和小说，成为瑞士当代德语区文学的最优秀的代表。

弗里德里希·迪伦马特（1921—1990），1921年1月出生于瑞士伯尔尼州的科诺尔劳根。自幼便身处宗教与文学的双重影响之中，其父是基督教牧师，祖父是政治家兼诗人，他们直接影响了迪伦马特的文学兴趣，培养了他的艺术才能。

1933年，迪伦马特在家乡读完小学后，随家迁居伯尔尼，在伯尔尼读完高中后，到苏黎世大学读德语文学，次年重返伯尔尼，在那里的大学攻读哲学、文学及自然科学。迪伦马特一边从事专业学习，一边进行写作，一些中短篇小说陆续发表。在写作这条道路上，迪伦马特是一帆风顺的，他还没有大学毕业就成了专业作家，而且在戏剧领域内获得了巨大的成功。

1946年3月，迪伦马特完成了他的第一部戏剧：《写在书上》，1947年4月，该剧在苏黎世剧院首演。他本人没有料到，在那个戏剧萎靡不振的时代，《写在书上》这部处女作竟然能一鸣惊人，该剧的成功成为迪伦马特人生路程及文学事业的转折点，它极大地鼓舞了迪伦马特的创作热情。这部作品经过两次修改后，更名为《主张再受洗礼的人》，于1967年在苏黎世的同一家剧院上演，再度受到了热烈的欢迎。

　　迪伦马特在瑞士乃至欧洲的剧坛上迅速崛起，他和另一位著名作家马克斯·弗里施一道，给沉寂的德语文坛带来了新鲜气息。50 年代，迪伦马特就走出了瑞士，他的戏剧《密西西比先生的婚事》于 1952 年在德国慕尼黑上演，获得了观众的好评。迪伦马特的主要戏剧作品还有：《罗慕路斯大帝》（1948）、《天使来到巴比伦》（1954）、《老妇还乡》（1956）、《弗兰克五世》（1960）、《物理学家》（1962）、《流星》（1964）、《一颗行星的踪迹》（1970）、《参与者》（1973）和《期限》（1977）等；小说代表作有《法官和他的刽子手》（1952）、《希腊男人找希腊女人》（1955）和《诺言》（1957）等。

　　1954 年的《天使来到巴比伦》是一个启示性的故事：上帝派天使携带美女库鲁比来到人间，把美女赐给最卑贱的人，碰巧国王扮做乞丐和一个真乞丐比赛，国王输了，他成了最卑贱的人，得到了库鲁比，可是他得知真相后，粗鲁地对待她，美女库鲁比劝国王和她一起逃走当乞丐，国王不肯放下权力和财产，还要残酷地把库鲁比处以死刑。后来，真乞丐救出了库鲁比，他们逃到荒漠中去寻找新的幸福。这个故事告诉人们：世人都免不了贪欲，只有一无所有的穷乞丐才得到了上帝的恩赐。

　　1962 年的《物理学家》集中揭示了科技威胁下的社会的疯狂和怪诞，一位物理学家意识到自己研制的一种能量可能让世界毁灭，为了不贻害人类，他放弃科研，装疯进了疯人院。仿佛上帝在捉弄他，他又遇见了东西方派来的两个装疯的物理学家，他们的目的即是盗取他的研究资料，三个装疯的人为了保住秘密，不惜行使任何手段，甚至杀死了与他们相爱的护士，他们甘愿在疯人院里长住下去，因为外面的世界更不能给他们自由。然而更可怕的事情是，疯人院的女院长才是个真疯子，她早就拍下了研究资料，外面正在开工生产！物理学家想阻止人类毁灭的一切努力都成为徒劳，这个世界疯狂到了这种地步！

　　使迪伦马特享誉世界的戏剧是《老妇还乡》。这个故事也颇有传奇性。1955 年，西欧的一个穷困的小城镇"居伦"里来了一个美国贵妇人克莱拉，她的身体早已老朽，浑身的大部分零件都是调换过的，但她仍威风凛凛，因为她拥有亿万财产，金钱可以换来一切，她走到哪里都是一呼百应，然而，她的骨头里却浸着仇恨。四十五年前，她在故乡居伦曾经未婚先孕，情人伊尔抛弃了她，她到法院告状，伊尔暗中收买了假证人给自己辩护，结果克莱拉败诉，被迫离开居伦，流落到汉堡，做了妓女，后来她时来运转，找了一个年迈的大富翁做丈夫，继承了一大笔财产，昔日的妓女成了贵妇人、女老板。此时克莱拉衣锦还乡，并慷慨解囊，答应捐给居伦市十亿巨款，但这贵妇人的捐款是有条件的，她要居伦人替自己报仇雪恨，她要用钱讨回公道。当年做假的两个证人已被她弄来，阉割了之后做了贴身侍从，他们如同玩偶，而整个居伦城里的市民，也如同玩偶。她已经备好一具棺材，打算给伊尔收尸。

要么除掉伊尔，要么放弃捐款，居伦人陷进了道德和金钱的两难之中。一开始，市长断然拒绝了这笔肮脏交易，后来一位教师和一位医生代表市民向克莱拉求情，劝她高抬贵手，放过伊尔，兑现捐款，克拉莱却不肯退让，她说居伦这个地方，曾经把一个无辜的少女逼迫为娼，如今她要让这个地方成为妓院，她要用一具尸体换取一市的繁荣……

居伦的市民们正处于经济危机之中，拒绝克莱拉的要求，意味着他们还要背负巨额债务，艰难度日，况且人们对钱的渴望早已被克莱拉勾了起来，谁都希望过上有钱的好日子。于是，居伦人放弃了抵抗，他们纷纷指责伊尔当年犯了罪，伊尔无处安身，只有一逃，一群市民阻止他上火车，最后，他们集体策划好，杀死了伊尔，对外宣布说伊尔心力衰竭而死。贵妇人带走了伊尔的尸体，居伦人得到了她的捐款……

戏剧里的时间和现实里的时间只差一年，作家的批判是指向当代社会的。道德和良知被金钱吞噬了，当年伊尔背信弃义，抛弃克莱拉，用一公升酒收买了两个伪证人，成功地逃脱了责任；而今这位浑身散着腐朽的金钱气的老妇人却用钱控制了全体市民，并成功地实现了复仇的愿望。剧作采用"居伦"一词做名，是有寓意的，在德语中"居伦"是"污水"的意思，社会的现代化并没有使人们变得更好，污水泛滥，人们陷入了更深的道德困境。故事的开始，市民们和伊尔站在一起，反对克莱拉的残酷要求，后来，渺小的居伦市民们渐渐向金钱投降而抛弃了人道。

然而，提及这部戏剧的政治立意，迪伦马特本人却不置可否。从另一个角度看，这部戏剧实际上写的是一个现代的特殊的复仇故事。伊尔和居伦市民曾经伤害了无辜的克莱拉，害得她沦落他乡做妓女，他们在无意中犯下了一个非人道的错误，四十五年后克莱拉饱经沧桑而又东山再起，她要讨回公道，讨回当年被践踏的人格尊严，她让全体居伦人用特殊的方式来证明自己的尊严。她的复仇并非是用传统的决斗的方式，而是用金钱的魔力以恶抗恶，可是，她的钱，也是用青春和肉体换来的，当初居伦人制造了一个女人的堕落，如今这个女人以自己的彻底堕落来惩罚居伦人曾经犯下的错误，这显示了金钱与道义的尖锐对立。

《老妇还乡》的故事是虚构的，具有明显的传奇色彩，但是这其中包含着深刻的人性内容，各种人物的善恶美丑，人性中的贪欲和良知，人性与金钱两方面的依附与斗争都被揭示了出来。

《老妇还乡》使迪伦马特闻名全世界，美国曾授予他批评奖，评论界称赞他是"资产阶级人道主义者"，迪伦马特对这些赞美之词不以为然，他只强调说，这部作品是悲喜剧。

迪伦马特得过许多文学奖，1959年，他荣获德国的席勒文学奖，1983年，荣获奥地利的欧洲文学国家奖金。《老妇还乡》问世以来不断地在世界各地上演，赢得了一代又一代的观众的青睐。

迪伦马特本来就有悲观的思想，在他后期的作品中，悲观情绪和宗教的气氛更浓了一些。他曾声称：世界是丑恶的，因为世人是丑陋的！这也许可以看做是理解其创作思想的一把钥匙，正是基于对人性丑恶的深刻理解，他才把戏剧人物写得更真实、更有批判的力度。无论迪伦马特的思想是消极悲观的，还是积极乐观的，他的创作实践都证明了他是一位优秀作家，他被誉为当代经典戏剧大师也是当之无愧的。

39. 捷克文坛不屈不挠的灵魂

jié kè wén tán bù qū bù náo de líng hún

1984 年 10 月的一天，瑞典文学院宣布，该年度的诺贝尔文学奖授予捷克诗人雅罗斯拉夫·塞费尔特，以表彰"由于他的诗作中所具有的新颖的感觉和丰富的创造力，提供了一个不可屈服的精神和多才多艺的诗人自我解放的典型。"塞费尔特以其诗作赢得了文学家的最高荣誉。

自从 1905 年、1924 年波兰作家亨利克·显克维奇、弗瓦迪斯瓦夫·莱蒙特先后获得诺贝尔文学奖以后，传统上的东欧国家作家就一直与这一文学的最高荣誉无缘。几十年的空白终于由捷克诗人雅罗斯拉夫·塞费尔特填充了。这一年，他八十四岁。

雅罗斯拉夫·塞费尔特这个名字在捷克语中的意思是"春天的时光"，也许是某种巧合，也许是上天注定的安排，塞费尔特必定带着他对于春天的钟情，带着春天般的感情步入文坛。雅罗斯拉夫·塞费尔特于 1901 年 9 月 23 日出生在捷克首都布拉格郊区的一个工人家庭，他的父亲为人随和乐观，后来成了一家零售杂货店的经理。他的家庭在当地以充满欢乐与丰富多彩的情调而闻名乡邻。这也许就是塞费尔特从小就具有丰富感情的原因之一。更为重要的是，布拉格作为欧洲最著名的古老城市之一，以其建筑、音乐、文化等艺术特色不断对年轻时代的塞费尔特产生不可估量的影响。当年他在放学后穿街走巷帮助父亲为顾客送货的同时，就在经受着这座伟大城市的熏陶，这点他在晚年时仍然念念不忘。布拉格也因此成为塞费尔特创作中最持久的题材，表现出诗人对于故乡最持久的爱恋之情。如果说《泪城》渗透着诗人的阶级意识，显示了诗人年轻时代的精神面貌，那么，30 年代出版的《新城》、《入天》、《浴着灯光》则以浓郁的抒情色彩表达了他的个人情感，尤其是那些充满着艺术魅力的诗句，似乎成了撩拨诗人心弦的纤手。

塞费尔特年轻时并不是一个认真读书的好学生，连高中也没有毕业。

然而他从小就喜爱文学、音乐和外语，十几岁时就成为一家期刊的编辑、法国文学与俄国文学作品的翻译者，同时他开始了诗歌创作。第一次世界大战使捷克从奥匈帝国的统治下获得了独立，这时塞费尔特担任了捷共机关报《红色权利报》的记者，开始了职业新闻工作者的生涯，并同时在捷共出版部门任职。1920 年是塞费尔特步入诗坛的关键一年，这一年他出版了第一部诗集《都市之泪》，并同当时捷克的青年诗人 J·沃尔凯尔、Y·奈兹瓦尔等人一起组织了同仁文学团体"旋覆诗社"。

"旋覆诗社"取名于同名杂志，它是一个受到法国诗人 G·阿波利奈尔影响而建立起来的"先锋派"诗歌组织，成员九人，皆为捷克共产党党员或激进分子，故而有人也把他们称为"九人集团"。也许由于他们都是一群具有激情的青年诗人，不久他们便因在艺术形式和对待文化遗产问题上产生分歧而分道扬镳。1922 年沃尔凯尔宣布退出，1930 年这个社团便完全停止了活动。除了艺术上的原因外，还有一些政治原因。"九人集团"随着国际政治势力和捷克国内的社会环境的变迁，对待国际共产主义运动的态度也日益分化，塞费尔特是其中最突出的一个。他于 1929 年宣布脱离捷克共产党，成为一名自由派的诗人。

塞费尔特的早期作品除《都市之泪》外，还有《爱》、《蜜日》、《夜莺之歌》，在这些诗集中他改变了原来对无产阶级事业的热忱，表现了不再迷恋共产主义运动的思想演变。1929 年，在声明拒绝斯大林主义的政治理论的同时，他参加了社会民主党，此后他的诗歌创作大多局限于非政治题材，集中精力抒发对童年生活的怀念、对女性之美的欣赏、对美好往事的回忆和对友人逝世的深切哀悼。因而有人评论塞费尔特是一个专写陈题旧事的诗人，甚至还有人称他为"爱情诗人"或是"春天诗人"，而他的名字好像是诗人对自己热爱的诗歌题材的一种暗示。

塞费尔特是幸运的，他出生于优越的家庭环境，生长在一个群星灿烂的年代。这个环境充满着欢乐，风趣的人们说着不同的语言，在社区中友好地竞争着。大街上的酒馆里每天都坐满了人，布拉格这个古老而可爱的城市里，每一个角落都充满了爱情和情感。

塞费尔特决不只是整天盘桓于花前月下的"春天诗人"，在国家、民族危难之际，诗人毫不犹豫地挺身而出，一改他过去不关心政治的态度，宣布自己的严正立场。塞费尔特一生经历了两次重大的变故。

第一次是1938年《慕尼黑协定》签订后纳粹德国对捷克的吞并及整个二战中捷克斯洛伐克人民所遭受到的侵略和作出的强烈反抗。诗集《把电灯关掉》描写《慕尼黑协定》使捷克人民遭受的巨大痛苦，《泥盔》这本诗集则是1945年布拉格人民武装起义的忠实记录。他还曾在第二次世界大战期间写下了一首首歌颂祖国、谴责侵略者以及赞美赋予他灵感和生命的美丽之城布拉格的动人诗篇。最为感人的是1945年5月4日这一天，布拉格的人民用石块筑起街垒与德国法西斯侵略军进行殊死的搏斗，诗人兼记者的塞费尔特英勇地参加了这场起义，他在枪林弹雨中写下战斗胜利的捷报和起义者的英雄颂歌，表现了一个伟大爱国者的气概。第二次是1968年"布拉格之春"的失败和苏军坦克占领布拉格以及由此带来的捷克斯洛伐克整个国家的政治变化。塞费尔特没有被苏联军队的坦克和大炮所吓倒，也没有因被当局撤销他所担任的捷克斯洛伐克作家协会主席职务而消沉。他公开蔑视政府当局对他作品在国外出版所发出的禁令，并成为1977年"七七宪章"运动中五百名签名者之一。

二次大战后，塞费尔特继续写出大量抒发对祖国和人民的热爱之情的诗作，它们多集中在1950年出版的《维克多尔卡之歌》中。《莫扎特在布拉格》和《布拉格》这两部作品，再次表现了诗人对这座哺育他成长的伟大城市的赞美之情。从此，塞费尔特走上攀登文学奖项顶峰的道路。

1956年，塞费尔特在捷克斯洛伐克作家代表大会上，作为自由派艺术家发言。1966年，他被授予"民族诗人"称号，1969年至1970年担任了捷克斯洛伐克作协主席，1983年出版了英译本诗集《铸铃》、《瘟疫纪念碑》和《波卡迪利大街的伞》，这些都为他在翌年荣获诺贝尔文学奖铺平了道路。1984年10月，瑞典文学院在授奖公告中指出，瑞典文学院表彰塞费尔特作为一个作家，"凭着自己的幻想为我们描绘了暴政与孤独截然不同的世界——一个跟现在这里同样存在的世界，尽管它在我们视线所不

能见到的隐蔽之中，与这个世界诞生联系在一起的是出现在我们眼前的一个不屈不挠的灵魂。"因此，瑞典文学院宣布："他的诗作反映了我们的正式意见。"

塞费尔特因病于 1986 年 1 月 10 日在布拉格逝世。他生前出版了一本回忆录《世界如此多娇》，记录了捷克人民的光荣传统，也艺术地再现了他这个"不屈不挠的灵魂"所经历的光荣的一生。

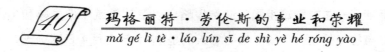

40. 玛格丽特·劳伦斯的事业和荣耀
mǎ gé lì tè · láo lún sī de shì yè hé róng yào

玛格丽特·劳伦斯（1926 — 1987）是加拿大当代文学史上的一位著名女作家。她的小说，对加拿大文化史和文学史都产生了重要影响。

劳伦斯于 1926 年 7 月出生于加拿大西部的一个小镇，其父是律师。劳伦斯四岁时丧母，幸运的是，她的继母对她很好，一直都是她的支持者。她读小学二年级时，开始酷爱读书写作并得到了一位女教师的热心帮助和鼓励，劳伦斯在回忆起童年经历时，认为自己是个比较幸运的孩子。劳伦斯 1944 年高中毕业后，入联合学院读大学，曾任学院报的编辑，1947 年大学毕业后结婚，并做过记者工作。

劳伦斯在 1949 年旅居英国，一年后随丈夫赴非洲索马里。在那里，她发表了她的第一部翻译作品：《贫穷之树》（1954），在后来的一部游记《预言者的驼铃》当中，劳伦斯描述了在索马里的经历。劳伦斯对非洲的黑人小说、戏剧、宗教等文学问题和文化问题都产生了兴趣，并在这些方面有过研究，她的第一部小说《约旦这边》（1960）和短篇小说集《明天的驯服者》（1963）就是以非洲生活为题材的。

旅居非洲的经历，使得劳伦斯由一个理想主义者成长为一个成熟的现实的女性，她和她的一家在结束了多年的非洲生活后，回到加拿大的温哥华，五年后，搬到了英国伦敦，在那里又住了七年。1973 年，她回到加拿大，此后一直住在安大略的湖滨地区，直到去世。

　　劳伦斯二十几岁便离开加拿大，长期旅居异国他乡，在她心中，故乡是一方净土，是一块灵魂的退守地，故乡的小镇，童年时的生活，一直留在她的记忆之中，她的记忆是如此的生动鲜明，以至于写到小镇风貌时，她的语言如水一般地流出，仿佛一切都重现于眼前。

　　在六七十年代，劳伦斯以故乡小镇为背景，创作了一系列主题和风格都十分相近的长篇小说，每部作品都有明确的主人公形象，她们的心路历程间接地反映了加拿大人的生活状况和思想观念。由于这些小说都有着相同的小镇做背景，人们便把它们称做"马那瓦卡系列"（马那瓦卡，是作家以故乡小镇为原型，在小说中虚构的一个地名）。

　　劳伦斯"马那瓦卡"系列小说的第一部《石头天使》发表于1964年，这部小说被看做是加拿大文学史上的一个里程碑，它给劳伦斯以后的写作奠定了基础，其他的几部是《上帝的玩笑》（1966，曾荣获1967年的总督文学奖，后被改编成电影）、《火居者》（1969）、《占卜者》（1975，荣获1974年的总督文学奖），还有一部短篇小说《屋中鸟》（1970）。

　　《石头天使》充分体现了劳伦斯小说作品的特色。主人公是一个年近九十的老妇人，通过女主人公的回忆，我们感受了她九十来年间的生活经历，感受到了她内心的孤傲、痛苦和追求。小说开篇便写小镇山坡上的墓碑——石头天使，是母亲的天使，可是，她的眼睛却是瞎的。主人公"我"的名字是哈格，取自《圣经》中亚伯拉罕一侍女的名字，代表了主人公高傲的个性。小说采用第一人称"我"的叙述视角，现实和过去，感受和回忆相交织，人物的内心活动充分地展现出来，回忆的视角使得纷繁的加拿大人的历史不仅清晰明了，而且带上了情绪的色彩。小说的主题是多义的，但有一点是肯定的，主人公要和厄运抗争，要寻找自我，寻找自由，而自由无法实现，她只能做双目失明的石头天使。整个小说都贯穿着一种诗意的情绪，清新自然的乡土气息、活泼的民间口语都增添了诗意的优美，这是劳伦斯对传统小说故事模式和叙述模式的一种突破。

　　"马那瓦卡"系列小说都具有或多或少的自传性。《上帝的玩笑》继续了自我寻找的主题，主人公在马那瓦卡经历了一次艰苦的磨炼之后，终于找到了自我，走向了成熟。

《火居者》（又译《火中人》等）讲述了一个普通的中年妇女对暴力和疯狂的社会的感受，其中的"火"，既是现实中的真实存在，也是想象性的、象征性的。女主人公脑子里充斥着对战争的恐惧，婚前婚后都没有安全感和幸福感，她在一群人的屋子里，感到无比孤独，在道德沦丧和人人作假的社会环境中，她找不到一个真正的家，女主人公的孤独感和无家可归的处境是具有普遍代表性的。

《占卜者》是写一位作家的故事，可以看做是劳伦斯自己心灵成长的传记，小说写出了苏格兰的先驱者和马那瓦卡流浪者的经历，它把过去与现在结合在一起，同时展现出人们对未来的信念。

《屋中鸟》是以一个小女孩的口吻，写一家三代女性的经历，作家以客观、平静的口吻述说了一个不幸的事件。小说中有一个细节是飞到屋中的鸟扑倒在地，预示有不祥的事件和不幸的命运，小女孩最终觉醒了，她否认了上帝和天堂的存在，她的心理经历，也是作家童年时的心理经历的再现。

劳伦斯小说的成就并不局限于"马那瓦卡"系列，她的另外一部优秀的短篇小说《潜鸟》既表现了加拿大不同民族人民之间的友谊，也表达了保护自然环境的主题。小说的两个主人公：皮盖特是印第安混血儿，瓦涅萨是苏格兰移民的女儿。皮盖特的祖先曾在19世纪末为保护自然环境和生存权利举行过起义，后被镇压，因此受到种族歧视。皮盖特被瓦涅萨一家请去度假，她却沉默寡言，不肯去湖边看潜鸟。而在四年后，瓦涅萨见到皮盖特时，她已变作了四处流浪的姑娘，又一个四年后，瓦涅萨得知，皮盖特和白人结婚，婚姻失败，她染上了酗酒的恶习，最后和孩子一起惨死在大火之中。故事结尾寓意深刻：瓦涅萨来到钻石湖畔，往日的潜鸟毫无踪迹，湖畔四周笼罩着浓厚的商业气息。作家是用一种濒临灭绝的鸟类喻示印第安人的悲惨命运，也揭示了现代工业文明对自然生态的侵蚀。

劳伦斯对儿童题材有浓厚的兴趣，她创作过一些儿童小说，1970年的《杰森的追求》是写一只老鼠和它朋友的故事，比较有创意；《六只织牛》

（1979）、《旧时的外衣》（1979）和《圣诞节生日的故事》（1980）都是写给小读者的。

　　劳伦斯的小说，深受加拿大人民的喜爱，在她发表了"马那瓦卡系列"之后，各种荣誉接踵而至，她曾获得过十四所加拿大大学的荣誉学位，有许多小说被改编成电影、电视剧，被译成多种外国文字。加拿大国家电影公司还专门制作了一部电影纪录片："玛格丽特·劳伦斯——马那瓦卡的第一夫人"，并在劳伦斯的故乡小镇举行了首映式。

　　玛格丽特·劳伦斯为人正直、热情、宽容，人品与文品同样优秀，在生命的后十年里，她把精力放了社会事业上，她发表论文和演说，参加募捐活动，热情地支持世界和平、妇女平权和环境保护等正义事业。

　　玛格丽特·劳伦斯于 1987 年 1 月去世，此前著有回忆录《地上之舞》，出版于 1988 年。玛格丽特·劳伦斯和她的小说，都会被人们永远铭记。

41. 艾丽丝·蒙罗和她笔下的女人

ài lì sī · méng luó hé tā bǐ xià de nǚ rén

　　艾丽丝·蒙罗是加拿大著名女作家，她的小说，已经走出加拿大，进入美国文化界，有一些小说甚至被《纽约人》看中，被评为优秀作品。

　　蒙罗 1931 年出生在安大略西部的一个乡村小镇，家乡的民俗风情，小镇上的故事和自己童年的经历都成了她日后小说创作的源泉。在她的笔下，没有惊天动地的大事迹，没有不同凡俗的英雄，她选择了那些日常生活中的凡人俗事，描写了男人女人的爱情婚姻生活，在人们以为庸常的人生中挖掘出高尚或荒唐的故事。她以女性作家特有的细腻情感去理解那些不幸的女人们，同时，也再现了乡村的风俗习惯和混乱的道德面貌。

　　蒙罗和其他女性作家一样，擅长于细腻地描写女性的生活和心理，她揭露女性的优点和弱点，写出了她们的美德和恶毒，这些女性形象是血肉丰满、真实可信的。《年轻时候的朋友》里有一个善良得令人不可思议的女性弗劳罗，她和罗伯特订了婚，可是，任性的妹妹和未婚夫私通并怀了孕，弗劳罗异常大度地帮她们办婚事，后来妹妹几次流产，精神失常，她耐心地照顾病重的妹妹，直到她死去，谁知罗伯特又和那个品德不怎么好的护士结了婚，把曾经支持过她的弗劳罗丢在一边，在这种情况下，弗劳罗还能心平气和，把他们夫妇当朋友。后来，她到另一个小镇找了工作，开始了独立的生活。

作家塑造了一个没结婚的女性弗劳罗，但是，她并没有把女主人公的不幸都推到男性身上，可以说是两个女人从弗劳罗那里抢走了罗伯特，罗伯特始终是个被搁置的角色，作家甚至提醒读者，如果以罗伯特为主角，这可以是一个男人被动接受命运的故事。

在《有件事我一直想对你说》里，有一个心地狠毒的女性艾特，她表面装成一个好妹妹，照顾姐姐和姐夫，心里却嫉妒姐姐的美貌，造谣生事，打击姐姐。姐姐不能接受自以为心爱的人却背叛了她的事实，伤心绝望之中服毒自杀。

蒙罗的小说有一个最鲜明的主题：女性的爱情。在蒙罗的小说里，爱情是一种宿命般的困惑，社会的道德习气和女人自身的弱点都决定了爱情不能让她们灵魂升华，生活幸福。《不同地》描写了三对夫妇，他们跟随社会"潮流"各自寻找外遇，主人公乔治亚发现她的好朋友玛雅抢走了她的男友，一气之下与她彻底断交，又和丈夫离婚，许多年过后，乔治亚变得心平气和了，她去看望已经去世的玛雅的丈夫，他们回忆起往事，乔治亚总结说：人总有一死，人只能在各自不同的生活里承受命运。

《假发》里的女性们似乎根本就没有过纯洁的爱情，各种女人们都体会着婚姻的痛苦，私通、离婚是司空见惯的现象。小说的背景是农场的生活，两个当年的朋友：安尼塔和马戈特相见，作者倒叙她们少女时代的往事，一个叫特里萨的女人对自己两次流产的经历记忆犹新，从她本人的叙述和作者的语气里，我们找不到一点线索能说明她生活快乐。两个当年的朋友一起叙旧，安尼塔和丈夫离婚，取得博士学位却仍然失魂落魄；马戈特已经作为当年特里萨的丈夫的妻子讲述故事了：她戴上假发，化装一番，开车去某海滩野营地，侦察她丈夫的行踪，发现了丈夫的情人却是她家的柔弱本分的保姆！她在他们的车子上放了一张警告的纸条，然后气急败坏地开车回家……小说所暴露的事实是：上一辈不幸的女人尤其不幸，这一辈女人也没得到幸福。从前的特里萨进了贫民收容所，头脑很混乱，她忘却了流产的痛苦，也不想见曾毁了她一生的丈夫。两个女人的谈话告一段落，故事就这样无结局地完成了。

在小说的艺术形式上，蒙罗一直都坚持自己的写实主义作风，从不随波逐流，追新求异，她像讲故事一样，娓娓而谈，情节平实，没有强烈的冲突。在叙事技巧方面也有自己的特色，她经常会不惜笔墨地描写自然场景和生活情景，她的许多小说都是采取主人公回忆往事的叙述视角，让女主人公自述其人其事，重要事件都发生在现在的故事之前，或发生在幕后，而现实，却是无关紧要的生活场面，作者对现实的叙述也很巧妙，冷静、客观的语调和人物、情节保持距离，这就形成了一部小说，多个故事，多种情绪的复调性和小说的主题朦胧性。

如上所述，《假发》的时间界限不明显，情节提示很少，现实与回忆两条线索并行。《年轻时候的朋友》开头点明"我"在回忆母亲年轻时代的往事，然后通过间接叙述描写了母亲的一个朋友弗劳罗，母亲听说过弗劳罗的往事，母亲和弗劳罗通信……

《五点区》写一对似乎是夫妇的男女的一些琐事，写他们喜怒哀乐的心理体验。男的回忆他少年时代和一个女孩子的性堕落：她把家里的钱都花光，被母亲起诉，成了少年犯入狱；女人回忆的是她前夫的一次矿下历险。两个人的回忆都不是明确的，回忆中的主人公结局也是不明确的。小说《厄运的故事》也是如此。叙述者和一个叫朱利的已婚女人正在谈论爱情，谈话的重点在于两个女人的回忆：叙述者讲述了她和从前一个情人的奇特经历，朱利讲的是她和从前两个男人的近于私通的关系。最后，又回到现在时态。叙述者终究没有写清她和道格拉斯（其男友）是不是个错误，而且还在疑惑她是不是错过了真正的爱情。

《选择》也是以平淡的语调叙述男女间朦胧细腻的爱情故事，作家每到故事关键之时都要调转笔锋，写微妙的人物心理。男主人公摩雷和他家商店的女雇员芭芭拉结婚，婚后的日子（按作者描述）艰苦而平淡，他们的一个朋友维克多住进了他们家后，丈夫摩雷一天比一天痛苦，他想象着妻子和维克多在一起偷情，自己是被挤出了自己的家。终于有一天，在雨中，各怀心事的夫妻两人都揭开了隐情，约定谁也不再提那些事。以后，维克多突然离开，作者几笔带过，小说没有正面描写摩雷的妻子与朋友的私通，只是描述主人公内心的痛苦感受，私通到底是真的，还是摩雷想象的？整个故事有多种解释的可能性。

　　蒙罗坚持的是女性视角的写作，但她否认自己是个女权主义者，在西方女权主义者们激进地主张女人战胜男人的年代里，蒙罗的态度却很温和，头脑比较清醒。她认识到：虽然男女不平等，但是女人在爱情和性的问题上企图战胜男人并不意味着真正的女性解放。她的一些"成功"女人的形象正是解说了这一思想。《西班牙女士》中的那个女人，自以为丈夫对她的爱情是牢固的，自以为她有能力控制丈夫，她把同别的男人私通的事情都告诉给丈夫，可是后来她发现丈夫和她以为最知心的朋友之间也有不正当关系，她失去了丈夫，只好拿人必有一死来自我安慰。小说《你以为你是什么人》叙述了"以为自己是什么人"的萝丝的生活经历。萝丝自幼便立志作独立女性与男人一争高低，她读了大学，找到了富有的丈夫，又当上了演员、节目主持人，她曾受过骗，也骗过别人，她甚至把欺骗扩展到自己男朋友身上。然而女强人萝丝却亲手给自己制造了困境：她和男朋友暗中逞能，和他解除婚姻后，又去主动和好，结婚后，她和另外的男人私通，还要把一切都告诉丈夫，最后，造成了离婚的结局。作为人，萝丝是成功的，可是，作为女人，她却是失败的，她处处和丈夫争强好胜，把家庭闹得分崩离析，自己也没得到应有的幸福。萝丝自己也反思了错误：幸福的爱情是男人和女人共同创造的。在这部小说里，女作家是通过萝丝成功后的失败故事，表达了她对激进的女权主义观点的反思。

　　蒙罗的许多小说都有明显的自传性，其中的女主人公更是如此，蒙罗不仅写出了她们的成长历程，而且写出了她们细腻的心理和浪漫的想象，蒙罗本人的作家情结也被写进了小说中。《姑娘们和女人们的生活》和《你以为你是什么人》中的两个少女形象玳儿和萝丝就是作家本人的化身，她们感受到家乡的落后和人们观念的陈腐，体会到男孩和女孩的不平等，决心要出去闯出一条路，和男人一样靠自己的能力生活。通过玳儿和萝丝，蒙罗写出了女性特有的思考和感受世界的方式：把生活看成充满灵气的艺术，用艺术的方式设计生活。玳儿想当作家，把自己的家乡写到小说里，写到历史里，尽管她经历的实际生活是充满痛苦的，她还是喜好浪漫的幻想，她把男女之间的情事想象得充满了诗意，像艺术一样美。

读懂了蒙罗的小说，也就基本读懂了她的思想，了解了她的个人成长经历。蒙罗以女性特有的方式呈现了女人们的真实经验，她实现了自己的文学梦，她的人生，也因此而不同寻常。

42. 为女权主义写作的加拿大人
wèi nǚ quán zhǔ yì xiě zuò de jiā ná dà rén

女权主义是近年来世界文坛上的一个重要流派，其先锋性与政治性都足以引起文学界和文化界的一场思想革命，而每当人们提及这一话题，更多地还是探讨英、法、美等国女权主义作家的理论思想及其政治影响。然而，在加拿大，也有一位在创作中表现出鲜明的女权主义特点的作家，她就是玛格丽特·阿特伍德（1939 —   ）。

玛格丽特·阿特伍德是加拿大一位重要的小说家、诗人，也是文学评论家和社会活动家，她的作品被译作二十多种文字，行销二十多个国家。

在思想上，阿特伍德受弗莱的神话学和女权主义运动的影响较大，尽管她本人对"女权主义"、"女性主义"之类的理论标签不屑一顾，她的小说和诗歌却都体现出女权主义的鲜明特点。小说家以形象来说话，阿特伍德虽然没有系统的女权主义理论，她却把对于女人与男人、女人与社会的思考渗透在了她的人物形象身上，几乎每一位女性读者都能在她的小说中找到自己的影子，发现女性的现实处境，从而进一步地理解女人、思考女人。

阿特伍德的第一部小说是《可食用的女人》（1969），小说通过女主人公玛丽安反常的所作所为，所思所感，写出了一个清醒的女人怎样害怕走进传统习俗设定的男权秩序和她怎样坚决地拒绝婚姻、家庭，拒绝做妻子和母亲角色的过程。小说的主人公是作家的代言人，她形象地揭露出女性普遍的生存悲剧：在男权中心的社会里，女人是彻底的弱者，是男人的消费品，女人被男人同化、被男人塑造是见怪不怪的一种文明秩序。在现实秩序之中，正常的女人似乎无处可逃。

玛丽安在小说中，始终都处在焦虑和痛苦之中，她是一家调查公司的职员，她的男友是法律系的毕业生，在别人看来，他们是生活安定、无忧无虑的一对儿。可是玛丽安却神经兮兮，她觉得自己没有自由，没有前途，看到整个社会给女性的都是不公平的待遇，她更加焦虑不安。身边的女人们，有的早早嫁人，当了孩子母亲，被家务所累；有的设计诱惑男人，怀了孕后去做独身妈妈，这些女人们哪个都不是她所认可的，摆在面前的似乎只有一条路：当老处女，她只好在青春飞逝的悲伤中等待合适的男人。

玛丽安在看待两性关系的问题时，过分地清醒而且过分地注意了男权的强大压力，以至于神经过敏，行为反常，本来她的男朋友并没有给她施加压力，可是他谈论到打野兔的经历时，玛丽安联想到自己就是那可怜的野兔，注定了要被人打死，她把男友的照相机臆想成了枪口，仓皇逃开，回到公寓，又为了躲开男人而藏到了床底下……

玛丽安预料自己将来要像别的女人一样，做妻子，生孩子，做母亲，做受害者……她的恐惧与日俱增，在订婚的晚会上，她逃离了现场。后来，她给男友做了一只女人形状的蛋糕，并冲着他揭露事实真相：你想结婚完全是为了你自己的利益……男友当然没吃蛋糕，最后与她解除了婚约。

玛丽安这一形象，是作家思想和艺术的结晶，她的所有感受，都是阿特伍德对现实剖析的理性产物。在这部小说里，阿特伍德把男人和女人理解成消费者和食物，正如标题所示：女人是可食用的女人，正是女人做牺牲品的传统才使得社会得以维持和发展。玛丽安甚至感到自己吃下的是有生命的人，终于得了厌食症。

《可食用的女人》是一部杰出的悲剧小说，玛丽安自始至终没有体验到做女人的快乐，离开第一个男友只不过减少了一点精神痛苦。她的第二个男友是个穷困潦倒的文学硕士，因为她觉得这个人是弱小的，活像一只动物，他和自己的弱者身份更接近，不会对她形成伤害。她和第二个男友一起吃下那块人形蛋糕后，又清醒地认识到一个悲剧性的事实：在西方社会里，到处都弱肉强食，女人是痛苦的，大多数的男人和女人也都承受着生存竞争的痛苦。

把女人比做动物，并非阿特伍德突发奇想，在加拿大文学传统中，早就存在着一种把殖民地国家、弱势者以及自然界写成受害者的现象，以上几种因素在文学中常常构成互喻关系。

在西方女权主义者看来，小说中的"疯女人"形象是一种密码，妇女发疯是由于男权压迫的权力结构所致。阿特伍德在另一部小说《浮现》（又译《假相》，1976）中提供了一个疯女人形象。女主人公"我"随同男友及一对夫妇回北部一个荒岛上寻找失踪多年的父亲，她逃离了朋友们，闯进了荒无人烟的大自然，她在逃离了世俗权力结构后，思考男性与女性的关系，她进入了超常的境界，和动物、植物和神灵息息相通，一场场的历险过后，她听从了男友的呼唤，重新回到了文明社会。

《浮现》具有明显的神话色彩，女主人公不堪忍受机械工业和男权势力所主宰的文明的压力，渴望找回失去的自由，她求助于北美印第安神话和宗教，全身心地投入到大自然的怀抱，在幻觉中得到了神谕，获得了短暂的自由，可是，她不能永远地逃离人类，最后还是回归了文明社会。

阿特伍德的女权思想同时也体现在她的诗歌作品中，1973年的《强权政治》一诗以格言的形式揭露所谓的浪漫爱情：爱情是一种强权政治，在爱情神话中，女性遭受性压抑和性虐待，阿特伍德辛辣地讽刺了"性别政治"现象，而这一问题正是女权主义者们所热衷于探讨的。

在传统的经典作品中，女人的真正生活及其心理是被忽略的，她们或为贤淑的美女，或为妖女荡妇，而女权主义作家们却试图通过重写经典，给女性形象翻案。

在《你是幸福的》（1974）一诗中，阿特伍德把古代荷马史诗《奥德赛》的主人公奥德修斯遭遇塞壬的故事改写成了女权主义的现代主题，塞壬本是一个引诱男人的妖妇，在阿特伍德笔下，她被动地满足男人的欲望，是个受男权欺凌的弱女子典型。

作为真正的优秀作家和思想家，阿特伍德几乎所有的作品都显示着思想的力量，她对于语言本质的思考，接近于后结构主义语言学家，她的许多作品都表达了她对语言与政权、语言与女性等问题的洞见。在诗集《圆圈游戏》中，她考察了人们怎样给自己制造形象，并有意利用语言的惯性把未知事物和危险事物排除在思考范围之外。小说《女先知》则引发人们思考传奇语言和女性的关系：传奇的故事和语言并不能帮助妇女获得同男人平等的地位，人们滥用语言，语言也暗中助人作恶。小说《侍女的故事》在深层意义上影射了商业语言对公众的影响，人们自愿地相信语言编织的假设，把假设当做现实，于是在语言成规的调控之下成为被压制者。

玛格丽特·阿特伍德有着丰富的想象力和哲人一般深邃的思想，她不断地开发新的主题和题材，她最近的一部小说《盲人凶犯》（2000）又引起了轰动。这部小说仍以女性为主角，叙述者艾丽丝十八岁时嫁给了一位政治地位显赫的实业家，八十二岁的她现已年老力衰，家境败落，她回顾一生，妹妹死亡前后的一系列事件，还有一桩惊险的爱情故事……2000年11月，英国把最高文学奖小说类的布克奖颁给了阿特伍德，布克奖评委主席西蒙·简金斯这样评价说："《盲人凶犯》是一部复杂的小说，涉及了许多不同层面的内容。作品意义深远、富有戏剧性，结构精妙绝伦，这一切都证明了阿特伍德具有极其宽广、丰厚的情感层次，并在讲述细节和再现人物心理两个方面都展示了她诗人特有的观察角度。"

在此之前，阿特伍德曾三次入围布克奖，被提名的小说是：《侍女的故事》（1986）、《猫眼》（1989）和《别名格雷斯》（1996）。

阿特伍德的其他小说作品还有《人生抉择》（1979）、《肉体伤害》（1981）等，阿特伍德还写过许多散文和随笔，加拿大考奇出版社曾于1992年出版了她的文集《好骨头》。

43. 现代主义文学先声：怀特
xiàn dài zhǔ yì wén xué xiān shēng：huái tè

帕特里克·怀特（1912—1990）出生时，正赶上父母在欧洲旅行，于是，伦敦便成了他的出生地。怀特的父亲是澳大利亚的农场主，母亲也来自富有的农场主家庭。刚半岁的小怀特被带回澳洲，并在父亲的农场里度过无忧无虑的童年时代。十三岁时，他被母亲送往英国接受教育，小怀特的母亲和别的许多澳大利亚人一样，认为英国一切都是优越的，只有在英国才能接受最好的教育。不过，小怀特却十分痛恨接下来的四年生活，他曾说："在英国公学里把自己熨得

帕特里克·怀特

平平整整"，像在监狱里一样。几年后，他又回到了澳大利亚，满以为如释重负，可是家乡的人们却把他当成是外国人，称他像"真正的绅士"，小怀特感到十分难过。也许是要故意改掉"绅士"的做派，怀特开始了一种粗犷的生活——在养羊场当帮手，两年的乡土生活锻炼了他坚韧的性格，并为他以后的文学创作提供了丰富的素材。

1932年，怀特再度赴英国剑桥大学攻读现代语言，并广泛接触法国、德国和英国文学。怀特对音乐、绘画有浓厚的兴趣，曾幻想当一名画家，

他也十分喜欢戏剧，一度希望成为演员，这对他以后的文学创作产生了重大影响，他曾说过："我是通过绘画和音乐学会写作的"。大学放假期间，怀特还经常去欧洲各地旅行，充分了解了西欧的风土人情。大学毕业后，征得父亲的勉强同意，在父亲的接济下，怀特留在伦敦从事创作。在此期间，他出版了第一部长篇小说《幸福谷》（1939）。二战爆发后，他在英国皇家空军任情报官，负责检查中东地区军人来往信件，目睹了战争的罪恶。

1948 年，即怀特出版《姨妈的故事》（1948）那一年，他回到了自认为最能汲取创作源泉的故乡，他说："艺术家必须紧靠着他们赖以生长的土壤，即使这是墨尔本人行道上的尘埃或是悉尼阴沟里的垃圾"，此后他便在悉尼郊区，和在战争期间结识的一位希腊军官朋友诺曼雷·拉司卡瑞斯一起买下小农场，开始经营农业。

《姨妈的故事》中的姨妈希奥多拉长相平平，性情古怪，同家庭和社会格格不入，她认为人们神经都不正常，"只有桌子和椅子没有发疯"，最后她选择了飘零海外探索自我的道路。

《姨妈的故事》在美国受到了好评，但在澳大利亚却反应冷淡，这使怀特十分沮丧。他事后回忆道："若不是美国人，我当时真想把脑袋伸进煤气灶里自杀。"其实怀特的早期作品都是在国内的反应不大，而在国外则受到评论界的高度赞扬。这种"墙内开花墙外香"的文学现象在澳大利亚有特定的历史背景：一方面，怀特的作品从形式到内容都迥异于传统现实主义文学，国内一时还没有接受者；另一方面，澳大利亚当时的评论界向来对本土作品有一种自卑感，非要等到英美的评论家认可之后才肯定它的价值。

自 19 世纪 90 年代亨利·劳森（1867—1922）创建澳大利亚现实主义文学流派，到怀特发表《姨妈的故事》的 20 世纪 40 年代末，在长达半个世纪的时间里，具有鲜明澳洲特色的现实主义文学占据了澳大利亚文坛。怀特于 1939 年发表的《幸福谷》一度获澳大利亚文学协会金质奖，但是该作同《姨妈的故事》一样最终石沉大海，悄无声息。因为在根深蒂固的传统文学势力面前，怀特的两部革新小说不可能获得评论界的注意。

然而，怀特还是单枪匹马地向现实主义文学发起了进攻，发表了一部又一部的反传统小说。1955 年《人类之树》发表时，受到许多人称赞，也遭到传统评论家的猛烈攻击。

《人类之树》中的斯坦·派克是个沉默寡言的老实农民，他从独自开荒、成家立业到生儿育女，象征着澳大利亚的拓荒史，其丰富的内心世界也随着种种事件逐渐展开——其中有一个评论家不断深入研究的画面——在斯坦·派克临死前，牧师向他布道，并问他："你难道不相信上帝吗?"派克听完之后在地上吐了一口唾沫，然后指着唾沫说，"那就是上帝"。对此有的人认为这是对人生的领悟，有的人认为这是对上帝的亵渎，有的人认为这表示上帝无所不在。

在《沃斯》中，沃斯认为人经过苦难和凌辱，可以成为上帝。他抛弃了舒适的城市生活，率领探险队去中部沙漠探险，寻求磨难经历。最后大多数人承受不住苦难的煎熬而倒在了路上，沃斯本人也因土著人袭击而身亡。沃斯横越澳洲大陆的壮举最终以失败告终，但是他越过了茫茫的精神沙漠，获得精神的胜利，成为他女友心中的上帝。他的女友劳拉说："当一个人显得名副其实地谦卑的时候，当他认为自己并非上帝的时候，他最近似于上帝。"

怀特的小说有一个有趣的特点，即故事性不强，和许多现代派作品一样，不易让一般读者读下去。现在人们翻翻报纸，看看畅销书已经很不容易，怀特这类严肃文学作品既没有离奇生动的情节，又没有耸人听闻的故事，几乎不可能受普通读者的欢迎。在怀特的祖国澳大利亚，他拥有的读者并不广泛，对此，怀特曾说过："似乎愈往北，人们愈能理解我。他们有比较多的时间看书。"

1973 年，怀特的小说《风暴眼》出版。"风暴眼"这一标题具有象征的寓意，一场场情欲的风暴带来灵与肉的冲突，而对于一个大彻大悟的人来说，在风暴的中心处，才无比平静。《风暴眼》虽然仅有几个主要人物出场，却能把人的贪欲、肉欲集中起来，巧妙地展示人性的堕落。金钱和情欲支配着渺小的人们，把家庭中的传统亲情一扫而空，母亲亨特老太太，女儿多梦茜、儿子巴兹尔，几个人都是金玉其外，败絮其中，他们被资本主义豪华奢侈的生活欲望所控制，正常的人伦已被吞噬掉，他们对人生，对社会没有淳朴的热情，心中只剩下无休止的欲望。母亲在物质上极其富有，却一直渴望着有人关怀和爱护，两个儿女却只是不择手段地为名利与金钱而奋斗，甚至为了更多的遗产而盼着母亲快快死掉。

小说的中心人物是八十多岁的亨特太太，她在悉尼市郊拥有豪华的住所、有私人律师替她管理财产，有专门的医生照顾健康，有一名女工，一个管家婆，还有三个护士轮流照看她的日常起居……如今的亨特太太已是风烛残年，形如木乃伊，躺在病床上，却不肯忘却年轻时代曾经怎样的美貌如花、风流浪漫，她不甘心承认自己已经老去，已经失去尊严和地位，她让护士在布满皱纹的脸上搽满白粉，在头上戴上假发，嘴里安上假牙，还要在右手上戴尽可能多的戒指，在耳朵上戴闪光的耳环……

亨特太太出身贫寒，年轻时曾经凭借青春与美貌当上大牧场主的娇妻。她享受了荣华富贵，享受了权势和荣耀，很自由自在地过了一段放荡的日子，而现在容颜衰老、体力不支的她，只好在回忆中打发生命的最后时光。她有过各种各样的男人，身边那个一本正经的律师就是其中的一个，还有一个海洋生物学家，此人也曾经做过女儿的情人。她给丈夫生过一男一女，可是，她爱过丈夫吗？爱过儿子和女儿吗？她并没有真正地付出过，她经历了无数次的"爱情"风暴，也渐渐失去了激情，失去了魅力，周围的仆人们对她所有的尊敬都是为了钱，而不是因为她真有可爱之处。荣华富贵赶不走心灵的空虚和寂寞，她需要有人理解，需要有人陪伴，哪怕是个非常蠢笨的人也可以……

亨特太太反思她的一生经历和现在的处境，终于明白了："人人都是海岛，尽管有海水，空气相连，但谁也不会向谁靠拢"，"最冷峻，最偏狭的海岛，莫过于自己的儿女。"

亨特太太的女儿多梦茜，年轻时嫁到法国，成了公爵夫人。她也有她的苦衷，她受着婆婆的嘲笑，又遭丈夫的冷落，好在她对丈夫的婚外情了如指掌，凭这把柄，她向婆婆、丈夫敲诈勒索，得到了足够多的珠宝。在法国，她受人鄙视，而在澳大利亚，她也经受了屈辱（刚一下飞机就受到严格的检查）。多梦茜可以放弃丈夫的爱，不再去争取感情，但她却不能没有钱，她根本不爱自己的母亲，她千里迢迢，不辞劳苦地赶回来，主要目的就是骗母亲的钱，骗不成就勒索，勒索不成就置老太婆于死地……

欲壑难填的多梦茜对钱财的贪恋正如她母亲对情欲的贪恋，她每次都是梦想着可爱的钱，才走近病榻前去"探望"母亲，时间一长，她又忍不住老太婆屋里的枯燥，逃也似的走开，一旦离开母亲，她马上就觉得母亲不过是个狠毒的老太婆，丝毫没有可爱之处……

亨特太太的儿子巴兹尔在英国做演员，挣扎了大半生，现已失去了往日的辉煌，弄得穷困潦倒。这次回来，他也是急切想获得老太婆的遗产。为了表演阔别多年后母子团聚这一场，他几乎使尽了他的表演才能，他带着一脸苦相抱住形如槁木的母亲，两人互相叫着"亲爱的"以示感情之深，巴兹尔还忍住心中的厌恶，硬着头皮吻了一下他母亲滑腻腻的前额。由于巴兹尔善于逢场作戏，所以对钱的贪婪比他姐姐掩饰得要巧妙一些。

《风暴眼》里的几乎每一章都有情欲的描写，当年多梦茜曾和母亲一起到布龙比岛度假，她和在那里考察的生物学家皮尔相爱，正当她沉醉在爱情的幸福中时，她偶然间发现，自己年近七十的母亲也在和皮尔恋爱，她盛怒之下，不辞而别，把母亲一人丢在岛上。在一个风暴的夜晚，亨特太太曾有片刻的悔悟……而今放荡成性的巴兹尔在酒吧间里，在宾馆里，一边享受女色，一边盼母亲早点死去，他还跟母亲的护士鬼混，多梦茜也在梦中想着和母亲的律师通奸，而在母亲快要咽气之时，姐弟两个正在双亲的床上乱伦！

最后，在律师的仲裁之下，巴兹尔和多梦茜获得了相同数量的遗产，而母亲的葬礼却草草了事，两个儿女谁都没有到场，他们如愿以偿，携巨款心满意足地离开了澳大利亚。

《风暴眼》的语言令人赞叹，描写梦幻或潜意识的某些部分，整段整页地不用标点，而且词语精练，不拘一格。怀特被人称做"暗喻爆炸的专家"，《风暴眼》中的比喻比比皆是，意义深刻，例如他把儿女比喻成"埋

在子宫里的倒钩"，贴切而恰当地揭露了子女的不孝。怀特的象征和比喻，有时过于奇特晦涩，这引起了一些人的非议。但是，他把"史诗的真实和诗歌的感情熔于一炉"的艺术成就早已获得举世公认，《风暴眼》对于我们了解怀特的现代派风格，了解澳大利亚当代文学具有重要的意义。

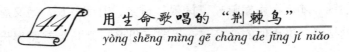

44. 用生命歌唱的"荆棘鸟"
yòng shēng mìng gē chàng de jīng jí niǎo

"有一个传说，说的是有那么一只鸟儿，它一生只唱一次，那歌声比世上所有一切生灵的歌声都更加优美动听。从离开巢穴的那一刻起，它就在寻找着荆棘树，直到如愿以偿，才歇息下来。然后，它把自己的身体扎进最长、最尖的荆棘刺，便在那荒蛮的枝条之间放开了歌喉。在奄奄一息的时刻，它超脱了自身的痛苦，而那歌声竟然使云雀和夜莺都黯然失色。这是一曲无比美好的歌，曲终而命竭。然而，整个世界都在静静地谛听，上帝也在苍穹中微笑。因为最美好的东西只能用深痛巨创来换取……"

这是一个美丽的传说，在这个传说中那只歌声优美的鸟叫"荆棘鸟"，有人依附这个传说写下了一个美丽的故事，这就是——《荆棘鸟》（1977）。

《荆棘鸟》发表后，立刻有千千万万个读者被这美丽的传说和这美丽的故事所感动，人们神情激动地互相推荐着这本奇书。一位名叫凯利的美国读者在读完全文后不无感慨地说："我愿意向任何一位识字的人推荐。"小说的无限魅力，使它不但迅速走红美国，与《教父》、《爱情故事》、《穷人、富人》、《洪堡的礼物》等作品一起被《时代》杂志列为十大现代经典作品，而且成为风靡全球的"国际畅销小说"。它先被改编成电影，后又拍成电视连续剧，灌制成盒带，在整个20世纪80年代风靡一时。多年来，一直令读者读之未能尽兴，一再请求作者为之续写。

《荆棘鸟》的作者是澳大利亚著名女作家考琳·麦卡洛。她1937年出生于澳大利亚新南威尔士的惠灵顿，父母都是爱尔兰裔，笃信天主教。麦卡洛曾经就学于美国的耶鲁大学，现在定居美国。她曾做过短时期的教员、图书馆助理、记者和教师，1967年至1976年间，曾在悉尼、英国和耶鲁大学的国际医学院任神经病理学医生。

麦卡洛是一位多才多艺并且富于探索精神的女作家。她兴趣十分广泛，业余生活也丰富多彩，摄影、音乐、绘画和服装裁剪等，都是她所钟爱的娱乐节目。在文学创作方面，她也表现出了非凡的才能。她的创作涉及的体裁多种多样，除了写小说外，她还写传记、散文、杂文，甚至音乐剧。她曾为新南威尔士原州长罗登·卡特勒爵士作过传，还发表过像《我为什么反对安乐死?》这样的杂文。

她的小说创作也不仅仅局限于一种类型，既有为她在世界范围内赢得广泛读者的《荆棘鸟》这样的家世小说，也有使她在学术界获得崇高声誉的《罗马主人》那样的历史小说，还有《密萨龙基的淑女们》那样的言情小说，以及《第三个千年的纲领》那样的理念小说，等等，内容繁多，形式各异。

麦卡洛的著名长篇代表作《荆棘鸟》是在她构思了四年、并作了大量的调查工作以后，才开始动笔写就的。这是一部传奇式的家世小说。作品刻画了克利里家族中的女主人公梅吉·克利里与神父拉尔夫之间缠绵悱恻、充满矛盾的爱情，描写了克利里一家三代人的生活，时间跨度长达半个多世纪之久。

克利里一家原先住在新西兰，克利里先生以剪羊毛和帮人做杂活维持家庭生计。正当他面临失业时，收到了他的姐姐玛丽·卡森的一封信，让他们一家搬去澳大利亚帮她管理牧场。

克利里带着妻儿风尘仆仆地来到了德罗海达牧场，在这里他们遇见了拉尔夫神父——一个年富力强、野心勃勃、却没有任何背景的教士。他希望能够通过玛丽的财产，登上罗马教皇之下红衣主教的宝座。同时，拉尔夫对克利里的女儿梅吉也偏爱有加，呵护备至。

天长日久，梅吉和拉尔夫神父结下了亲密的友谊，随着梅吉年龄的增长，他们的感情也逐渐加深。这引起了梅吉的姑母——那个富有而乖戾的老太婆的嫉恨。这个阴森倔强的老女人也深爱着神父。为了报复神父对自己的漠视，她在临死前为神父安排了两条路：一是将她的一千三百万英镑的庞大家产留给克利里一家，这样梅吉就会成为令人羡慕的富家小姐而与拉尔夫分道扬镳；或者将产业遗赠给罗马天主教会，条件是教会能够"赏识"拉尔夫的价值与才干，并由拉尔夫神父掌管她的财产。

拉尔夫在经过了一番矛盾和痛苦的内心冲突之后，终于向自己的野心投降，选择了后者。从此他离开梅吉，开始了他的飞升之路。同时他也为梅吉一家安排了很好的生活。后来，梅吉家经历变故，拉尔夫神父赶来帮助和安慰哀痛欲绝的梅吉，他告诉梅吉虽然自己非常爱她，但他永远不可能和她结为夫妻。不久，他升任主教。

梅吉嫁给了她家新雇的剪毛工卢克——一个相貌酷似拉尔夫神父的人，并跟他离开了德罗海达。卢克并不爱梅吉，他娶梅吉只是想用她的钱买一个牧场。他为了挣钱，不与梅吉见面，甚至在梅吉生他们的第一个孩子时，他都拒绝去看她。而此时深爱着梅吉的拉尔夫却控制不住对梅吉的感情，来到梅吉身边。他们在一个孤岛上度过了一生中最幸福的时光。梅吉终于如愿，生下了拉尔夫的孩子，取名戴恩。

二战爆发时，拉尔夫已晋升为红衣主教，他在战争中运用宗教影响保全了罗马，受到了人们的赞誉。但在他内心深处，梅吉一直是他的牵挂。

梅吉的女儿长大后当了演员，活跃于澳大利亚和英国的话剧舞台，最后嫁给了德国的一位内阁大臣。而戴恩则提出要当教士，梅吉感到痛苦却无奈，只好把他送到罗马的神学院，让拉尔夫照顾他。拉尔夫和戴恩相处融洽，梅吉也沉浸于父子二人对她的亲情当中。但好景不长，在一次游泳中，戴恩为了救两个游客，葬身大海。而年过七十的拉尔夫难以承受失子之痛，也去世了。

这一切使梅吉对人生有了新的认识，"一切都是我自己造成的，我谁都不怨恨，我不能有片刻的追悔。"

小说通过克利里一家半个多世纪的沧桑变化，还反映出了澳大利亚社会的发展，包括畜牧业的进步、农场主的苦心经营和对雇工的残酷剥削。

此外，小说中的风景和民风描写，也给了人们一种美的享受。浩瀚的澳大利亚草原风光，透着一种苍凉悲壮之美，和那或许更为深邃广阔的人性之美形成了绝妙的映照。

45. 帕斯捷尔纳克与《日瓦戈医生》
pà sī jié ěr nà kè yǔ rì wǎ gē yī shēng

早在《日瓦戈医生》使鲍里斯·帕斯捷尔纳克闻名世界之前，他已被誉为十月革命以后伟大的俄罗斯诗人。他是那样的令人难以捉摸，致力于塑造"和他的世纪相争辩"的异端分子形象，以至于肖洛霍夫称他为前苏联的"寄居蟹"。在那歌颂斯大林、歌颂一切的时代，他的另一种声音被他的时代所湮没。

鲍里斯·列昂尼多维奇·帕斯捷尔纳克（1890 — 1960）生于莫斯科，父亲是犹太人，作为莫斯科美术雕塑建筑学院教授、院士，曾为列夫·托尔斯泰的作品画过插图，深受托尔斯泰欣赏，二人结为挚友。小鲍里斯的童年时代一直深受托尔斯泰的影响，尽管他第一次见到这位伟人时才四岁。在他写的回忆录中，他深情地记述了他二十岁时是怎样向躺在一个荒凉的火车站的太平间里的这位伟人道别的。他的母亲是位颇有才华的钢琴家。鲍里斯在莫斯科上学期间，父亲的好友、奥地利著

帕斯捷尔纳克

名诗人勒内·马里亚·里尔克来访，启发了他对诗歌的爱好。十多岁时，鲍里斯家又与俄国著名的音乐家斯克里亚宾结为邻居，在后者的影响下，鲍里斯下决心要当一个音乐家，并在莫斯科音乐学院的一些教授的指导下学习钢琴课程和音乐原理达六年之久，不过，他终因成绩不太理想而放弃

了音乐。也许另一个人对鲍里斯产生了同样深刻的影响，那就是他的保姆，她带着鲍里斯去参加过希腊东正教教会的各种宗教仪式，鲍里斯甚至还接受了秘密洗礼。

因母亲患病需出国治疗，除鲍里斯和弟弟以外，全家人迁居到了德国。1909年，青年帕斯捷尔纳克进入莫斯科大学法律系，后转入历史哲学系。家庭特殊环境、社会生活以及青年时代所接受的教育，使他受到优良的艺术熏陶，养成了富于哲学思考的习惯，这为他日后的创作打下了坚实的基础。

由于受外在评价的干扰，诗人最终不得不放弃了诗歌创作，转而从事翻译和散文创作。从1948年起，帕斯捷尔纳克开始创作《日瓦戈医生》，"我一直想写这样一部长篇小说，它要像一次爆炸，我可以在爆炸中把我在这个世界上看到的和懂得的所有奇妙的东西都喷发出来"。作家蛰居在莫斯科近郊的一所小屋里达五年之久，于1955年冬完成了这部小说。在小说中，诗人终于得以阐述他在以前作品中未能充分表达的思想，"我要从一个艺术家的角度作为见证人，我写了我生活过来的时代"。

帕斯捷尔纳克把书稿送给《新世界》编辑部主编西蒙诺夫。书写出来了，但是面世却不那么容易。当时正值解冻时期，这部小说有在前苏联出版的希望。但稿件经仔细审查和领导集团的指示后，遭到禁止。1956年9月，编委们在给诗人的复信中指出，小说对俄国知识分子中大部分人和人民一起投身革命的问题作出了否定的回答，因此不能刊登该小说。此前，帕斯捷尔纳克已通过意大利共产党员记者安杰利奥的活动，于同年6月和意大利共产党员出版商菲尔特里涅利签订合同，允许后者以各种文字出版自己的小说。

1957年11月，《日瓦戈医生》的意大利文版在米兰问世。此后不到一年内，欧美各国用十五种文字出版了这部小说，甚至包括荷兰的俄文版。一石击起千层浪，小说终于引起了激烈的争论。次年10月，瑞典皇家学院宣布，将当年的诺贝尔文学奖授予帕斯捷尔纳克。苏联当局对此作出了强烈反应，使作家在他生命的最后几年里受到严重摧残：作协宣布开除他的

《日瓦戈医生》剧照

会籍，共青团中央负责人和莫斯科作协建议取消他的国籍，各界展开对《日瓦戈医生》的批判……在接踵而至的压力下，帕斯捷尔纳克被迫拒受奖金，并给赫鲁晓夫和《真理报》编辑部写信作检讨，请求党中央不要对他采取极端措施。

《日瓦戈医生》主要是反映如何看待十月革命的问题。主人公日瓦戈在短短四十年间经历了一系列复杂动乱的历史阶段：1905年革命，一战，二月革命，十月革命，国内战争，新经济政策，社会主义建设，他对这些历史事件作出了独特的思考和反应。

帕斯捷尔纳克以自由主义诗人的身份从事小说创作，他在1948年到1956年长达八年的时间里，专心写作《日瓦戈医生》一书，这是他平生唯一的一部小说，也正是这部小说，引起了一场世界性的轩然大波，给帕斯捷尔纳克带来了灾难。在这部小说里，作家通过书中人物及其不幸遭遇，由个人角度写出了俄国一系列革命及战争对人的摧残，披露了作家本人对于十月革命的真实态度，展现了他的自由主义精神和宗教哲学思想。

小说的主人公尤拉·日瓦戈出生于莫斯科一个大富豪之家，母亲早逝，父亲自杀，尤拉在舅父保护下长大。后来舅父让他住在一个教授的家里，他和教授女儿托尼娅一起长大，托尼娅的母亲病故后，两人结成完美婚姻，幸福地生活在一起。

可是战争爆发后，日瓦戈被派到前线医院工作，从此开始了他多灾多难的坎坷历程和精神苦旅。

在前线，日瓦戈不幸被炮弹炸伤住进了医院，在那里他结识了已婚护士拉莉萨，一段接触后，两人相爱了，拉莉萨和科马罗夫斯基之间的关系给日瓦戈留下了一个谜。十月革命以后，日瓦戈回到莫斯科和妻子、女儿团聚，他过了一段平静的生活并在舅父的影响下成了杰出的诗人、作家。那时，莫斯科贫穷、破旧、毫无生气，日瓦戈一家人乘车迁往尤梁津城，住在了一家庄园里。在尤梁津，日瓦戈意外地找到了拉莉萨的住址，两人邂逅之后感情一发而不可收，日瓦戈陷入了痛苦的爱情挣扎中，他带着无法遏止的激情爱着拉莉萨，又痛恨自己对妻子托尼娅的背叛。

日瓦戈在尤梁津城的好景并不长远，内战爆发了，有一天他正骑马奔驰在路上，却莫名其妙地被一伙"林中兄弟"劫走，在游击队里做了十八个月的军医。他亲身经历了战争的血腥和残酷，对暴力行径十分厌恶，他思念家中的妻子和孩子，几次出逃，最后终于逃回了尤梁津城。

从战争坟墓里出来的日瓦戈蓬头垢面，背着口袋、拄着拐杖走在街上，他无法抑制对情人拉莉萨的感情，凭直觉又走到她家门口，他果然在墙缝中找到了拉莉萨留给他的钥匙和长信（此时日瓦戈家人已去莫斯科）。日瓦戈倒在拉莉萨的床上，昏昏入睡，醒来后看见拉莉萨在身边，一对大难不死的恋人重逢，激动得抱头痛哭。在拉莉萨的精心照料下，日瓦戈很快恢复了健康。

日瓦戈和拉莉萨生活在一起，可是，他非常担心会被当局再捉回去，就在这时，那个十恶不赦的科马罗夫斯基又出现在他们面前（他曾经怂恿日瓦戈父亲自杀，做拉莉萨母亲的情人，诱奸过未成年的拉莉萨……），他恐吓他们赶快离开这危险之地，于是，日瓦戈和拉莉萨仓皇逃到瓦雷金诺，住进了一个神秘的房间之中，过上了冷冷清清的露营式生活。不料，魔鬼一般的科马罗夫斯基又来陷害他们，他骗日瓦戈说拉莉萨的丈夫（已被指控，将受军事法庭的审判）已被枪决，拉莉萨和女儿必受牵连，危在旦夕，为了让她们脱离危险，他要带走拉莉萨母女，他和日瓦戈一起劝拉莉萨快逃走，谎称日瓦戈随后跟着他们，日瓦戈忍着悲痛，告别了他亲爱的拉莉萨。

拉莉萨走后，日瓦戈失去了精神支柱，他昼夜不分，神魂颠倒，终于有一天，拉莉萨丈夫归来，日瓦戈突然醒悟：他们所住的神秘的房子就是他的，他和拉莉萨都中了科马罗夫斯基的圈套！拉莉萨的丈夫第二天便自杀死去了。

日瓦戈在新经济政策之初又回到莫斯科，其家人早已被驱逐出境。他整日失魂落魄，心境凄凉，但他始终不肯接受新经济政策的优待，宁愿守穷。后来，日瓦戈又娶妻子，到一家医院上班，在上班的第一天，他就意外地摔倒在地，再也没有起来……

日瓦戈死后，拉莉萨赶来，悲痛欲绝，她帮日瓦戈的弟弟整理他遗留下的诗作，后来她便不知去向，或许是死了，或许是被抓进了集中营……

1960 的 6 月，帕斯捷尔纳克因病逝世。

在 80 年代后期，前苏联的政治生活与文化生活发生了巨大变化，思想言论相对自由了一些，文艺界开始对《日瓦戈医生》进行重新评价，其思想性和艺术性都得到了肯定和赞扬，帕斯捷尔纳克和他的小说终于在蒙冤三十余年后重见天日。1988 年，《日瓦戈医生》终于在苏联出版，1989 年，帕斯捷尔纳克的儿子替父亲领回了推迟三十年的诺贝尔奖奖金。1990 年，前苏联举办了"帕斯捷尔纳克诞辰一百周年纪念会"并开放了帕斯捷尔纳克故居作为博物馆。

46. 俄罗斯当代文学中的红色经典

é luó sī dāng dài wén xué zhōng de hóng sè jǐng diǎn

　　在如今的俄罗斯文坛上，已经很少有人提起柯切托夫这个名字。但是，在前苏联的五六十年代，他却是文坛上地位显赫的人物。其小说《叶尔绍夫兄弟》以其尖锐的现实政治内容表达前苏联修正主义的错误，得到了广大读者和一些评论家的肯定和赞扬，但也遭到了来自最高统治集团的批评。

　　柯切托夫（1912 — 1973）出生于风景如画、历史悠久的列宁格勒附近的诺夫戈罗德，优美的大自然陶冶了他的性情，以至使他在童年时代就沉迷那些美丽的传说故事，甚至还偷偷地写诗，不过从不给人看。父亲曾在沙皇军队服过役，最终返乡务农，和乡村木匠的女儿结了婚。

　　柯切托夫的童年是在贫困中度过的。他是八个孩子中最小的一个，清晨和哥哥、姐姐一样起来劳动，帮人家劈柴，扫院子、挣点微薄的工钱维持生计。在十三岁时，渴望求知的少年离开家乡，去投奔在列宁格勒上大学的哥哥，并在哥哥的帮助下得以读完了七年制中学。中学毕业后柯切托夫自谋生路，在造船厂工作，后来又利用业余时间考上了农业专科技术学校。早年的生活经历令他终生难忘，他看到了人间生活的创造者——工人阶级崇高的道德品质，他们的勇敢、诚实、友爱、坚定和忠诚，这一切都使柯切托夫受到鼓舞，用他的话说："我一直在记忆里积蓄着他们的品格和行为的范例。"

　　20 世纪 30 年代初，前苏联开展农村集体农庄运动。十九岁的青年柯切托夫渴望投身于这一伟大的改造苏维埃农村运动中去，不等毕业就下乡去了。有文化、出身好的柯切托夫曾代理过国营农场的场长，之后又在列宁格勒一家农业试验所任技术员。前后七年的农村生活的磨砺为他日后的创作奠定了重要的基础。"我穿着破鞋，走过无数的路，结识了众多人物，了解到许多情况，制定了无数播种、中耕和收割的计划。""我听到了枪声，夜间，看到被焚的集体农庄马厩上空的火光，看到来农村实习而遭到富农分子毒打和杀害的大学生。"在那里，艰苦的农村生活和激烈的阶级斗争给柯切托夫上了严峻一课，使他认识到阶级斗争的复杂性。

1938 年，是柯切托夫一生的转折点。他来到列宁格勒一家区办《布尔什维克论坛》当农业栏编辑，从此开始了他梦寐以求的笔墨生涯。起初，他只是从事农业和当地的工业报道工作，至多涉及一些地方消息。第二年，他被调到省里的《农民真理报》，任驻普斯科夫省的特派记者，深入工厂、农村、部队，去熟悉各个战线工作者的生活，广泛接触各色人等，"文学创作从报刊工作中获益匪浅：后者提供了大量的多方面的知识"，以至形成了柯切托夫日后创作中的鲜明个性。

不久卫国战争爆发，柯切托夫也以战地记者的身份投入了这场残酷的斗争。在列宁格勒被围困期间，作为《祖国战线》的随军记者，柯切托夫活跃在誓死保卫鲁卡河西岸土地的游击队员中间，和英雄们一起感受到饥饿和寒冷，以及不屈不挠的人民的伟大力量。在那些艰苦的岁月里，战士们为了真理，为了保卫祖国的荣誉、自由和独立，浴血奋战，柯切托夫觉得自己简直无法用一般的报道和特写去描绘这些苏维埃巨人的形象，于是，他决定要写小说，用小说去描绘那些可歌可泣的灵魂。

记者出身的柯切托夫对时局十分敏感，觉得尽管和平时期各项事物都在发展，但是同时也产生许多新的问题，而对这一切，应该积极行动起来，勇敢地揭示问题的实质。《叶尔绍夫兄弟》写的是苏共二十大召开前后一年多时间的事，发表于大会后的第三年，可谓"趁热打铁"。作家发现推行新的路线引发了许多问题，把自己的看法和想法写出来，传达给读者，成了这部小说的中心任务。

作家深入到工人中间，倾听来自人民的声音，最后发现，工人们喜欢的还是文学艺术中的英雄人物以及他们的光辉业绩。作家曾深情地感叹工人的伟大："你下到顿巴斯矿井下九百米深处，在采矿工作面上运行的时候，你就会见到矿工的劳动是英雄的劳动。同样，当你到高炉前去，一股炽热的空气从高炉里向你扑来的时候，你会感到你是在一群真正的人

中间。"

《叶尔绍夫兄弟》正是基于这种思想而产生的。小说写的是南方某滨海小城的一个炼钢工人世家。小说有两条交替的发展线索：叶尔绍夫家的老大、钢铁厂高炉车间的总工长和老五、轧钢车间技师季米特里支持厂长，同莫斯科来的工程师阿尔连采夫、厂技术学校的教师克鲁季里契等野心家之间的斗争；老三、剧院经理雅柯夫和老演员古良耶夫同在当时的解冻思潮影响下主张进行单纯暴露艺术的导演马舒克展开的斗争。小说一方面歌颂了以叶尔绍夫一家为代表的工人阶级为国家建设做出的巨大贡献，另一方面对随政治气候变化出现的一些具有野心的文艺自由派人物进行了揭露。小说的结局是令人乐观的：厂里的阴谋家们的罪行败露，受到应有的惩罚；剧院终于上演了反映叶尔绍夫世家事迹的剧本。而实际情况是，当时的历史环境要比书中表现的严酷得多。

该小说推出后，作家开始受到前苏联当局的冷落。但是他那及时反映生活矛盾和斗争、敢于站出来公开反对各种错误倾向的反潮流精神，在当代俄罗斯文学史上留下了深深的印迹，从而使他赢得了许多人的尊敬。

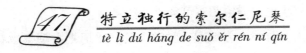

47. 特立独行的索尔仁尼琴
tè lì dú háng de suǒ ěr rén ní qín

当代俄罗斯政治界和文学界有一位经历奇特的人物，他在卫国战争中屡建战功，却在前线被己方逮捕；两度被病魔击倒，却又每次死里逃生；与前苏联当局不共戴天，与俄罗斯新政权又格格不入；在社会主义国家被强烈批判，在西方世界依然备受冷落。

他就是索尔仁尼琴（1918－2008），1970年诺贝尔文学奖获得者。索尔仁尼琴1918年出生于一个哥萨克知识分子家庭，由他当中学教师的母亲抚养成人。1924年他随母亲迁居顿河罗斯托夫市，幼年时常随母亲去教堂，那里的一切给他留下了"后来任何磨难和任何高深的理论都无法磨掉的印象"。从罗斯托夫大学数理系毕业后，又在莫斯科大学函授部攻读文学。二战爆发后，索尔仁尼琴投笔从戎，获得上尉军衔，可在他随军挺进柏林时却被自己人逮捕了。在莫斯科卢比扬卡监狱囚禁了几个月后，未经调查和审讯就被判在集中营服刑八年，原因是他与中学同学维特凯维奇通信时直呼列宁的小名，谈论了"那个长胡子的人"（显然是指斯大林）的军事失误，发泄他"政治的愤怒"。同样，他的一位当军官的同学，被判了十年。

索尔仁尼琴

索尔仁尼琴在哈萨克斯坦的偏僻地区拉干达度过了非人的四年：罪犯们前胸、后背和膝上都被漆上号码。刑满释放后他又被判为"流刑移民"三年，至1956年才被正式释放。其间，他于1952年被诊断患了癌症，并在条件简陋的劳动营医院中进行手术，旋即康复。次年旧病复发，并转移到胃部，医生诊断他最多活两三个星期。然而经过长期治疗，他又奇迹般活了下来。1957年，军事法庭复审他的案件，当他与法官们第一次交锋时，就给他们念了《伊凡·杰尼索维奇的一天》中的一些章节，最后法官给他"恢复名誉"。当然，这是得益于赫鲁晓夫全盘否定斯大林。此后，索尔仁尼琴被批准回到俄罗斯中部的梁赞市，在那里当中学教师。

得到机会的索尔仁尼琴开始在讲课之余秘密地创作。早在1937年，他就有从事创作的念头，只是因故不得不停下。在劳改期间，他构思创作了一些作品，但只记在脑子里，没有写在纸上，直到改为流刑后才逐渐整理出来。1961年，苏共二十二大的召开以及特瓦尔多夫斯基在大会上的发言给了索尔仁尼琴极大的鼓舞，他决定把某些作品拿出来发表。中篇小说《伊凡·杰尼索维奇的一天》在经过《新世界》总编辑特瓦尔多夫斯基插

手后，得到赫鲁晓夫亲自批准终于得以出版。

《伊凡·杰尼索维奇的一天》是作者熟悉的劳改营生活的切身感受，它的发表立即引起苏联以及西方的震动，受到赞扬，不过，此后他的小说一直表现出反苏维埃立场，开始被视为"异端"。1962年，苏联领导人会见文艺界人士，索尔仁尼琴在特瓦尔多夫斯基的引见下见到了赫鲁晓夫，在交谈中，赫鲁晓夫高度赞扬了他尖锐披露过去的精神，并高兴地向其他人介绍索尔仁尼琴。在自传性质的《牛犊抵橡树》中，索尔仁尼琴回忆了他当时的态度：在掌声中自己站了起来，面对大家，"像面对敌人一样"，朝两边欠欠身后坐下，意在暗示人们，"我不是你们的人"。

《伊凡·杰尼索维奇的一天》的成功使索尔仁尼琴受到了鼓舞，他抓紧时间创作。他为长篇小说《第一圈》作最后润色加工，还着手创作中篇小说《癌病房》，最重要的就是撰写《古拉格群岛》。但是他的处境在1967年举行的第四次作家代表大会之后每况愈下。索尔仁尼琴给大会写了一封大胆的信，抗议书刊检查制度和官僚主义对作家的压制，提倡文化自由，向作协领导公开挑战。一方面，索尔仁尼琴同《新世界》领导人来往频频，希望利用这个园地发表更多的作品，另一方面结识大量过去被关押过的人，几乎成为他们的代言人，并且与持不同政见者保持联系。此外，他还结识一些外国人和侨民，谋求他们的支持。很快，索尔仁尼琴的行为引起了安全部门克格勃的注意，该机构查抄了他存放在友人住宅里的手稿。他觉得自己已得到国外一些人的支持，是一个所谓"思想上享有治外法权者"，并发现安全部门并未下决心对他进一步采取行动，他便加紧活动起来。

索尔仁尼琴把《第一圈》、《癌病房》交给特瓦尔多夫斯基和《新世界》编辑部，争取在国内发表，同时又背着特瓦尔多斯基把《第一圈》手稿交给作家安德烈耶夫的儿子瓦吉姆带往美国，设法在那里翻译出版；不久又把《古拉格群岛》书稿交给安德烈耶夫的孙子亚历山大，带到了西方。1966年，他先后到原子能研究所、东方学研究所讲演；此后，又公开向外国记者发表谈话，公开阐述自己的观点。

从《第一圈》开始，索尔仁尼琴直接把矛头指向斯大林本人和前苏联当局。其中令西方感兴趣的一些"精挑细选"的细节，特别是关于斯大林的章节，开始呈现出索尔仁尼琴创作日益鲜明的政治化色彩，用西蒙诺夫的话来说，是"带有盲目的愤恨"写成的，在艺术和政治倾向上引起越来越大的争议。

1962 年的岁尾，莫斯科出版了一部轰动文坛的小说：亚历山大·索尔仁尼琴的《伊凡·杰尼索维奇的一天》（以下简称《一天》）在《新世界》杂志第十一期上发表。作者的名字是那么默默无闻，而这部小说的题材足以让苏联乃至世界震惊。在苏联文学史上，这部作品第一次真实地叙述了斯大林劳改集中营铁丝网背后的故事，而到 1953 年斯大林逝世为止，这样的集中营在苏联共有四百万犯人和二十五万看守人员。

这部小说注定要在苏联乃至西方引起轰动：当时莫斯科一家书店分配到十本《新世界》，而从中午到晚上，预订数已达一千二百册！两天之内九万四千本杂志被抢购一空；次年莫斯科单行版首版发行了七十万册，再版十万册。可索尔仁尼琴却并不想让读者震惊。他以颇为实事求是的态度写来，甚至行文有点生动幽默，描述了最令人恐怖的、闻所未闻的斯大林时代集中营铁丝网背后的阴暗面。

索尔仁尼琴细腻地描写了伊凡·杰尼索维奇·苏霍夫的生活：像往常一样，清晨五点苏联北方冰天雪地的一所劳动营敲起了铁轨，苏霍夫因病未及时跳出满是臭虫的床铺，立即被看守宣布：罚三天劳役禁闭。在拥挤的食堂里吃完早饭——麦片粥上浮着鱼骨和烂白菜叶——之后，破衣烂衫的囚犯们列队在刺骨的寒风中接受点名，等待列兵搜身（多带食物是逃跑的迹象）；在警犬和看守的监视下，队伍开始出发，到冰天冻地、渺无人烟的北方大草原上砌盖房子。短暂休息一下，居然意外地多得到一碗汤暖和暖和。晚上回到寒冷的营地，又是点名、搜身，每个人把一切能找到的东西盖在身上借以暖和冻僵的身体。

一天的劳役结束后，苏霍夫觉得自己很幸运：没被关禁闭，多喝了一碗汤，背着卫兵偷藏了一根锯条。小说结尾这样写道："简直就是快乐的

一天。在他服刑期间，从起床号到熄灯，像这样的一天共有三千零五十三天，那多出的三天是因为逢到闰年。"

苏霍夫听天由命地接受命运的安排，只希望能活下来。

《古拉格群岛》在巴黎首次出版后，赢得西方反共势力一片喝彩，同时遭到国内各界人士的强烈批判。为避免引起西方社会的强烈抗议，前苏联政治当局决定将他驱逐出境并剥夺其苏联公民权，以清除这个危险人物。1974 年 2 月，索尔仁尼琴被捕，在秘密警察押送下带往德国，不久，他移居美国。

从此，他开始大肆攻击共产主义，这一点受到了西方资本主义国家的热烈欢迎。索尔仁尼琴也十分仇恨中国社会主义，并在 1980 年台湾版《古拉格群岛》中文版序言中称："今天的共产主义中国是一个可怕的、不人道的、神秘的国家。"尽管索尔仁尼琴反对共产主义，但他也不欣赏西方的自由民主，坚持把宗教作为医治社会文明的良药，所以他在西方世界又很快遭到非议。1993 年他回到西欧访问时，除继续攻击共产主义以外，也对苏联解体后的新现实进行揭露、批判，反对暴力革命。可在 1993 年10 月事件中，他又支持炮轰议会行动。次年，索尔仁尼琴回到阔别近二十年的俄罗斯，既不参加任何政治组织，也不担任任何公职，却仍积极参加各种政治活动。

1997 年索尔仁尼琴当选为俄罗斯科学院院士。2007 年，索尔仁尼琴获得 2006 年度俄罗斯人文领域最高成就奖——俄罗斯国家奖。普京在颁奖典礼上给予了他极高的评价。

2008 年 8 月 3 日，索尔仁尼琴在莫斯科家中病逝。

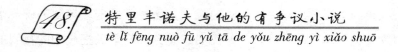

48. 特里丰诺夫与他的有争议小说
tè lǐ fēng nuò fū yǔ tā de yǒu zhēng yì xiǎo shuō

前苏联文坛上，尤里·瓦连京诺维奇·特里丰诺夫（1925 — 1981）勤奋而多产。本世纪六七十年代以来，他的作品在读者中产生了很大的影响，但是在文学评论界，他却一度是一位很有争议的人物，官方对他也一直持保留态度。

特里丰诺夫出身革命之家，他的父亲是一个苏联军队的高级将领，30年代在大清洗中蒙难。在异常的政治气氛和严酷的战争环境中，特里丰诺夫度过了他的童年和少年时期。1944年，特里丰诺夫来到高尔基文学院学习，开始了文学生涯，良好的天赋加上后天的刻苦努力，不久，他便光彩照人地登上了苏联当代文坛。1950年，他的第一部中篇小说《大学生》在《新世界》杂志上发表，随即获得了1951年度的斯大林奖金。在以后的十几年里，特里丰诺夫一直处在一个探索的过程中，其间虽然有《解渴》、《篝火的反光》等作品发表，但直到60年代末，他才以一位成熟的、特色鲜明的作家的面貌，再次引起了文学界的广泛注意。

在"莫斯科小说"中，影响最大、争议最多、内涵最为丰富，艺术上最为完整的一部是《滨河街公寓》。这部小说堪称特里丰诺夫的代表作。小说描写了这样一个故事：格列勃夫是一个来自社会下层的大学生，他从小生长于小市民的家庭，住在拥挤不堪的旧房子里。从中学时代起，他就希冀着能够掌握权势，有朝一日住到豪华公寓里去。在大学里，他的朋友都来自于豪华壮观的滨河街公寓，他们的家庭都拥有很高的社会地位。这令格列勃夫羡慕不已，而且不乏嫉妒之心。廖夫卡是同学中最威风的一个，因为他的继父是国家安全部门的一个重要人物，掌握着生杀大权。作品里有一个单纯、善良的女孩，名叫索非亚·甘丘克，她的父亲是这所大学的著名教授。格列勃夫进入这所大学后，深受甘丘克教授的赏识，并且很快赢得了他的女儿索非亚的芳心。虽然他并不爱索非亚，但是为了迅速地提高自己的社会地位，住进心驰神往的滨河街公寓，格列勃夫还是接受了索非亚的感情，成了教授未来的女婿。时世难料，风云突变，甘丘克教授在大学里受到了冲击，一些"大人物"于是以推荐上研究生为诱惑，让格列勃夫倒戈相向。诱惑难敌的格列勃夫最终"揭发"了教授，背叛了索非亚。从此以后，格列勃夫混迹于学界，如愿以偿，平步青云，竟然也成了名流。索非亚经不住打击，若干年后抑郁而亡。耄耋之年的甘丘克教授

虽然得到了平反，但孑然一身，晚景凄凉。而当年不可一世的廖卡夫，由于政治形势发生变化，继父失势，自己又不成器，终于沦落为一个酒徒和墓园看守。

这部小说震动了当时整个苏联，这不仅因为它成功地再现了一种人格，一批人的精神面貌和生存方式，还因为它触及到了滋生这类人物的社会政治历史背景，显示出尖锐的社会批判的锋芒。格列勃夫说自己什么也不是，他永远不是也不肯做一个穷凶极恶的人，但也没有能力做出一个负责任的抉择，他永远不可能违背掌权者的意志。面临考验，他总是以推诿、拖延，或是模棱两可的方式蒙混过关。一来可以蒙蔽良心，二来可以左右逢源。他之所以能够摆脱贫寒的地位而飞黄腾达，依靠的是八面玲珑这样一种卑琐的人格，但这却成为一个人安全和升迁的保障。特里丰诺夫对这种现实追根寻源，展开了社会批判的主题。他揭示了社会上有这样一种不良氛围，它培养出一些卑微的性格，一些丧失原则和信仰的人，使他们成为生活的宠儿。潮起潮落，往日的权威已经成为历史陈迹，却留下了一批格列勃夫这样的人，在民族心理和性格上留下一道阴影。特里丰诺夫的《滨河街公寓》回顾了他和他同时代的人所走过的曲折的精神历程，读来令人为之深思。

在《交换》中，特里丰诺夫则描写了一场"换房"风波。小说表现了家庭关系在物欲的挤压下变了形，关怀、温情越来越少，亲人们在感情上彼此隔阂，在熙熙攘攘的尘世纷扰中，人变得孤独和忧郁。季米特里耶夫的母亲得了绝症，他的妻子列娜于是提出换房子，与婆婆住在一起。平时，她与婆婆的关系很不好，坚决不与婆婆同住，很明显，她是想在婆婆死后得到一套两居室的住房。季米特里耶夫十分清楚妻子的目的，心中感到很痛苦：当自己的亲人濒临死亡的时候，一心算计能从她的死亡中得到什么好处，这是冷酷的，他在感情上接受不了。可是，在与妻子多年的共同生活中，季米特里耶夫已经不知不觉中习惯于服从她的意志和她的行为方式，她以一种无形的力量控制着他，使他听从摆布。这次也不例外。经过一番犹豫和痛苦，他终于帮助妻子完成了"交换"这一冷酷的行为，但是也为此付出了代价。母亲死后，他的血压突然升高，在家卧床休息了三个星期，一下子衰老了许多，整个生命都枯萎了。

在"莫斯科小说"中，特里丰诺夫不断向人物的心灵深处进行开掘。无论是《初步的总结》中丈夫因与妻子庸俗的生活理想格格不入而离家出走又回到家里的故事，还是《长久别离》中一对恋人因地位的变化而导致的感情危机，再或是《另一种生活》中为了追求事业成功，过上"另一种生活"而心力交瘁而死的主人公，都反映了人们苦闷彷徨、危机四伏的精神状态。

此外，由于特殊的家庭背景，特里丰诺夫对历史表现出浓厚的兴趣。他在作品中不断融入更加深邃的历史感和更加深刻的哲理性。在"莫斯科小说"中，他通过一些本世纪初参加过革命活动的老人形象，追求历史与现实相结合、相参照的效果，并创作了《篝火的反光》等一系列历史题材的作品。

《老人》是将历史与现实相联系，进行综合艺术处理的一次完整的实验，也是特里丰诺夫后期比较重要的作品。老人巴维尔·列图诺夫少年时代就投身革命，参加过国内战争，目睹了许多重大事变。有一次，他曾经以记录员的身份参与对哥萨克军长米古林的审判，可是后来他根据以往对米古林的了解和事件的发展，确信米古林是无辜的。这件事使他很久不能释怀，于是他决定即使用尽残年，也要搜集材料弄清事实，还米古林以清白。与此同时，列图诺夫的儿女和其他两个人，正在展开一场对房屋继承权的争夺，大家各显神通。老人列图诺夫几乎同他们生活在两个不同的世界里。他觉得他们很可怜，而儿女们则认为他千辛万苦去挖掘尘封的遥远的历史，简直是一种偏执和疯狂，十分可笑。虽然如此，老人还是割裂不了对子女的爱怜，身不由己地加入了这场尘世纠纷。

在这部回顾历史的小说中，特里丰诺夫赞美了一代革命者富有理想主义的青春岁月。在列图诺夫的身上，至今仍然保持着充满诗意和崇高感、道德责任感的纯粹的精神气质。但是，特里丰诺夫并没有刻意回避历史前行过程中的残酷性和一些不该发生的悲剧。虽然他谨慎小心，避免走向极端，但作品仍然渗透出某些不容忽视的信息，说明革命阵营内部早在国内革命战争时期，就已经出现了缺乏信任和残酷斗争的情况。老人的形象，浓缩了一代人纯真忠诚的信念，又负载着对于国家民族走过的曲折道路的深沉的思考。

特里丰诺夫是一位很有潜力的作家，他后期的创作，表现出一种很有生气的探索精神，尤其是他对历史题材的大力开掘，有希望为俄罗斯文学带来更有价值的作品，可惜他却于 1981 年去世。英年早逝，这不能不说是苏联文坛，乃至世界文坛的一大损失。1987 年，特里丰诺夫的遗作，未完成的长篇小说《消逝》发表在《各民族友谊》杂志上，并再次引起关注。这部充满自传色彩的小说，直接描绘了大清洗年代那段残酷的历史。这部未完成的作品给人们留下了一个无法弥补的遗憾。人们将永远怀念这位"特殊的"作家。

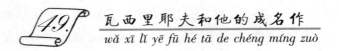

49. 瓦西里耶夫和他的成名作
wǎ xī lǐ yē fū hé tā de chéng míng zuò

《这里的黎明静悄悄……》是前苏联著名作家鲍里斯·瓦西里耶夫的成名作和代表作。小说刚发表就引起轰动，仅仅几年的时间里，它就先后被改编成话剧、歌剧、芭蕾舞剧和电影等文学样式，并获得了全苏儿童文学作品一等奖和 1975 年的国家文艺奖金。此外，作品原著还被译成多种文字，在几十个国家内畅销不衰。

小说的作者瓦西里耶夫是"属于战争培养出来的那一代人"，他的父亲是一名军官，所以他从小就生活在军队中，在军队生活的影响下长大。1941 年苏联卫国战争刚刚打响时，十七岁的瓦西里耶夫就毅然入伍，参加了保卫祖国的战争。瓦西里耶夫曾经深有感触地说过："部队就是我的童年，部队就是我的青春。"正是这两方面的因由使他不但熟悉，而且深深地爱上了军人生活。

离开军队以后，瓦西里耶夫进入剧作家包戈廷创办的戏剧创作讲习班学习写作。他从 50 年代开始发表作品，有小说，还有剧本和电影脚本等。

1969 年，他在《青春》杂志上发表了著名的中篇小说《这里的黎明静悄悄……》，因此一举成名。此后，他又先后创作出了长篇小说《未列入名册》（1974）、短篇小说《老牌奥林匹亚打字机》（1975）和《老战士》（1976）等，名噪一时。

瓦西里耶夫开始创作战争题材的作品，可以说是受了一种"不得不写"的倾诉欲的驱使。"自己经历过的事情是难于忘怀的，它使人想起旧创伤的疼痛，重大不幸的苦楚，在人群中一闪而过的面孔……来自外部的小小的震动，在你面前就会出现一系列完整的画面。""我想把我的遭遇告诉现在正是十九岁的人们。"于是他拿起笔开始了对旧时的人、事、物的回忆和歌颂。《这里的黎明静悄悄》则是他唱出的最为优美的一首颂歌。

作者脑海中的一段惨痛记忆是这部作品产生的驱动力……

那是在 1941 年 7 月 9 日。当时，苏联卫国战争的烽火刚刚燃起。瓦西里耶夫和他的共青团狙击营的战士们到奥尔夏郊区的森林里去执行第一次任务，同德国破坏分子作斗争。他们来到一块林中空地，地上长满生机勃勃的绿草，空气中弥漫着被阳光晒暖的树叶和青草散发出的阵阵芳香，到处呈现出一种幽静、祥和的气氛；然而，就在这平和的林中空地上，在散发着阵阵幽香的绿草地上，却躺着两具农村姑娘的尸体。她们因发现了敌人而惨遭法西斯破坏分子杀害。

虽然后来瓦西里耶夫又看到了不少惨痛的事情以及不幸的死亡，但这两个素不相识的姑娘的死亡却使他久久难以忘怀，随着岁月的冲刷，不但没有磨灭，反而更加清晰地印刻在瓦西里耶夫的心上。受了这个"记忆的驱动"，瓦西里耶夫终于创作出了《这里的黎明静悄悄》这部脍炙人口的杰作。

小说以 1942 年苏联卫国战争初期为背景，描写了一个朴实无华的苏军准尉和五名性格各异的女兵追歼十六名德寇的故事，并通过他们表现了苏联普通士兵的坚韧意志和自我牺牲的高尚品质。

苏军准尉费多特·华斯科夫出身农家，身世凄凉，他的学历只有小学四年级的水平。他参加过苏芬战争，而且当他在前线与死神苦苦搏斗时，他的妻子却与人私奔了，只留下一个的年幼的儿子，这个孩子在一年后也夭折了。

五位女兵身世悬殊，个人的经历和梦想也各不相同。班长丽达是一位战争英雄的寡妻，她坚毅沉稳，不苟言笑。丈夫牺牲后，她把三岁的儿子交由母亲照顾，自己毅然参军，去完成丈夫的遗志。索尼娅是一名大学生，她父亲是一名医生。她性格温和、恬静，喜爱诗歌，在军队里也没放弃过读诗。李莎是一位在林区长大的姑娘，她对生活的体验就是艰苦和孤寂，她曾暗恋过一位猎人，并渴望得到他的亲吻，但却只得到了冷漠的回应，现在她的心里只爱着华斯科夫。任卡出身军官家庭，性格开朗、活泼真诚，曾经爱过才貌双全的有妇之夫卢任上校。加莉娅是位矮个姑娘，她无父无母，性格孤僻，却喜欢幻想。这些调皮好动，叽叽喳喳的女兵们颇使刻板成性的华斯科夫大伤脑筋。

一天清晨，丽达在树林中发现两个全副武装、手拿炸药包的德军士兵，华斯科夫断定他们是要去炸基洛夫铁路。于是带领丽达、任卡、加莉娅、索尼娅和李莎五名女兵前去追击。准尉带着他的女兵们抄近道，沿着他在苏芬战争时开辟的小路直穿沼泽地，历尽艰难，终于在傍晚时分到达预定位置，并选好了阵地。

一夜无事，黎明悄悄地来临，德寇也在这时出现，一共十六个，敌情突变，准尉只好改变战斗方案。他派李莎回驻地请求援兵，并且姑娘们一起拖延时间，但战斗最终还是打响了。索尼娅首先阵亡，接着受了惊吓的加莉娅也被敌人当场打死。为了掩护丽达和任卡，准尉的手臂中弹受伤，挣扎着涉过沼泽地。他发现了深陷淤泥的李莎，这才知道援军无望了。准尉回到驻地，找到丽达与任卡，他们像亲人一样相互拥抱、亲吻。

敌人再次进攻，最后的战斗打响了，他们抱着一个共同的信念投入战斗，那就是"绝不能让敌人前进一步"。丽达受了重伤，任卡为了掩护战友中弹牺牲，准尉把丽达抱到安全的地方，帮她包扎好伤口，丽达不想拖累战友，趁准尉离开时，开枪自杀。准尉埋葬了丽达和任卡，随后，他又凭着他猎人一样的机敏，找到了敌人的藏身之地。并用已经没有子弹的手枪和不能爆破的手榴弹俘虏了四个敌兵。他拼着最后的力气，把俘虏押到自己人的驻地。

许多年以后，当白发苍苍的华斯科夫和丽达的儿子阿尔培特——一位火箭部队大尉，一起来到这旧日的战场时，人们才发现这里的黎明仍然寂静无声。

瓦西里耶夫擅长写战争题材，但他尤其喜欢以抒情的笔调表现女战士的英雄主义业绩，这才是他与众不同的地方。瓦西里耶夫在答《书的世界》杂志记者问时曾谈到过这个问题，他说："我选择了姑娘们作为主人公，使我有可能赋予作品以更突出的道德含义和更强烈的感情色彩。"他认为如果一个士兵牺牲在战场上，虽然令人痛心，但也是严酷的斗争中所必然发生的事情，是在所难免的。然而，如果年轻的姑娘倒毙在敌人的子弹之下，这却是令人发指的悲剧，因为她们本是"为了爱和繁衍后代而来到人间的"。

在《这里的黎明静悄悄》中，瓦西里耶夫把女兵们对未来的憧憬和对幸福生活的渴望，与血腥的残酷战场穿插描写，使它们形成鲜明的对比。最后作品又以姑娘们葬身战场，来反衬出法西斯强盗给苏联人民带来的巨大灾难，从而诅咒和控诉了残酷的战争给整个人类所带来的灾难和不幸。

看过这部小说的人，往往会产生一些疑问。他们迫切地想知道：作品所描写的故事有多大的真实性？作品的主人公是否有其现实中的原型？对这些疑问，瓦西里耶夫曾通过答记者问和答读者问都作了解释。他说小说的情节是以真实为基础的，但主人公则不是以某一个具体的人为蓝本的，而是综合形象。

作品中故事的原型，发生在前线通往穆尔曼斯克铁路线附近的前沿阵地。希特勒分子企图切断这条路线，破坏苏军部队和装备的运输。他们向苏军后方派了三个伞兵小队，其中两个小队被消灭，但还有一个却隐藏在森林里，没被发现。他们袭击了一个会让站。而在这个会让站驻守的却不是一支作战部队，他们只有数量不多的士兵，其中还有一些是残废者、伤员和老头儿，装备也只有几支步枪；但是他们并没有丝毫的畏缩，而是同

法西斯匪徒进行了殊死的搏斗，一直坚持到援军到来，最后只有一个中士活了下来。

在小说中，用一群活泼可亲的女兵来替换现实中那些老弱病残者，并不是随意为之，作者考虑到二者的性质相似——他们都不是作战部队，所以替换也顺理成章。

作者瓦西里耶夫从小在军队中生活，长大后参军，仍跟军人打交道，所以对军人的生活非常熟悉。长期的耳闻目睹，也使他心中留下了不少性格鲜明的军人形象，这些都是他在作品中塑造战士形象的原型材料，准尉华斯科夫就是这些军人形象的综合。

瓦西里耶夫从鄂木斯克步兵学校毕业后，曾被任命为女高射机枪排的排长，指挥过一个女兵排，作品中华斯科夫准尉和女高射机枪手们之间的许多细节，就是作者那时的亲身经历。瓦西里耶夫后来回忆说："尽管她们以女性所特有的全部心机使我不得安宁，但是，现在我依旧怀着温暖和感激的心情回想起这些快乐的、永远不灰心丧气的姑娘们。"这些印象在小说里也有所反映。但是，女主人公们都是综合形象，这是作者一再强调的。

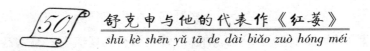

50. 舒克申与他的代表作《红莓》
shū kè shēn yǔ tā de dài biǎo zuò hóng méi

叶戈尔·普罗库金是一个年近四十、曾经是惯窃集团成员的罪犯。即将刑满释放之际，劳改营干部找到他谈话，问他出狱后何去何从。他诚挚地回答说："无家可归，但我热爱大自然，爱干农活。"出狱后，面对醉人的春天气息、湛蓝的天空和沸腾的生活，他更无限激动，急切地思索着自己的生活去向。

作为一个惯窃集团的成员，叶戈尔尽管热爱生活，赞美生命，并且具有坚毅的性格，但他的弃旧图新，仍是一个内外都充满矛盾斗争的艰难过程。刚开始时出于习惯他不自主地又回到了惯窃集团——"马林果"窝子，并接受了盗首"翻嘴巴"的一沓钞票。在女友柳芭家，他第一次跟她谈话时，也情不自禁地要撒谎作态，晚上还企图偷偷溜进她的卧室。在城里，又因女邮政员拒绝陪他逛街，他便"内心受到震动"和"痛苦"，为了宣泄胸中之愤，竟不惜花费三百卢布，在旅馆里通宵达旦，狂饮烂醉。

然而在沸腾的现实生活和善良朴实的女友柳芭的影响下，叶戈尔的生活和心灵都在发生变化："马林果"窝子的乌烟瘴气使他感到厌倦憋闷，感到"心灵在哭泣"。只有和柳芭在一起时，他才体验到了"用鞋后跟把自己那腐烂的生活钉进棺材里"和"像一只鸟儿那样振翅起飞"的乐趣。当他和柳芭一道去探望把他拉扯大的老母亲时，他的心要碎了，他不得不清清嗓子，免得泣不成声。柳芭此刻终于明白，她之所以一开始就不可阻挡地被叶戈尔吸引住，原因就在于他是一个坚强的、可靠的、善良的人。

叶戈尔坚决地斩断了同"马林果"集团的联系，决心彻底抛弃旧日的自我，做一个全新的正直而高尚的劳动者。为了不让自己变成一个经常看人家眼色行事的拍马屁的人，他拒绝给农场场长当司机，自动选择了艰苦劳累的拖拉机手职业，而且决心要成为一名劳动突击手。然而，以"马林果"集团为代表的社会黑势力都不容许他这样做。他们先是派人来威胁拉拢，遭到拒绝后便把他杀害了。叶戈尔临死前在柳芭怀里吃力地说："钱……在我上衣里，……你和妈妈分吧。"之后，溘然长逝。

这就是舒克申的代表作——小说《红莓》。

瓦西里·马卡洛维奇·舒克申（1929 — 1974）是苏联当代著名作家和电影艺术家，从1958年发表第一篇短篇小说开始，直至逝世前的十七年间，他总共写下了两部长篇小说，四部中篇小说，五个电影剧本、一百一十多篇短篇小说。此外，他还导演了几部电影，并在多部电影中扮演了角色，最后他以电影演员的身份因心脏病突发而殉职在顿河之畔的外景场上。

舒克申于1929年生于阿尔泰地区的斯罗斯特卡村。十四岁时，他毕业于当地的七年制学校，后来进入比依斯克汽车技术学校，但是只读了一年左右便辍学了。虽然只是短短的一年时间，但在与这所学校中的汽车司机，尤其是卡车司机的相处中，他们那粗犷豪放、富于浪漫传奇色彩的生活却让他产生了浓厚的兴趣和深深的同情。在此以后，舒克申先后在一些工厂和工地当过小工、油漆工学徒、装卸工和钳工等，所有这些经历都促使他产生了一种冲动，要把它们写成书，呈现给世人看。

独特的生活经历和思想倾向，使得舒克申成为侧重人道主义和心灵探索的俄罗斯古典主义传统的创造性继承者。他认为"艺术的目的在于帮助人认识生活和自己，使人变得更有人性、更加高尚，更加美好"，"艺术的任务并不在于要努力塑造出某些理想的正面人物来，而是要寻找、发现正面的东西——善良和人性；作家所应"特别感兴趣"的东西也不是"人的外部生活"，而是人的"心灵的历史"。因而，当社会发展要求前苏联文学的描写重点从革命战争转向和平建设，从高大完美的英雄人物转向有血有肉的普通人的时候，舒克申便率先把自己的目光投向了普通人的生活。他把自己描写的重点放在揭示普通人的丰富心灵和内在美好品质上。而他笔下的那些司机、农民、工人、小公务员、农村妇女，尽管大都具有某种程度的软弱、渺小或过错，但是他们的内心深处都蕴含着积极向上的力量。他们尽管大都命运多舛，生活艰辛，有些人甚至完全"被压弯了腰"，但仍然保持着纯洁美好的心灵，苦苦探索人生的意义。他们热爱生活、热爱劳动，甚至直到生命的最后一刻，仍在坚决地跟来自社会外界和自己内心的黑暗势力和矛盾思想进行斗争。

《红莓》中的主人公叶戈尔·普罗库金就是身处逆境仍能保持美好心灵并追求理想人生的当代普通人物的典型。

残酷的命运不但没有击垮他，反而把他锻炼成了一个坚强的"棱角像钢铁那样硬的人"，并使他在经历了激烈的思想斗争后，毅然选择了全新的生活。虽然这一切最后都以悲剧收场，但叶戈尔已经从一个罪人的行列最终跨入到正直而高尚的劳动者的行列，完成了作为一个正直的人的自我复苏。同时，他的死也是对社会黑暗势力的有力鞭笞与否定。小说通过对叶戈尔的沉沦、挣扎、追求、新生和死亡这一转变过程的描写，表达了深刻的人道主义信念：人总是可以教育好的，人身上的善永远不会完全泯灭，因此任何时候都不要放弃对人的争取和教育，要用人的真、善的感情和对生活、工地、劳动的热爱来改变人性，抗拒罪恶的思想。

　　舒克申在文学创作上的成就还体现在短篇小说上。40 年代末，舒克申应征入伍，在里海舰队当了水兵。1952 年他因为有病，复员回到了家乡。在这期间他一边工作，一边自学，终于获得了中学毕业证书。在工厂、农村、工地、部队和学校的广泛的生活锻炼，给舒克申日后的文学创作打下了坚实的生活基础，因此在他的近一百二十篇短篇小说中，他描写的主人公多是生活在社会底层的小人物，舒克申以他们各自不同的命运为线索，展现了一个个独特的人生领域。苏联文学评论界认为他的作品构成了"一部完整的时代典型和时代问题的百科全书。"他笔下的人物形象大致可分为：质朴敦厚的"乡下人"，憨态可掬的"怪人"，心高命薄的"人生探索者"和当代市侩等。

　　"乡下人"群像中的"怪人"形象是舒克申笔下常见的人物，他们举止奇特，悖逆世俗常规，经常干一些在"正常人"看起来是不合"情理"的事，但读者一看便知，这些所谓的"怪人"其实是无比善良的人，天才的人，在生活中不作任何掩饰的人，他们亲切、纯洁而谦逊。

　　短篇小说《怪人》中的主人公瓦夏，心地善良、憨厚。有一次，他买东西时不小心掉了一张五十卢布的钞票，以为是别人失落的，于是好心的他向排队的顾客询问是谁丢了钱，但没有人认领这五十卢布。后来他发现是自己遗失的，又怕申明后"准会弄得大家莫名其妙"，于是又无可奈何地回到家再取出了五十卢布。虽然有点傻，但还是可以看出他的诚实与善良。

　　舒克申笔下还有一类不满足于平庸的日常生活而在追求着、探索着周围世界某种奥秘的人。如农场司机莫尼亚（《执拗的人》）缺乏应有的科技知识，还不听别人好心的劝告，竟异想天开，要设计从未存在过的永动机。

　　舒克申对城市人欺压乡下人这种现象则予以了深刻的嘲讽，批判了城市里的拜金主义和市侩习气对人的腐蚀。小说《妻子送丈夫去巴黎》描写了一个悲剧故事：柯利卡从部队复员后，"连家也没回，老母亲也没去看"，直接来到莫斯科结了婚。婚后，他发现妻子瓦丽雅是个爱财如命，贪欲大得令人吃惊的市侩。柯利卡无法忍受这种庸俗的城市生活，他想回到西伯利亚农村的老家，看望他亲爱的老母亲。瓦丽雅非但不同情，反而还嘲笑他的痛苦。感到世态炎凉、人心可畏的柯利卡最后带着绝望与愤怒，打开煤气自杀了。

舒克申不单是个作家，还是个著名的电影艺术家。他与电影业结下不解之缘纯粹由于一次巧合。舒克申从汽车技术学校辍学以后，曾在莫斯科郊区工作过，那时他很喜爱看电影，一个偶然的机会使他有幸结识了著名的电影演员兼导演佩里耶夫。佩里耶夫一直是舒克申崇拜的偶像，他们俩进行了长时间的谈话。也许正是这次交往激起了舒克申对电影艺术的兴趣，使他产生了投身影业的想法。

为了实现自己的理想，也为了佩里耶夫对自己的激励，1954年，舒克申考取了莫斯科电影学院导演系，成为当时著名电影导演罗姆的学生。1958年，舒克申第一次走上了银幕，主演了影片《两个费多尔》，同年，他还发表了自己的处女作、短篇小说《马车上的两个人》。

经历了最初的探索，舒克申渐渐在文学和电影两个领域内都崭露头角，于是他萌发了一个念头：把自己在文学与电影艺术中的才华结合起来那该有多好！于是在1973年诞生了舒克申根据自己的中篇小说《红莓》自编、自导、自演的一部电影《红莓》。这部影片获得了全苏电影节主奖（1974）。

其实，这已不是舒克申初尝胜利的滋味了。早在1964年，舒克申就曾自编、自导了影片《有这样一个小伙子》，并荣获了全苏电影节奖，后来又在第十六届威尼斯国际电影节上荣获了圣马克金狮奖。1966年，他的第二个电影剧本《你们的儿子和兄弟》（1965）拍成电影上映，这次却引来了一些批评，说影片把城市与农村、城里人与乡下人对立起来，美化了农村和乡下人。但舒克申不同意人们的指责，他认为影片中表现的是农村人口流向城市，农村有所失，而城市无所得的社会和道德问题。他不赞成消灭城乡之间的差别，但主张必须提高农村的教育文化水平，改善农村的生活条件。

此外，舒克申还创作了剧本《精力充沛的人们》，主要揭露城市中犯罪分子的活动。舒克申把那些从事投机倒把、坑害人民和国家、牟取非法利润、过着醉生梦死生活的人称为"精力充沛的人们"。作者在结尾设计了一个类似果戈理的名剧《钦差大臣》的哑剧结局：当警察来逮捕他们时，全体"精力充沛的人"目瞪口呆，一动不动。剧本告诉人们，城市是罪恶的渊薮，相比之下，农村的社会道德水平要高得多。

舒克申用电影这种独特的手段，为自己的才华与艺术才能找到了一个绝好的融会点，让自己的社会理想和人生信仰在其中得到了淋漓尽致的抒写。

这位才华出众的作家和艺术家在苏联文坛和影坛上留下了一道短促而耀眼的光芒，令世人无比惋惜和遗憾。

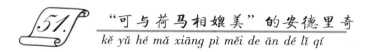

51. "可与荷马相媲美"的安德里奇
kě yǔ hé mǎ xiāng pì měi de ān dé lǐ qí

伊弗·安德里奇（1892 — 1975）是南斯拉夫著名诗人和小说家，他因为作品中史诗般的力量和作品反映生活的广阔，被人们誉为"可以与荷马相媲美"的作家。1961 年，他又以同样的原因，即"以史诗般的力量从祖国历史中摄取主题并描绘人类命运"，而被授予诺贝尔文学奖。安德里奇是南斯拉夫第一位获得此项大奖的作家。这次奖项的获得，不仅为他的祖国争得了荣誉，而且也为安德里奇自己的创作生活增添了耀眼的光彩。

安德里奇出生在波斯尼亚一个贫苦的手工业者家庭里。安德里奇两岁时父亲去世，他由母亲抚养长大。安德里奇在波斯尼亚的维舍格列城度过了清苦而丰富多彩的童年，他从小就听说了许多关于故乡大桥的传说，这些传说在他幼小的心灵里播下了文学的种子，对他后来走上文学道路有着极为重要的意义。

安德里奇在维舍格列读完小学后，又到波斯尼亚的首府萨拉热窝读中学。中学毕业后，他继续深造，曾先后在萨格勒布、克拉科夫和维也纳等大学攻读哲学和历史。在此期间，他加入了"青年波斯尼亚"组织，与波斯尼亚人民一同反抗奥匈帝国的统治，并为本民族的独立和解放而勇敢斗争。1914 年 6 月，"青年波斯尼亚"组织的一名成员刺杀奥匈帝国皇储菲迪南大公，引发了第一次世界大战，身为该组织成员的安德里奇也因此被捕。此后的整个一战期间，安德里奇都是在监狱中度过的。

安德里奇在狱中阅读了大量的英、法、俄和德国著名作家的作品，同时开始尝试诗歌创作。1918 年一战结束后，他出版了第一部诗集《越过浮桥》，这也是他的第一部作品。第二年，他又推出第二部诗集《动乱》。安德里奇在这一时期的创作，主要以抒情性的诗歌形式，表达对奥匈帝国统治下波斯尼亚人民命运的忧虑，同时也反映人生的苦难和命运的无常，所以字里行间充满了惶恐、悲观和绝望的色彩。

安德里奇出狱后，进入奥地利的格拉茨大学学习法律，并于 1923 年获得博士学位。毕业后，又进入南斯拉夫新政权的外交部工作，曾先后任驻意大利、罗马尼亚、西班牙、瑞士和德国的大使。1941 年，当希特勒的军队要向南欧巴尔干半岛各国发动进攻时，身为驻德国大使的安德里奇竭尽全力从中斡旋，直到德军向贝尔格莱德发动攻势的前几个小时才撤离回国。据说，他刚刚到达贝尔格莱德，德国的轰炸飞机就紧跟着到了，并且立即开始了对该市的狂轰滥炸。

长期做外交官的经历，使安德里奇的创作进入了新阶段。他意识到要想表达更加广阔和深刻的生活，小说是最好的形式，于是他毅然放弃了诗歌创作而改写小说。他在繁忙的外交公务之余，写出了许多以 16 世纪土耳其人统治下的波斯尼亚人民的生活为背景的短篇小说。这些作品涉及到波斯尼亚的历史、社会和各阶层的人民，表现的生活领域非常广阔。在创作过程中，他注重对人物心理的研究和刻画；语言优美，带有浓郁的乡土气息。安德里奇卓越的叙事才华在这里初露锋芒。这些作品都被收编在《故事集之一》（1924）、《故事集之二》（1931）和《故事集之三》（1936）三

部小说集中。安德里奇在这一时期，还写了《波斯尼亚的故事》，但直到
1945 年第二次世界大战结束后才得以出版。

第二次世界大战中，南斯拉夫沦陷，安德里奇被迫脱离政界赋闲在
家，实际上是被德军变相地软禁起来。"祸兮福之所倚"，安德里奇虽然被
软禁，活动受到限制，但这却使他有了充分的时间和精力来从事文学创
作，于是他潜心投入到创作中去。在"摇山撼谷的枪炮怒吼声中，在一场
空前巨大的民族浩劫的阴影下"，安德里奇完成了他的传世之作——被人
们称为"波斯尼亚三部曲"（以下简称"三部曲"）的三部长篇小说。这
三部作品在 1945 年，随着南斯拉夫联邦社会主义共和国的诞生而同时
出版。

"三部曲"从波斯尼亚历史中摄取素材，以记事体的方式熔个人命运、
历史变迁以及民族兴衰于一炉，生动全面地描绘了南斯拉夫漫长而又曲折
的历史进程。

"三部曲"中的第一部《德里纳河上的桥》（原为副标题，其正标题
为《维舍格列纪事》，因此又名《维舍格列纪事》），是一部史诗性的作
品。它是安德里奇的代表作，它的出版为安德里奇赢得了世界性的声誉。
小说像一幅徐徐展开的画卷，以一座大桥的兴废为主线，向读者展示了 15
世纪中叶至 19 世纪初第一次世界大战爆发大约四百五十年间，波斯尼亚在
奥斯曼土耳其帝国和奥匈帝国的占领下所发生的重大历史事件，反映了波
斯尼亚人民在外族统治下所遭受的种种苦难，以及他们为争取自由和民族
独立所进行的英勇顽强、可歌可泣的斗争。

小说没有一个中心故事，也没有一个贯穿始终的人物，德里纳河大桥
就是贯穿全书的主人公。它是历史的见证和民族的象征，它镌刻着维舍格
列城四百五十多年间编年体的大事记。故事中的人物命运，都和大桥的兴
衰息息相关，他们经历过水灾、瘟疫和战乱，一个个相继死去。书中穿插
了许多感人的斗争故事：丞相穆罕默德·巴夏幼年时作为"血贡"去服兵
役，而人民为了逃避"血贡"，不惜把自己的孩子弄伤残。役夫拉底斯拉
夫反抗残暴、贪婪的土耳其官吏阿比达加，被施行惨无人道的酷刑，他坚

贞不屈，人民把他看做一尊立于河水上空的殉道者的塑像。美丽无双、纯洁无瑕的少女花妲，为了逃脱富商的逼婚，勇敢地从桥上跳河自尽。在这些可歌可泣的故事中，寄寓了作者对异族统治以及封建制度的愤慨和不满。

《德里纳河上的桥》是一部用小说形式写成的关于波斯尼亚人民的苦难与抗争的史诗，开辟了长篇小说的新形态。它以大桥为媒介，通过奇特而精巧的艺术构思，用较短的篇幅，轻松自如地容纳了一个国家四百五十年的历史，表现了深刻的主题，因此深得人们的赞扬。同时，作者还从民间文学中汲取营养，学习民间文学的表现手法，娴熟地运用民间故事，这都大大增强了作品的传奇色彩，从而使作品更加引人入胜。

作品出版后，人们对之赞不绝口，认为它具有托尔斯泰的纪念碑式的风格，同时，还具有屠格涅夫的抒情笔调，安德里奇也因此被誉为"完全可以与荷马相媲美"的作家。1961 年，安德里奇因为这部小说十分成功地反映了"自己国家历史中的事实和命运"，具有"史诗般的力量"，作为一名"小说艺术大师"，摘取了诺贝尔文学奖的桂冠。

《特拉夫尼克纪事》是"三部曲"中的第二部。它生动地描述了拿破仑时代，在作者的故乡特拉夫尼克城所发生的法国与奥地利之间的冲突，深刻感人地反映了当地人民苦难深重的生活和不幸命运。

古城特拉夫尼克没有土耳其的总督府、法国领事馆和奥地利领事馆，这使它成了东西文明的交汇点。不同种族之间的矛盾、不同国家之间的较量，以及被压迫者与压迫者之间的斗争，都在这个弹丸之地达到了巅峰。

《来自萨拉热窝的女人》是"三部曲"的最后一部，它完全取材于现实生活。作品描写了一位女高利贷者的一生。她在商人父亲的影响和"教诲"下，一心敛财聚富，终生未婚，在凄凉寂寞中过完一生。

第二次世界大战后，安德里奇长期担任共和国议员和南斯拉夫作家协会主席职务，多次获得联邦政府颁发的勋章和荣誉称号，同时还兼任塞尔维亚科学院、南斯拉夫科学艺术院和斯洛文尼亚科学院的通讯院士。

在这期间，安德里奇仍然笔耕不辍，先后创作出了《新故事集》

（1948）、《丞相的像》（1948）、《泽科》（1950）、《在枥树下》（1952）、《罪恶的牢院》（1954）和《面容》（1960）等中、短篇小说。

《罪恶的牢院》是安德里奇创作后期的一部重要作品。这是一部容量极大的中篇小说，它通过描述一位无辜的正教修道士含冤入狱的经过，展示了奥斯曼帝国末期土耳其统治者的暴政以及波斯尼亚广泛的社会生活。作品中的土耳其监狱实际上是整个人间生活的象征，《罪恶的牢院》也就是人世间一切暴政的缩影。

1956 年，安德里奇还曾来中国访问，他参加了鲁迅逝世二十周年的纪念大会，写下了《鲁迅故居访问记》等文章。1975 年安德里奇病逝于贝尔格莱德，留下的两部遗稿《我的期望与遭遇》（1976）和《孤独房子》（1977）在他故去后先后出版。为了褒奖他为祖国文学事业所做出的贡献，南斯拉夫政府以他的名字设立了文学奖金，并建造了几座纪念博物馆。

52. 米兰·昆德拉《生存不能承受之轻》
mǐ lán · kūn dé lā shēng cún bù néng chéng shòu zhī qīng

米兰·昆德拉 1929 年出生于捷克摩拉维亚最大的城市布尔诺市，父亲是布尔诺音乐学院的钢琴教授。1948 年昆德拉中学毕业后进入布拉格查理大学哲学系学习，时断时续，未能毕业。曾拜师瓦·卡普拉尔教授学作曲。1958 年艺术学院电影专业毕业之后，在该院外国文学教研室任助教，后聘为副教授；当过工人，爵士乐手，最后才效力于文学与电影。

在很短时间内昆德拉就有了同时代大多数人或多或少都有过的经历："狂热而盲目的激情爆发、理想的破灭、被校方开除，及对现行制度尤其是文化政策"的反抗。昆德拉在布拉格艺术学院任教期间，一度带领学生倡导了捷克电影的新潮。就像有人说的那样："年轻的昆德拉曾被共产主义抒情诗般的幻想所触动"，因而参加了共产党，这在他的早期诗集《人，一座广阔的花园》（1953）、《独白》，以及为歌颂捷克民族英雄尤·伏契克而创作的长篇抒情诗《最后的五月》中有所流露。这可以视为他的单纯时代。

米兰·昆德拉

捷克位于东欧，地处西欧与苏俄之间、欧洲中部，是连接两大文化的结合部，各种思潮交汇融合。那里的作家东望十月革命的故乡彼得堡，西望西方现代艺术的大本营巴黎，经受强烈而复杂的双向文化冲击。米兰·昆德拉在许多场合都认为，捷克不属于东欧，在他看来东欧只是雅尔塔会议产生的一个政治地理概念。心理上回归欧洲，始终成为昆德拉小说的一个情结。

20世纪初，现代艺术在捷克得到充分发展，从20年代起，更与前卫的意识形态与无产阶级意识联系在一起。但是随着二战的结束，捷克同样经历着曲折社会主义的道路，处在这样历史背景的作家也面临着历史走向的严峻选择。当时凡与社会主义即党性文学原则相悖的文学流派及人物均在打击、批判之列，或作品遭禁，或身陷囹圄，流落国外。

到50年代中期，昆德拉思想发生了变化，极力从幻想中挣脱出来，一直在为破除个人崇拜，打破专制文化桎梏，破除人为"禁区"，反对文艺作品评论中那种简单粗暴的、庸俗社会学的"左倾教条主义"倾向，为广泛开拓艺术样式、文学题材、人物刻画的领域而斗争。昆德拉一方面率一批作家发起政治运动向党要创作自由，另一方面积极通过他的作品向"斯大林主义"发起进攻。这在《玩笑》（1967）中表现得比较充分。

《玩笑》描写一名布拉格查理大学学生会干部、捷共党员卢德维克在1948年暑假中，写了一封明信片寄给一个庄重而又漂亮的女生玛尔盖达。

那时她正在接受意识形态方面的党员集训。"这个女学生的庄重就是那个时候流行的'不皱眉头，只带笑容'，因为每个人如果自己不表示他的日子过得挺美，就会立即使人怀疑他是对工人阶级的胜利不高兴，或是被怀疑为自私地沉溺于某种个人忧伤之中。"明信片上写的是："乐观是麻醉人民的鸦片烟！托洛茨基万岁！"卢德维克原是想开个玩笑，显示几分幽默。不料他的好友、大学里党的领导才曼内克却不认为这是玩笑，结果卢德维克被开除党籍、学籍，发落到矿区服劳役，付出了沉重的代价。

直到 1965 年，随着政治气候的改变，卢德维克才大学毕业，分配到科学院供职。他遇到了那位党的领导人的妻子海伦娜，卢德维克认为这位党的领导人对他的苦难负有责任；于是他约海伦娜去外省游逛，企图通过侮辱这个女人来为自己报仇。如愿以偿以后，确信已狠狠羞辱了才曼内克，结果发现，这位党的领导人早已从极"左"分子变为极右分子，早已与妻子分居并另寻新欢了，摇身一变成为反斯大林主义英雄，为青年所崇拜。这样，对他妻子施行的肉体惩罚就变得毫无意义了。

由于米兰·昆德拉积极投身于 1967 年至 1968 年在捷克发生的"布拉格之春"，强烈反对苏联在"主权有限论"口号下入侵捷克，他被开除出党，并于 1975 年被迫流亡法国。1979 年 11 月，昆德拉被取消捷克国籍，即使 1990 年哈韦尔上台后也未返回捷克。由于昆德拉文学名望日益增加，后来法国总统特授他法国公民权。1975 年在雷恩法国大学担任客座教授，后在巴黎大学任教。与此同时继续文学创作，以法、英文陆续出版了短篇小说集《可笑的爱情》（1968 以前）、长篇小说《玩笑》（1968）、《生活在他方》（1973）、《为了告别的聚会》。

其中《生存不能承受之轻》被《华盛顿时报》评论为"20 世纪最伟大的小说之一"，昆德拉借此奠定了他"世界上最伟大的在世作家的地位"。昆德拉在《小说的艺术》中特意提到书名中的 Being，他强调这是一个令人感到不自在的词，它不是 existence（存在），不是 life（生命），也不是 condition（状况）。反对把莎翁的名句"To be or not to be"（《哈姆雷特》）译成"活着还是死去"。being 的意思比生命更广泛，比"在"更富

有内涵。这个词来自海德格尔。"存在之轻"即人生缺乏实质，人不能承受轻飘的实质，正如本文开头所引用的一句话。小说中，托马斯大夫一连受了五个偶然的支配，走入了偶然为他设计的圈中，一切真正的本体选择成为不可能，人生的实质变得虚无。

和其他小说一样，昆德拉在处理其作品两大基本题材——政治与性爱时，能以哲人的角度将之提升到形而上角度加以考虑、描述。当然昆德拉总是担心别人把他的作品看做一般意义上的政治——历史——社会的如实再现，他再三强调，他的作品是对"人的基本存在状况"的思考。1980年，西方某电视台举办昆德拉小说研讨会，有人说《玩笑》是对斯大林主义的有力控诉，昆德拉马上说："请别让你们的斯大林主义难为我了。《玩笑》是一本爱情小说。"在艺术形式上，米兰·昆德拉以其创作实践不断进行小说形式、小说使命的探求，逐步形成昆德拉式幽默与来自音乐的"复调"特征，把小说理念化：小说既像散文，又像随笔，连缀章节的多是信手拈来的寻常事，勾出西方社会的形形色色，把狭义的文学扩展为广义的读本。在《生存不能承受之轻》中，第三人称介入，"我"肆无忌惮地大篇议论，成为一种理念与文学形式的结合，杂谈与故事情节结合，先锋与传统结合的产物，显然很难严格区分这种读物。阅读不再是像以巴尔扎克为代表的传统小说那样根据人物形象去理解世界，而是被人物的思考引向文本以外的思想世界。从而，昆德拉实现了他对存在主题的关注，而不是人物。

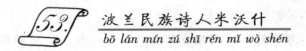

53. 波兰民族诗人米沃什
bō lán mín zú shī rén mǐ wò shén

切斯瓦夫·米沃什（1911—2004）是拥有世界性声誉的一位当代诗人，由于他"深刻地揭示了人在充满剧烈矛盾的世界上所遇到的威胁"，表现了"人道主义的态度和艺术特点"，瑞典文学院把1980年的诺贝尔奖授予了他。米沃什是第三位荣获诺贝尔文学奖的波兰人，也是第一位获此项殊荣的波兰诗人。

米沃什出生于立陶宛维尔诺附近的谢泰伊涅，童年随父亲去俄国，当时正值第一次世界大战，战后回到立陶宛。1929年，米沃什入大学，攻读法律和经济学，曾受马克思主义思想影响，但他最喜爱的却是文学，尤其对诗歌特别钟爱，他在大学里便和另一位作家一起办刊物，成立文学团体，自己也发表诗作，二十几岁时初露锋芒，发表了两部诗集《关于凝冻时代的诗篇》（1933）和《三个冬天》（1939）。

1939年，德国法西斯入侵波兰，米沃什积极参加反抗侵略、维护祖国的文化宣传活动，1940年，出版《诗集》，1942年，在搜集整理波兰各地人民反法西斯诗歌的基础上，编了一本诗集《独立之歌》。米沃什亲眼目睹了法西斯分子屠杀犹太人的罪行并亲自参加了波兰人民的反抗斗争，他对侵略者深恶痛绝，也坚信反动的希特勒终有一天会被正义的力量打倒，他这种反抗侵略，热爱正义与和平的思想在诗歌作品中充分地表现出来。

米沃什关心社会政治，同情人民疾苦，但他从未放弃过对真正的文学艺术的追求，他在战后，曾任职于波兰外交部，当波兰政党领导人干预文学艺术，提出"社会主义现实主义"的创作方法时，他由于不满时局和这种强硬主张而迁居法国，在法国继续从事文学活动。后来，米沃什又移居美国。

50年代至60年代，米沃什出版的诗集有：《白昼之光》（1953）、《诗的论文》（1957）等。1960年，米沃什迁居美国，在美国大学执教，同时创作了大量的优秀诗作，主要诗集有《波别尔王和其他的诗》（1962）、《中了魔的古乔》（1964）、《没有名字的城市》（1969）、《太阳从何方升起，在何处下落》（1974）和《诗歌集》（1977）等等。

米沃什生长在战争年代里，他经历了时代的风风雨雨，其诗作也内容深广，感情深厚，他的大部分诗作都体现了他的人道主义思想和对正义、自由的渴望。二战前后，米沃什的诗歌风格发生了重大变化，在战前的创作初期，他热情地歌颂故乡立陶宛，在诗中描绘了故乡生机盎然的快乐情景。可是他的田园情趣很快就被法西斯战争笼上了一层阴影，他感受到战争的灾祸即将降临到波兰，不由得黯然神伤，他感慨那日园牧歌一般的童年生活一去不复返。1934年，他发表一首名为《书》的诗作，表达了他对战争的忧虑："急风骤雨的时代，灾祸已经来临。……"

法西斯占领波兰期间，米沃什亲身感受了战争的残酷，犹太人和无辜百姓们惨遭屠杀，首都华沙被战火烧掉，诗人痛心疾首。

历尽沧桑的波兰

由于米沃什的诗歌在30年代法西斯兴起之时出现了明显的主题转变，他被评论界认为是波兰30年代"实变派"诗歌的一个代表。

米沃什侨居国外期间，有一部分诗抒发了他对战乱中死难的友人的深切怀念，有的诗则借他对同行诗友的赞美讽刺当权者，《致诗人塔杜施·鲁热维奇》通过自然界事物的形象的比喻和幻想中的美好场面来描写主人公："当诗人走进这座花园，喇叭笛子都为他奏起欢乐的歌，四十条蓝色的河大浪翻滚……"只有那些自以为是的政客们才拿诗人不以为然。

米沃什的诗歌，继承了传统现实主义的风格，又有积极的发展，他所有的诗作，都爱憎分明，揭露丑恶，讽刺权贵都十分精当。例如在社会上的浮华、虚伪、欺诈等等丑恶现象代表了人类的不文明状态，米沃什反对暴政，痛恨社会的腐朽堕落，他发现由于强权统治，人民失去了应有的自由，成为历史和生物本能及意识形态的俘虏。诗人同情广大人民的命运，为他们的前途担忧，但他也相信，人民的力量是巨大的，正义必然战胜邪恶。

德国法西斯在占领波兰期间，妄图消灭波兰文化和波兰语言，众多爱国知识分子和广大波兰人一道，进行了坚决的斗争。诗人米沃什热爱祖国、热爱母语，尤其是身在异地他乡，这种感情更强烈，他认为立陶宛是神话与诗的国度，波兰的母语是世界上最美好的东西，它承载着传统文化，给他缓解了寂寞，给他带来创作的灵感。

诗人米沃什以一颗正义之心去体会人生与社会，去探索生活的真谛，他能透过纷繁的表象，把握生活的本质，他的诗，具有丰富的想象和深刻的哲理，又不乏幽默和讽刺，这一切都源于诗人的激情，来源于他对生

米沃什和夫人

活的热爱和对自由、对正义的追求。

在形式上，米沃什的诗简练、格律自由、意象清晰，常用典故、神话、传说，常用自然界的事物做比喻，因而其诗作虽内容深刻，却不至于晦涩，那深沉而热烈的感情给人以启发并催人奋进。

米沃什的人道主义思想不仅表现在诗歌中，也表现在他的小说作品中。他曾经写过几部小说，如《权利的攫取》（1953）和《伊斯塞谷》（1955）等，后者成就较高。《伊斯塞谷》取材于作者童年时的故乡立陶宛，作者描绘了一个世外桃源般的生存环境，刻画了一个名叫托马斯的纯洁少年的形象，在这部小说里，米沃什重申了其诗作中的主题：向往美好和谐的自然，歌颂纯洁善良的人性人情。小说中的主人公托马斯，是作者

童年时的影子。

总之，和平、正义、自由、民主、大自然、人的真善美，这些美与善的主题，都是米沃什诗作的不懈追求，他是为人类光明前景而歌唱的一位优秀诗人，他是波兰人民的骄傲。

54. 拉美新小说作家科塔萨尔

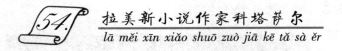

lā měi xīn xiǎo shuō zuò jiā kē tǎ sà ěr

20 世纪初的阿根廷，一个小男孩在焦急地等待着，等待着一天未归的父亲回来抱一抱他，天黑了、夜深了，母亲叹息着，可是父亲还是不见踪影。小男孩困倦了，向母亲询问父亲什么时候回来，母亲只是愁容满面地把他抱上床，哄他入睡。天亮了，父亲还是没回来，一天、两天……父亲终于再也没有回来。后来，他只能与母亲相依为命，看着不辞辛劳的母亲忙里忙外，这个叫做胡利奥·科塔萨尔（1914 — 1984）的小男孩就暗下决心，一定要不负母望，做出一点成绩来。后来，他慢慢长大，才知道当年他的父亲是抛弃了他们母子而出走的；就是这位被抛弃的人，在当代拉美的文学史上，作为新小说崛起的五位代表之一，其名字常与加西亚·马尔克斯、巴尔加斯·略萨、卡洛斯·富恩特斯、何塞·多诺索一起被提到。

科塔萨尔最著名的作品是标新立异的"反小说"《踢石戏》，他在小说创作中，突破了传统手法的束缚，大胆地改革了小说的结构和语言，在追求具有拉美独特风格的文学表达方式上，作出了卓越的贡献。他的作品一方面敏锐地发现了资产阶级制度和社会现状中的种种缺陷和不合理现象，无情地进行了嘲讽和抨击；另一方面又因为个人思想的局限，看不到这座迷宫的出路，找不到解决问题的方法，因而满怀着彷徨、困惑和苦闷。但是他并没有因此而消沉下去，而是敢于探索人生，积极寻找出路，因而起到了先锋的作用。这一点最明显地表现在创作方法上，他勇于冲破旧传统的羁绊，创立属于自己的新的表现形式，从而受到了广大读者的关注和热烈欢迎。在当代拉美的"文学爆炸"中，尽管优秀的作家层出不穷，他仍能独有建树。

1914 年科塔萨尔生在比利时首都布鲁塞尔，四岁时，随父母回到祖国阿根廷，他的父母只受过初等教育，是普通职员，他的父亲离家出走后，他是靠母亲抚养长大的。少年时代，他就学于首都阿科斯达的一所师范学校，大学时，专攻文学与哲学。因为家庭经济困难，无力支付学费，况且他也想替母亲减轻负担，于是在大学里仅学习了一年，就忍痛辍学了。但是他始终没有放弃自学，在辍学以后，经朋友介绍，他做了乡村教师，这使他有较充裕的时间阅读文学作品。在他执教的五年中，对文学的热爱，再加上自身的勤奋，积累和练习，为他日后进入文学界打下了坚实的基础，后来，他受聘于门多萨省的库约大学，讲授法国文学，同时仍继续丰富自己的才学。文人并不是超脱于物外、不理世事的，科塔萨尔有自己独立的政治见解，并因此在 1946 年庇隆总统选举获胜后，反对庇隆政权，不久被迫辞职。此后，他迁回首都，在阿根廷书籍委员会工作，同时从事业余文学创作。1951 年，科塔萨尔去法国巴黎工作，从此，他长期在联合国教科文组织担任译员，直到 1984 年逝世。

青年时期的科塔萨尔不断地汲取文学养料，做过各种尝试与探索，力图开创自己的风格，虽然此时他的叛逆精神已露端倪，却没有什么力作能引起文学界的重视。这时的他与同时代的青年一样，被欧美的唯美主义文风深深迷醉，并奉欧美文学家为偶像，因此他的文学创作中很明显地渗透着唯美主义的风格。他 1941 年出版的短诗集文字十分优美，韵律格外讲究，但是内容却很空泛。随着年龄增长和阅历不断丰富，他愈加具有审美判断力和洞察力，逐渐发现本民族的文学宝库中有着许多奇珍异宝值得学习和借鉴。这时，他认真研究了阿根廷诗人卢贡内斯、乌拉圭小说家基罗加和阿根廷著名作家博尔赫斯的主要作品。其中博尔赫斯对科塔萨尔的影响是最大的，尤其是关于神怪描写的主张，在他以后的创作中有着鲜明的体现。

在他早期的作品中，诗剧《国王们》比较重要，该作发表于 1949 年，取材于提修斯怒斩牛头怪物的故事。科塔萨尔具有反叛的思维方式，因而对希腊神话做了相反诠释，在他笔下，专食童男童女的牛头人身魔怪变成了出类拔萃的诗人。这位怪诗人四处讴歌自由，抨击现行的社会秩序，与传统的世俗力量相悖，于是被人们认为是个危险的怪物，便把他关进了迷宫。传说中为民除害的英雄提修斯，在科塔萨尔笔下则以传统习俗的卫道士身份出现，他十分仇恨叛逆传统道德的人，整天手持利剑，准备斩妖除怪。但是代表了真、善、美的阿里亚德娜却坚信真理在怪诗人一边，她认为怪诗人一定会战胜卫道士，逃出迷宫与她欢聚。这部诗剧最成功之处在于，它以大胆的想象和新奇的叙述手法（对话形式），抨击了旧的传统观念，像是一首激进的新时代精神战士的颂歌，以不容置疑的立场，阐明了主张自由的新思想，表达了年轻人的血气方刚的斗志。

他进入成熟期的标志是 1951 年发表的短篇小说集《角斗士》，在阿根廷文坛上崭露头角的他，讲述的故事大多涉及人与恶势力的搏斗，所以他借用古罗马竞技场上的"角斗士"一词。在集子里，《角斗士》叙述一个多愁善感的女孩，白日间所想的感情纠葛，在夜间的睡梦中变成了似虎非虎的怪物行踪；她与怪物在一座回廊交错、厅堂不通的建筑物里周旋搏斗，而竟毫无结果。《被侵占的房子》讲述了两兄弟在自己的家中慢慢地发现，有些无形的侵占者进入了他们的房屋，并且迫使兄弟俩逐渐缩小活动范围。最后，所有的回廊均被堵死，房门被封闭，偌大一个家园，竟无立锥之地了，作品中没有交代到底是谁来入侵，迷宫式的建筑象征着什么也没有交代，这种充满了迷幻色彩和悬念的小说，留给读者很大的思考空间。

短篇小说集《游戏的结局》发表在《角斗士》发表五年之后，虽然还在构造着迷宫般的小说，但是他的文学观念已经发生了改变。志怪小说虽然吸引人，无论阅读和写作都有趣味，但是它的社会作用却引起了他的怀疑，他认为文学应当干预人生，而志怪小说的社会作用却受到了限制。这时他的作品才开始具有明确的现实主义风格，开始直接描写活生生的现实人物，勇敢地正视社会问题了。但是，他并未减少初期作品中那种浪漫想象的色彩，努力地把现实与幻想糅合起来，慢慢地形成了自己特有的创作风格。

长篇小说《彩票》是标志科塔萨尔的创作进入成熟期的力作。一艘远洋巨轮驶出了港湾，船上载着一群来自不同社会阶层的人物，他们都因为偶然的机会而中了彩票，被邀登上巨轮去远游。然而，渐渐地神秘的气氛笼罩了整艘船，他们发现，既见不到船长也不知道旅行航线，更不清楚目的地究竟是何方。当一批年轻人听说船长因病躲在船尾时，便决定前去寻找，但是他们发现通向船尾的每条路都已被堵死，这时每个人都在想方设法通过障碍，结果有人到达船尾了，而另一些人只好望洋兴叹。作者的深刻寓意在于，生活在这凡俗的世间，社会各阶层的人都探索着人生与命运的问题，对于谜一样的追求和目标，每个人达到的方法是不同的，并且探索的结果怎么样也未可知。

1963 年，科塔萨尔的长篇小说《踢石戏》问世，立即在拉美文学界引起强烈的反响，被认为是拉美文学"爆炸"的代表作，他终于找到了既能真实地反映现实又能充分表达内心矛盾的方式。这部小说打乱了时间、空间的界限，以跳跃式的叙述，把表面上支离破碎的片断交给读者自己去思索、组合，调动了阅读的积极性和阅读快感。它的各个章节间没有直接联系，一部长篇小说同时又是几个短篇，有各种不同的阅读顺序和阅读方式，采用的是开放式的结构。叙述语言有对话、散文、述评和新闻报道，笔法清新洗练，意味深长，充满玄妙色彩。

这部小说的情节并不复杂，名字取自儿童游戏跳房子。一群原来十分向往花花世界的阿根廷青年移居法国巴黎，但是到那里后他们却徘徊于街头，繁华的大都市使他们迷茫，爱情也不能使他们从苦闷和孤独中解脱出来，最后他们毅然返回了祖国。在着力描写人物内心矛盾的同时，作者又指明了阿根廷和法国传统是多么的不同。

科塔萨尔自己曾说："我越来越缺乏自信，但是我很高兴。从美学的角度说，我是越写越糟，而我之所以高兴，是因为我越来越接近我认为在这个时代我们应该描写的对象。从某种意义上看，这似乎很像自杀，但是自杀总比充当活僵尸要好。也许有人会想，一个作家竟然要拆毁他的写作工具，这岂不是荒唐。可是要知道这样的工具已经显得陈旧啦。所以我愿意从零开始重新武装自己。"这段话充分说明，科塔萨尔的创作意图就是致力于摧毁传统的表达方式，探索可以充分反映拉美现实生活的新形式、新手段。

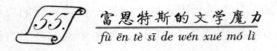

55. 富恩特斯的文学魔力
fù ēn tè sī de wén xué mó lì

富恩特斯 1928 年出生于墨西哥城一个知识分子家庭，他的父亲是一位外交官。富恩特斯自幼便受到良好的教育并通晓多种语言。他年仅四岁便在美国华盛顿学习英语，后来随父亲游历了欧洲、拉丁美洲、小亚细亚的诸多国家。

富恩特斯在墨西哥和智利的中学时代，对文学发生了浓厚的兴趣并初步显露了他的文学才华。他喜欢巴尔扎克、马克·吐温等现实主义作家，也喜欢福克纳、乔伊斯、加缪、卡夫卡等现代主义作家，在以后的小说创作中，富恩特斯把现实主义精神和现代派的艺术技巧完美地融合在一起，其作品充分体现了民族性和现代性的双重特点。

富恩特斯于 1950 年赴日内瓦攻读法律，回国后在外交部任职，多年的从政生涯并没有消磨他的文学才华和创作灵感，反倒更丰富了他的人生阅历。富恩特斯正式的文学创作开始于 50 年代中期，那时他参与创办了《墨西哥文学杂志》，刊物的宗旨即体现了他的文化态度，他认为，一种文化只有是世界的文化，才能是有益的民族文化。

富恩特斯曾尝试过各种文学样式：短篇小说、长篇小说、评论，有些作品是直接用英文写出的，发表在美国。富恩特斯也写剧本，这是他的主要经济来源，在 80 年代，他曾和一些先锋派青年作家们一起尝试"实验性电影"。

在政治上，富恩特斯和左派站在一起，他和美国小说家诺曼·梅勒一样，有浓厚的存在主义和虚无主义的思想。他曾经受梅勒之邀，多次赴美，但他终于回到祖国。对待朋友，他有着狂热的个人感情，但他却拒绝参加任何形式的文学运动。

几乎所有的魔幻现实主义作家都对印第安神话情有独钟，在五六十年代，内外交困的墨西哥政府和人民都需要传统神话做精神支柱。富恩特斯对印第安的神话也有着特殊的偏好，1954 年他发表第一部小说集《戴假面具的日子》，其中的很多作品都是用文学的形式表现神话的题材。

富恩特斯的长篇小说多取材于墨西哥历史及现当代的重大事件，展现民族挣扎与沉沦的真实面貌，在他成长的时代，墨西哥正处于反殖民统治的动荡时期，1910 年的革命给墨西哥的社会和文化带来了巨大的变动，现代文学即从那里开始，在传统与现代的碰撞之中，知识分子们思索的是民族的前途与命运。富恩特斯的小说，也同样蕴含了他对民族历史与现状的思考。

1959 年，富恩特斯完成了他的成名作《最明净的地区》，小说标题"最明净的地区"是借用了洪堡发现墨西哥高原盆地时说的话，明显地具有讽刺意味。作家自称他的小说是"一部城市的传记"，"是对墨西哥现状的概括"。在这部小说里，富恩特斯第一次全面地再现了墨西哥社会生活，民族精神混乱，社会动荡，许多人道德沦丧，弱肉强食，墨西哥带着历史的屈辱，延续着平庸的生活，这是一种深刻的本质性的悲剧。富恩特斯使用了"壁画式"的叙述和蒙太奇的技巧，通俗的民间语言、优美的文笔都使得小说产生了相当的艺术魅力。但是，作家安排了各种思想的人们发表感想、展开论战，这些过分明显的直接议论也影响了小说的形象性。

1959 年，富恩特斯还发表了另一部小说《善良心肠》，主人公海梅是个没落贵族的后裔，他反对家庭的虚伪、社会的不公，然而，个人的力量是微不足道的，个人愿望和家族利益的冲突给他带来了信仰的危机。在经受了身心摧残后，海梅不得不屈膝投降，放弃了自己的反抗。这部小说结构严密，描写细腻，文字简练，显示了富恩特斯的独特风格，有人评价说，这是一部喻世小说，作家是借海梅的故事劝诫世人。

富恩特斯 1962 年发表的长篇小说《阿米特米奥·克鲁斯之死》是他最重要的代表作，这部小说取得了更高的艺术成就。它从人物内心情感的角度出发，对墨西哥的历史进行了全景式的描述，主人公躺在灵床上，回顾一生经历，可以看做是回顾墨西哥的现代史。小说在乔卢拉这个古老的地方开始故事，那里贫穷丑陋，肮脏，龌龊，劣狗成群，是文明的荒漠，也是整个墨西哥的象征。西班牙殖民者就是在乔卢拉发动了对墨西哥的残酷战争，这场战争给墨西哥带来了灾难，也启迪富恩特斯创造一个英雄传奇的故事和民族悲剧的故事。

小说的主人公军官阿米特米奥是一个丰满的人物形象，他既有英雄的崇高，也有小人物的卑鄙。在革命前，他是个普通农民，参加革命后，作为领袖人物，他曾经率领起义队伍南征北战，影响遍及全国，可是他的后半生却成为官僚政客，借着革命的势力，当上了企业家，进了议院，他选择了富足的物质生活，自己的人格也渐渐堕落了。

阿米特米奥的经历忠实地记录了墨西哥革命的历史，在青年时代，他雄心勃勃，享有爱情，革命业绩也蒸蒸日上。他失去了对革命的热情后，和一个不爱的女人结了婚，过上了享乐的日子，后来他又遇到了一个情人，变得更加消极，终于退出了革命队伍。当他儿子参加西班牙内战时，他又怀念他的革命理想，儿子阵亡之后，他的精神也彻底垮掉了。他积极地搜刮钱财，充当罪犯，不惜陷害别人。他的性格中既有善良的优点，也有残酷的恶毒，他在即将离开人世时，才变得通情达理起来。

小说的结局是彻底消解了高尚的精神：阿米特米奥患了肠炎，上了手术台，作家用自然主义的方法细致地描写了手术的场景，最后，手术失败了，曾经叱咤风云的英雄人物一命呜呼，从前的高尚事业和美好理想都化做了血淋淋的内脏器官，这是阿米特米奥的悲剧，也是一个民族的悲剧。

在这部小说里，富恩特斯继续运用电影艺术的一些手法：蒙太奇、闪回、切入切出、音响技术等，他还把惠特曼式的诗句用到小说里，外国语言和神话典故也给小说增添了艺术魅力。

1962 年，富恩特斯发表了短篇小说力作《奥拉》。在一个古旧的宅院里，住着一个老妇人和她的侄女奥拉，有一个年轻的小伙子为她整理书稿，小伙子爱上了美丽诱人的奥拉，奥拉却有着神奇的魔力，她时时依恋着她姑妈，那个老妇人也随时可以替代奥拉，后来，小伙子似真似幻地感觉到，老妇人是个懂得重返青春之术的巫女。这部小说有明显的魔幻现实主义特点，它通过第二人称"你"（小伙子）的感受来推动故事，时间界限模糊，情节扑朔迷离，整体上有一种朦胧的美。《奥拉》发表后，在国内外引起了不小的轰动，在意大利，它还被搬上了银幕。

长篇小说《换皮》（1967）也是一幅社会与人生的全景画，它通过人物追忆往事的叙述形式，再现了二战后欧洲和美洲的现实场景，以及16世纪的部分状况，既塑造了一位未老先衰、鼓吹自由的造反者（叙述者）形象，也揭示了人与社会之间的冲突等问题。应该说，在驾驭题材、结构故事方面，富恩特斯是一个天才。也是在1967年，富恩特斯又发表了一个长篇：《神圣的地区》。

富恩特斯把西方现代派的小说技巧运用到了炉火纯青的地步，1969年，他发表小说《生日》，全书少有标点，时间与空间顺序更加混乱，这是作家在小说技巧上的新尝试。富恩特斯在70年代的小说作品还有《我们的土地》、《水蛇头》等等。

富恩特斯不是一个乐观主义者，他曾经说过，他因为感到地狱的存在，才写小说，他认为小说应该写所有存在的东西，包括传统题材中的禁区。他敏锐地感受到消费文化对优良传统的冲击，对于知识分子精英地位的失落，以及社会道德日益沦丧的现状深感忧虑。

在晚年，富恩特斯脱离了政界，专心从事文学创作。他近年来还发表了一部长篇力作：《和劳拉·迪亚斯在一起的岁月》，这部小说继承了富恩特斯小说的一贯风格，通过一个女人一百年的生活展现了墨西哥一百年来的动荡历程。

富恩特斯由于出色的文学成就，荣获了拉丁美洲几乎所有的文学大奖。在1999年10月，墨西哥文化部为表彰富恩特斯为人类文明事业做出的贡献，向他颁发了"贝利莎里奥·多明盖斯"光荣奖章。

目前，富恩特斯侨居在英国伦敦，正在他的一部小说新作。

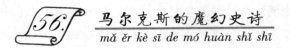

马尔克斯的魔幻史诗
mǎ ěr kè sī de mó huàn shǐ shī

加夫列尔·加西亚·马尔克斯是中国读者最喜爱的世界级文学大师中的一个。1927 年，他出生在哥伦比亚加勒比海之滨的阿拉卡塔镇，这个小镇承载了他所有的童年回忆与梦幻，后来成为《百年孤独》中的马孔多的原型。

马尔克斯

马尔克斯在一个动荡不安的时代里成长为一位举世瞩目的大文豪，这和他的外祖父母有着密切的关系。马尔克斯的父母当年是冲破了家庭的重重阻挠，才赢得了他们艰难而又幸福的婚姻的，而马尔克斯的诞生，则给外公外婆带来了一份喜悦，也为家庭缓解了紧张的关系。马尔克斯的童年时代，几乎就是在外公外婆身边度过的。既现实又"艺术"的外婆经常给他讲一些荒诞的鬼故事，而他常常会信以为真；有丰富人生经历的外公是他

最亲近的人，外公带他四处周游，给他讲他经历的战争，讲以后能遇到的各种事情。

童年的马尔克斯比较沉默、内向，也比较早熟，但他却有着不同寻常的好奇心，经常把见多识广的外公问倒。有一次，他看到一条冻鱼，就去问外公：鱼为什么那么硬？外公回答说：因为是冻鱼。他又问：什么是冻鱼啊？外公说：冻鱼就是加上冰的鱼。没想到马尔克斯接着追问：什么是

220

冰啊？外公被逼无奈，领着他去一个冰库，让他看看什么是冰块。据说，享誉世界文坛的巨著《百年孤独》就利用了这个事件。

马尔克斯童年居住过的大屋让他终身怀念，给他留下了深刻记忆的阿拉卡塔镇也让他难以忘怀，他的外公外婆和他的故乡都融进了他的感情和灵魂，外婆那既现实又神秘的故事和外公讲述过的战争故事都成为马尔克斯最初的文学创作资源。

1943 年，马尔克斯的父亲陷入经济窘境，为了继续学业，他只好自食其力。他离开父母和家乡，只身闯到了哥伦比亚的首都波哥大，在一位好心的先生的帮助下进了一所比较好的中学读书。1947 年，马尔克斯考入波哥大国立大学法学院。任性而为的马尔克斯不惜辜负父母的愿望，一年之后，放弃了前程光明的法学，干起了新闻行当，他带着激昂的政治热情和无所畏惧的战斗精神参加反暴力、反专制的示威活动，甚至落入流浪汉一般的生活。此后，他还结交了几位浪漫不羁的诗人，政治兴趣让位给了文学兴趣，马尔克斯离功名利禄，离家庭的期望似乎是越来越远了，他背着"大不孝"的罪名，投身于新闻业和文学创作。在卡塔赫纳的《宇宙报》和巴兰基利亚的《先驱报》的新闻记者工作使他经受了多方面的锻炼，为以后的文学创作打下了坚实的功底。

马尔克斯在创作之初，便把神怪等一些荒诞的内容和现实结合在一起，他常常会不由自主地让思绪回到他童年的故地——大屋，放飞他的奇思怪想，而这些，在作家看来，又是一种现实。马尔克斯曾经仿效过卡夫卡、福克纳、海明威等文学大师。尤其是卡夫卡小说中的那种真实的荒诞和天然浑成的寓言性都让他震惊不已，在《变形记》等作品的影响下，他创作了荒诞的短篇小说《第三次无可奈何》（1947），写的是一个孩子三次死亡的感受。而后又有 1948 年的《图巴尔——卡因》、《死亡的另一根肋骨》、《夏娃与猫》，1949 年的《镜子对话》、《三个梦游者的苦闷》，1950 年的《蓝宝石般的眼睛》，1952 年的《有人糟踏玫瑰》和 1953 年的《鹭鸶的夜晚》等，这些小说后来结集为《蓝宝石般的眼睛》出版。这是马尔克斯文学生涯的开始阶段。

　　马尔克斯在现实的土壤里，在梦幻的空气中，笔耕不辍，1967 年秋，《百年孤独》历尽艰难终于问世，它迅速地传遍了西班牙语世界，并被迅速译成二十多种外国文字，风行全世界。

　　《百年孤独》中的马孔多镇，与世隔绝，生活在那里的一代代人，承受着无法抗拒的孤独，那环环相扣的情节和重复式的结构使得马孔多从兴建到消亡都笼罩着一种圆圈般的宿命。

　　小说具有明显的预言性和神秘性，一开始便使用了从将来时展开回忆的倒叙手法："许多年之后，面对行刑队，奥雷连诺·布恩蒂亚上校将会回忆起，他父亲带他去见识冰块的那个遥远的下午。那时的马孔多……"在第二章，才开始叙述马孔多镇和布恩蒂亚家族的神奇的来历：这个家族的第一代，霍塞·阿卡蒂奥·布恩蒂亚和妻子乌苏娜原是一对表兄妹，在上代的家史上，曾经有过近亲联姻生下长猪尾巴的男孩的可怕经历，因而乌苏娜为了避免生下猪尾孩子，婚后一年多一直拒绝与丈夫同房，他们因此而遭邻人嘲笑，后来，布恩蒂亚一怒之下杀死了嘲笑他的人，两人受死人鬼魂的纠缠而终日不得安宁，他们决定背井离乡，另择安身之地。很多愿意跟随他们的人也加入进来，一群人翻山越岭，长途跋涉，队伍不断壮大，但他们一直没有找到大海，最后在一条清澈的河流旁，安营扎寨，建起村庄，称做"马孔多"，布恩蒂亚家从此在这里繁衍生息，直到最后消失。

　　刚建立的马孔多，一切都古老、原始，如一块未开化的处女地，只有四处游荡的吉卜赛人偶尔来到，给这里带来一点文明气息。在吉卜赛人的影响下，老布恩蒂亚作为族长，却迷上了磁铁、放大镜、炼金术等等"科学技术"，并幻想着采到金子，开辟另外一个世界，妻子乌苏娜对他的妄想嗤之以鼻，他只好守在马孔多，后来精神失常，被家人绑到院内栗树下并练就了随意增加体重的本领，他死去的那天，天降黄花如同暴雨，一夜后，整个马孔多铺上一层黄色地毯……

　　马孔多的居民们被封在了这个地方，孤独不仅是物质上的，也是精神上的，外界的每一个人来到，都会引起一场神秘的变故。孤女丽贝卡来到布恩蒂亚家，此后数月，村里人患上了严重的失眠症和健忘症，为了避免遗忘，他们把每件东西都贴上标签："桌子"、"椅子"、"香蕉"等等，直到吉卜赛人梅尔加德斯带来一种神奇的药，才为他们解除了病痛。梅尔加德斯死后遗留下一本无人可破解的梵文羊皮纸手稿，而这部手稿，也隐藏了神秘的故事，直到最后，才真相大白。

几乎布恩蒂亚家的所有人都带着罪恶和不祥之兆来到人间，除乌苏娜一人无疾而终外，其余人均死于非命。长子霍塞·阿卡蒂奥成年后爱上一个吉卜赛姑娘并外出流浪，多年后返回家乡，变成落落寡合的怪人，他的死亡最神秘：一个雨天，他走进家门，室内一声枪响，一股鲜血由门缝流出，穿过客厅，流到街上，沿人行道流进父母家，又爬上台阶流进饭厅，在餐桌边画一条曲线后一直前进，最后流到厨房母亲的跟前，乌苏娜一声尖叫，沿血迹走进满是火药味的儿子房中，发现了死去的儿子。以后，阿卡蒂奥坟墓上的火药味久久不散，直到有人在上面浇上钢筋混凝土，这种气味才消失。

昔日荒凉的马孔多日益繁荣，政府强行派驻镇长进行管辖，此后，自由党和保守党在全国范围内爆发战争，马孔多也卷进了战乱，老布恩蒂亚的次子奥雷连诺率众起义，参加了自由党军队，他南征北战，出生入死，其经历最神奇：他发动了三十二次武装起义，都遭到失败，中过七十三次埋伏，十四次暗杀和一次枪决，却都幸免于难，他由上校晋升为革命军总司令，在全国拥有生杀予夺的大权……战争期间他和十七个女人生了十七个孩子，这些孩子却在同一个晚上接二连三地遭到暗杀。最后一次战败后，奥雷连诺向政府军投降，随后开枪自杀，可惜他没有死成，由于看破红尘，知道自己注定要孤独，奥雷连诺终于隐居故乡，躲进父亲留下的作坊里以制造小金鱼为生。

乌苏娜之女阿玛兰塔生性怪僻，她因爱情失意而终生不嫁，晚年精心缝制寿衣，等待死亡。

布恩蒂亚家族的第三代阿卡蒂奥和奥雷连诺是同母异父兄弟，分别是何塞·阿卡蒂奥和奥雷连诺上校与浪荡女人皮拉的私生子。前者在自由党得势时曾一度执掌马孔多的军权，他专横残暴，后来被政府军枪决；后者和姑妈阿玛兰塔有私情，因与政府军发生冲突而被枪杀。

阿卡蒂奥曾与一个姑娘相恋并生下第四代儿女：一对孪生子奥雷连诺第二与霍·阿卡蒂奥第二，还有一女儿雷麦黛丝，当乌苏娜满百岁时，他们已成年，而雷麦黛丝长成了一个超凡脱俗的大美女，她在三月的一个晴天里，乘一块床单升天而去，土著居民们目睹了这个奇迹并为她举行安魂祈祷。

《百年孤独》描述了马孔多盛极而衰的畸形发展过程，第四代的两个兄弟亲身经历了一系列的悲惨故事。外国资本主义入侵这个小镇，美国人开河道，修铁路、建种植园和香蕉公司，并雇用马孔多的土著居民做工人，商人、工程师、妓女、电灯、电影等等蜂拥而入，马孔多曾经一度灯红酒绿，空前发达。外国殖民者残酷剥削当地工人，马孔多人纷纷反抗。

霍·阿卡蒂奥第二原为斗鸡王，后到香蕉公司做监工，他和其他工头一起组织工人游行示威。

香蕉园的工人们进行大罢工，在一个星期三的早晨，政府军枪杀游行群众三千多人，把尸体用火车运走，和香蕉一起抛入大海，三千多人中除霍·阿卡蒂奥第二外，无一人幸免。政府反复地发布消息说没有死人，谎言说上了一万遍也就成了真理，居民们终于相信了没有死人。

大屠杀之后，马孔多暴雨不止，一连下了四年零十一个月，然后是十年大旱，外国人和香蕉公司全部撤走了，马孔多一片废墟，人们又患了难于治愈的健忘症，布恩蒂亚家的老人相继死去，幸存的霍·阿卡蒂奥第二长年累月地研究吉卜赛人留下的羊皮纸手稿，他每天数次地向人们说明大屠杀的真相，都无人肯相信。他对此事一直耿耿于怀，临死前，口中还念念有词（他还在陈述着大屠杀的事实），然后一头栽在羊皮纸手稿上，睁眼而死。

奥雷连诺第二荒淫放荡，他在马孔多繁荣的日子里，靠推销彩票谋生，后来和霍·阿卡蒂奥同时死去。

奥雷连诺第二生下一个儿子，两个女儿，为第五代，长子去罗马读神学，长女梅梅未婚先孕，被母亲强行送进修道院，她的私生子奥雷连诺·布恩蒂亚被隐瞒身份，留在家中，于是，这个家族的第六代便在寂寞之中渐渐长大，后来他也对羊皮纸手稿产生了兴趣，整天如痴如醉地进行研究，想着有朝一日这部奇书能在他手里破译。

奥雷连诺第二的小女儿阿玛兰塔早年在布鲁塞尔读大学，多年后她拉着丈夫脖子上的丝带一路顺风地赶回来，她美丽诱人，朝气蓬勃，企图重振家业，可是她却陷入了外甥的情网。在丈夫离开马孔多的一段时间里，她和奥雷连诺·布恩蒂亚发生了乱伦关系，阿玛兰塔怀了孕，她体内的小生命是布恩蒂亚家族中唯一一个因爱情而受孕的婴儿，似乎只有他才能驱除家族里固有的孤独传统。然而，阿玛兰塔生育时大出血而死，生下来的男孩正应了一百年前的凶兆，长着猪尾巴，而且就在当天，一群蚂蚁把这孩子吃得只剩下了皮肤，被拖向蚂蚁洞，……就在目睹妻子和儿子死亡场面的一瞬间，奥雷连诺·布恩蒂亚于惊惧之中醒悟过来，多年来无法破译的羊皮纸手稿正是他家族的兴衰史，其卷首题词是：

"家族中的第一个人将被绑在树上，家族中的最后一个人将被蚂蚁吃掉。"

大彻大悟了的奥雷连诺忘记了悲痛，他找到羊皮纸手稿，顺利地从头到尾译了起来，他读到了布恩蒂亚的家史预言及日常生活的细节，还没译到最后一行，他就知道自己不能跨出房间了，按照纸上的预言，就在他译完手稿的最后时刻，马孔多这个镜子般的城镇，将被飓风一扫而光。

马尔克斯始终都站在正义的一面，与普通人休戚与共，他利用特殊的身份和名望，不遗余力地支持拉丁美洲的民族民主运动，他口诛笔伐，声讨专制的哥伦比亚当局，支援古巴的民主运动，支援委内瑞拉的社会主义运动……马尔克斯为拉丁美洲人民争取自由和民主的运动做出了极其重要的贡献。

70年代后的马尔克斯仍继续他的创作，1984年出版了《霍乱时期的爱情》，1989年出版了《迷宫中的将军》，1996年出版了《绑架轶事》。2004年，马尔克斯推出一部新作——《我那伤感婊子的回忆》，讲述一位

作家在垂暮之年对一名青楼少女迷恋的故事，书中主人公唱出的青楼挽歌打动了无数读者。这也是马尔克斯宣布封笔前的最后一部作品。

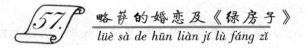
57. 略萨的婚恋及《绿房子》
lüè sà de hūn liàn jí lù fáng zǐ

　　1936 年 3 月 28 日，马里奥·巴尔加斯·略萨出生于秘鲁的阿雷基帕市。他呱呱坠地之时，恰逢父母离异。他的母亲出身于名门显贵之家，家境十分富裕，所以身边不乏年轻英俊的追求者，但是她都瞧不上眼。直到有一天，她在飞机场的大厅里结识了一个身穿飞行服的男子，她立刻被那个男子身上散发出的浓浓的男人味所吸引。很快，两个人便坠入情网，经过闪电般的恋爱就匆匆结婚了。但是，由于相恋的时间太短，他们婚后彼此性格当中的缺陷就渐渐暴露了出来，略萨的母亲性格骄横、倔强，而略萨的父亲的脾气也很暴躁，况且，他根本就不是什么飞行员，而只是一家航空公司的无线电技师，因为这件事，夫妻二人常常吵得不可开交。不久，略萨的父亲就愤然离家出走了。

　　当巴尔加斯·略萨一岁的时候，他跟随母亲及外祖父母来到了玻利维亚。十年过后，他的生父与他的母亲不期而遇。两个人在看到对方的一刹那都呆住了，在十年的风雨历程中，两个人都经历了许多生活上和情感上的波折，所以再次相逢时难免百感交集。那天，他们两个人谈了很多很多，渐渐地，他们在彼此的眼中都看出了久违的柔情，于是，略萨的生身父母奇迹般地复婚了。生身父母的重新结合并没有给幼年的略萨带来多少快乐，他发现这个突然冒出来的父亲是那么陌生、那么不容易接近。父母复婚不久，略萨一家人来到秘鲁首都利马定居。一直被外祖父母视为掌上明珠的略萨受不了父亲的严格管教，他经常做出一些让父亲生气的事，而且还对父亲的训斥满不在乎、出言顶撞。父亲对略萨的桀骜不驯非常生气，为了挫一挫略萨身上的傲气，他决定把儿子送进莱昂西奥·普拉多军事学校接受严格的训练。

在等级森严的军校里，略萨的处境十分艰难，过惯了懒散日子的他在军校里感到压抑和窒息。好在他的文学创作暂时缓解了训练之余的枯燥气氛，他在军校里写了许多优美动人的言情小说，这使学友们都对他刮目相看。后来，略萨把他在军校的这段不平凡的经历写进了成名作《城市与狗》里。

结束了军校沉闷、刻板的学习生涯后，略萨升入了当地的一所中学。在那里，他广泛阅读了大量的文学名著，这为他后来的创作奠定了良好的基础。1954 年，略萨考入了首都圣·马尔拜斯大学，由于家道中落，他不得不半工半读维持学业。这一时期，他先后在电台、公墓、图书馆、报纸和杂志社等部门工作，接触了形形色色的人和事，这也为他日后的创作提供了宝贵的素材。略萨读大学三年级时，一个将在他生命当中扮演重要角色的女人出现了，她就是胡利娅——略萨舅妈奥尔卡的妹妹。那天中午，略萨到外祖父家吃午饭，席间，他见到了自己的胡利娅姨妈。胡利娅属于那种丰满、成熟、有韵味的女人，她刚刚离异，脸上还挂着淡淡的哀伤，但这更增添了她迷人的风情。当舅妈把胡利娅介绍给略萨时，他的心不禁怦怦乱跳，小伙子自己也不知道是为什么，当胡利娅搂着他礼节性地亲吻时，略萨紧张极了，他几乎昏了过去。

就这样，胡利娅姨妈拨动了略萨心中的爱情之弦，虽然略萨不住地告诫自己她只是自己的姨妈、长辈，但炽热的情火还是让略萨难以自禁。胡利娅此次来玻利维亚是为了疗治心灵创伤的，她的到来引来了一大批疯狂的求婚者，但是，她对他们总是冷冷的。为了摆脱无聊的纠缠，她常常让略萨陪她去逛街、散步、看电影、跳舞、谈心。起初，她只是把略萨当成自己的晚辈、一个稚气未脱的大男孩，但是，她逐渐发现了略萨注视她的眼神中那种热切的渴望。胡利娅的心中很矛盾，因为她发现自己竟也对这个大男孩有了几分好感。胡利娅尽量压抑着自己的情感，但是，爱情的火种一旦种下就会在适当的时间熊熊燃烧起来。在不久之后的一个舞会上，昏暗、迷离的灯光和悠扬的乐声使两个相爱的人意乱情迷，他们竟吻了起来。事后，略萨和胡利娅都觉得不可思议，很不好意思。

　　有了最初的亲密接触之后，两个人的感情又向前迈进了一步。一天，略萨来到舅妈家，他发现只有胡利娅一个人在家，他们两个人都激动不已互诉衷肠。略萨平生第一次将心里话讲给一个女人听，而胡利娅也向略萨讲述了自己过去的私生活。从胡利娅的口中，略萨了解到胡利娅曾和一个庄园主结过婚，开始两个人还算幸福，但是后来，当庄园主发现胡利娅不能生育时就无情地抛弃了她。略萨对胡利娅的遭遇深感同情，两颗相爱的心从此走得更近了。他们进入了狂热的恋爱阶段，因为两个人辈分和年龄的差距，使他们不敢公开恋情，只能在马路上、电影院和咖啡馆里相见，但是每到之处都会留下他们炽热的吻。

　　然而，正当两个人爱得如火如荼时，胡利娅姨妈却从略萨的视线中消失了，略萨发疯似地寻找着她。后来，舅妈对略萨说，胡利娅这些天一直是与一个五十岁开外的"意中人"在一起。略萨妒火中烧，他不能理解胡利娅的突然背叛，他通过舅妈约胡利娅在办公室见面。当胡利娅出现在办公室时，略萨所有的怒火都在刹那间熄灭了。他在胡利娅的眼中看到了无奈、看到了哀怨、看到了爱，于是，两个人又抱在一起疯狂地亲吻起来……胡利娅告诉略萨，她对两个人之间的乱伦行为深感不安，所以想借那个五十多岁的追求者忘掉略萨，但是她做不到，她是那么地爱他。略萨听后感动不已，两个有情人在一起抱头痛哭。

　　从此之后，两个人相爱相守的信念更加坚定了。在表妹南希和好友哈维尔的全力支持下，略萨秘密逃到外地同胡利娅办了结婚手续。当他们的父亲得知这件事后火冒三丈，传统、保守的他不能忍受自己的儿子同一个"老掉了牙"的姨妈结婚，他把这视为乱伦的、败坏门风的丑闻。略萨的父亲当机立断，他命令胡利娅必须在四十八小时之内离境，不然就要采取强制的措施，胡利娅只好暂时出境了。胡利娅走后，略萨万分痛苦，他想方设法地去说服父亲，他指出胡利娅虽然在辈分上是自己的姨妈，但两个人在血缘上却没有一点儿关系。最后，父亲终于被略萨说服了，面对这两个木已成舟的有情人，他只好默认了婚事。

　　巴尔加斯·略萨与胡利娅姨妈的婚姻是成功的。胡利娅的爱情激励了略萨的创作欲望，他创作了一篇题为《挑战》的短篇小说来参加一家法国杂志社组织的征文比赛，结果获奖，他和胡利娅得到了免费去巴黎旅游的机会。这次旅行给他留下了深刻的印象。同年，他获得了西班牙马德里大学的奖学金，此后取得了该校的博士学位。1959 年，略萨携胡利娅去巴黎求学，但未取得奖学金，他只得再次半工半读。胡利娅对略萨的学业给予了大力的支持，使略萨得以安心地求学、工作。在这期间，略萨教过西班牙语，搞过翻译，当过编辑，最后在法新社西班牙文部和法国电视台各谋得一职，从此生活渐趋稳定。略萨在法国求学时曾阅读了大量法国文学大师们的经典著作，同时为自己创作长篇小说做了很好的准备工作。

1960 年，略萨开始创作以母校莱昂西奥·普拉多学校为背景，反映士官黑暗生活的长篇小说《城市与狗》。该书于 1962 年获得西班牙"简明丛书"文学奖，二十六岁的巴尔加斯·略萨从此成名。继《城市与狗》之后，略萨于 1965 年发表了第二部长篇小说《绿房子》，1968 年发表了中篇小说《幼崽们》，1969 年发表了第三部长篇小说《"大教堂"咖啡店里的谈话》，1973 年发表了第四部长篇小说《潘达雷翁上尉与劳军女郎》，1977 年发表了第五部长篇小说《胡利娅姨妈与作家》，1981 年发表了第六部长篇小说《世界末日的战争》，1997 年发表了三部作品：《堂里戈维托的笔记》、《给一位年轻小说家的信》、《古老的乌托邦》。

《绿房子》（有的译本译为《青楼》）是略萨的最重要的代表作，也是结构现实主义的经典性作品。它比较集中地体现了略萨在思想和艺术上所取得的成就。

小说主要由三个故事构成，一个是唐·安塞尔莫的一生，以及绿房子的兴衰史；一个是伏屋的故事；还有一个是波尼法西娅，也就是后来的塞尔瓦蒂卡（"森林女郎"）的故事。

在小说的开头，陌生人唐·安塞尔莫来到秘鲁荒凉的皮乌拉城，并在城郊的蔓加切利亚地区盖了一栋绿房子，开了该城的第一家妓院。从此，城里的许多年轻人甚至老年人，都开始了荒唐腐化的生活。妓院因此而受到社会舆论的谴责。一天，加西亚神父带头烧了绿房子，唐·安塞尔莫从此一蹶不振。但是随着皮乌拉城的现代化发展，城中又出现了四家妓院，安塞尔莫的私生女琼加也开了一家妓院，名字也叫绿房子。唐·安塞尔莫和两个朋友一起组成一个乐队，在这个"绿房子"的舞厅里伴舞。

巴西籍日本侨民伏屋，"抱着穷人胆小一辈子也富不了"的人生哲学，从巴西越狱逃到秘鲁境内，与富商唐·列阿德基一起做走私生意，贱买贵卖，杀人越货，无恶不作，遭到官府追捕，但列阿德基因与官府有勾结，几次都安然无恙，而伏屋则不得不东躲西藏。有一次，伏屋与他的情妇拉丽达救了一个遭到土著居民袭击、跳水逃脱的军中向导聂威斯。拉丽达与聂威斯产生了爱情，并一同私奔到圣玛丽亚·聂瓦定居下来。后来，他们收留了一个名叫波妮法西娅的孤女，不久又把她许配给一个叫里杜马的军曹。波尼法西娅和里杜马结婚后迁居到皮乌拉城。

里杜马受命带人去逮捕被认为开了小差的军中向导聂威斯，里杜马因与聂威斯有交情而有意想放走他。但聂威斯仍未能逃脱而被逮捕。里杜马给聂威斯通风报信让其逃跑的事终于暴露，里杜马被捕入狱。波妮法西娅落入里杜马表兄弟的朋友何塞费诺手中，成了他的情妇，并被骗到琼加的妓院当妓女，取名为塞尔瓦蒂卡，意即森林女郎。里杜马被释放回来后得知此事，非常愤怒，但木已成舟，无可挽回，里杜马只得鬼混度日。

唐·安塞尔莫八十岁时，在一次演奏中死去。琼加、里杜马及他的表兄弟、何塞费诺、森林女郎，以及加西亚神父等人，在他的灵前相遇，把往事一一拼凑缝合成为一个整体，使读者得以从各个角度和侧面看到一个立体的社会。

巴尔加斯·略萨是一位勤奋而多产的作家，他的一生都离不开爱情生活的刺激，当他感觉与胡利娅的爱情随着时间的流逝而激情不再时，他们平静地分手了。此后不久，表妹帕特丽西娅又走进了略萨的生活，他们俩很快结婚了。帕特丽西娅与胡利娅不同，她生性骄傲倔强，但不愧为贤妻良母。婚后，她先后为略萨生了两男一女；两个儿子都曾到英国求学，接受了良好的教育。由于自己的童年经历，略萨发誓不充当严父的角色，他开明地把教育子女的重任交给妻子。帕特丽西娅做得很好，她对子女体贴入微，对丈夫关怀备至。当略萨外出旅行时，她总是形影不离地伴随着他；当略萨写作时，她就外出采购用品或游玩，给他创造安静的写作环境。

可以说，巴尔加斯·略萨的成就一半归功于他的天才和勤奋，另一半要归功于他生命当中这两个重要的女人：胡利娅姨妈和帕特丽西娅表妹。是她们让他懂得了爱与宽容，是她们给了他女性最神秘的体验，是她们赐予他创作的激情，所以，当我们在对这位拉丁美洲魔幻现实主义的优秀作家深表敬意之时，也不要忘了站在他身后的两个女人。

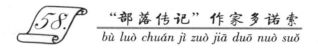

58. "部落传记"作家多诺索
bù luò chuán jì zuò jiā duō nuò suǒ

1994 年是何塞·多诺索的七十华诞，智利举国上下为他组织了盛大的庆祝活动，拍电影、上电视、展览会、报告会。最后在他生日，10 月 5 日当天，由共和国总统弗雷亲自授予他一枚勋章。何塞·多诺索以他的卓越成就为智利小说，或曰拉美小说赢得了国际声望。除了智利国家文学奖以外，他还获得过西班牙文学评论奖、意大利蒙特略奖、法国罗盖尔·凯吕瓦奖，1995 年获西班牙大十字勋章。

对于国家在他生日的时候给他的极大礼遇，老作家除了表示高兴和满意之外，还打算在生日前夕献出自己构思良久、呕心沥血的新作《大象将死之处》。如往常一样，每部小说的产生对他来说犹如一次艰难的分娩，而且小说一旦交出，他必然大病一场，"部分地死去"，当时他已经老态龙钟，步履蹒跚，健康状况令人担忧。然而，在他生日前几天，小说手稿终于交出了。又是一部近四百页的长篇大作。他的一位好友完全出于好心问他：这是不是他的"文学遗嘱"？然而，烈士暮年，壮心不已。多诺索交出《大象将死之处》后两星期，又投入了一部新书的写作。消息传来，令广大读者振奋，同时不免为他捏着一把汗。然而，不到一年，他又交出书稿，是一部二百八十四页的、极有趣、可读性很强的书，也是一部引起争议的奇妙的书。这是一部交织着真实与虚构的自传，它不像通常见到的回忆录那样贯穿着一根延绵不断的时间轴，或是由某些事件的来龙去脉构成作品的网络，讲述着"历史地"发生过的事情，而且把"真实性"总看做最重要的因素。这一次他所遵循的真实并不是正襟危坐的具体事实的真实，而是一种心灵的真实，情感的真实，所以充满了奇异的想象和猜测，读起来新奇有趣。

何塞·多诺索是拉丁美洲新小说的代表作家之一，他于1924年10月5日出生在智利首都圣地亚哥。父亲是名律师，他在童年过着舒适的生活，家里特意为他请了家庭教师教授英语。但他不喜欢读书和严格的校规，经常逃学在外，直至被学校开除。他曾经在智利南方草原流浪一年，后来辗转来到阿根廷首都，同码头工人和船员一道劳动生活，后来因病返回智利。1947年中学毕业后，他进入智利大学教育学院，攻读英国语言文学。1950年去美国普林斯顿大学读书，1951年获艺术学士衔。在此期间，他曾用英语创作了短篇小说《蓝衣女人》和《有毒的蛋糕》，分别刊载在文学杂志上。第三部小说《中国姑娘》是用西班牙语写成的，1953年收入《智利新故事选》中。1958年第一部长篇小说《加冕礼》问世，随后在阿根廷他和著名作家米盖尔·安赫尔·阿斯图里亚斯相识，后者给了多诺索不少启发。1960年发表短篇小说《查尔斯顿》，同年回国在杂志社工作。1962年出席拉美知识分子代表大会，与墨西哥作家卡洛斯·富恩特斯建立了深厚的友谊。1966年第二部长篇小说《这个星期天》问世，1967年在卡洛斯家中完成第三部长篇小说《没有界限的地方》，1969年第四部《淫秽的夜鸟》经过五年的构思终于问世。1970年获西班牙巴拉尔出版社设立的"简明丛书奖"。1972年他完成了文学评论集《"爆炸"文学简史》，1973年完成了中篇小说《资产阶级的三篇小说》，1978年第五部长篇小说《别墅》问世，1980年第六部《洛里亚侯爵夫人的神秘失踪》出版。

《加冕礼》写的是，在智利首都一幢古老的住宅里，生活着一位律师的遗孀艾丽莎，她终年卧床不起，但头脑清醒，总是怀疑一切，并且幻想恢复往日的贵族生活，孙子安德烈斯是个律师，五十四岁了仍然单身，除了爱好搜集手杖，对一切都没有兴趣。女管家的外甥女埃丝黛拉来照顾老人，淳朴善良的姑娘赢得了脾气古怪的老夫人的喜欢，也使安德烈斯爱上了她。但是埃丝黛拉向往都市的生活，不甘寂寞，很快就爱上了热情、善良的食品店伙计马里奥，并私下结合了，安德烈斯知道后非常生气，禁止他们来往。热恋中的姑娘为了帮爱人赎回典当的表，居然偷了老夫人的钱。马里奥从小由哥嫂抚养大，但是哥哥没有正当的职业，常参与走私，贪恋酒色，对家庭不负责，只好由马里奥维持他们一家的生活。一天，马里奥去探视监狱里的哥哥，埃丝黛拉把自己的全部积蓄拿出来，让他带走，但是他却错误地认为自己不能为一个女人拴住一生，准备趁机抛弃埃丝黛拉，这时候姑娘已经有了身孕。哥哥出狱了，兄弟二人返回首都，安德烈斯知道了埃丝黛拉怀孕，去找马里奥，劝他们正式结合，但是他不在家。哥哥知道了艾丽莎的事情，劝弟弟与埃丝黛拉合谋行窃，约定好的日子恰好是老夫人的生日，为了取得姑娘的配合，把计划告诉了她。生日那天，只有几位女仆记得，送给了老夫人花冠，她沉浸在快乐中。与此同时安德烈斯正坐在家里的楼下等待好朋友的到来，这妨碍了兄弟二人的计划，于是他们派埃丝黛拉去勾引安德烈斯，调虎离山，但是她的良知觉醒了，高叫着："有人偷东西。"计划败露，哥哥痛打了埃丝黛拉，马里奥忍无可忍，将哥哥打倒，带埃丝黛拉逃走，安德烈斯震惊之余，处于精神分裂的边缘。老夫人则头戴着花冠，在幸福的幻想中"升天"去了。

在他的自传《对我部落往事的猜想》中，多诺索所掌握的是一张张发黄的照片，还有脑中留下的儿时或青年时代家人说过的奇闻轶事，他要依靠这些把一个庞大的多诺索家族的故事重新编织起来。最早的一位多诺索是16世纪初作为第一批西班牙征服者来到这块阿劳乌加人的土地上的，到了作家这一代已经是第十五代了，已然繁衍成轰轰烈烈的一大家族，成了智利一个很普通的姓氏。他们中间有农民、矿工、手工艺人、建筑工人，也有商人、律师、医生、教授、作家。在独立战争中，他们的祖辈中有人是死心塌地的保皇党，也有激进的自由派，成了势不两立的仇敌。有的曾帮助保皇党头子逃离，有的却代表胜利的自由派在独立宣言上签字。有的身居天主教大主教的高位，有的竟是笃信犹太教的异乡人。而多诺索自己的人生道路也在"不经意"中展现在读者面前。然而，他的生活片段像散落的马赛克一样，需要读者一块块捡起、拼好，才能看到或部分地看到他的生活轨迹。多诺索即便是对他最贴近的亲人的描绘，也常令人感到惊异，比如看见他七十岁的老母亲与一个三十几岁的青年交往密切，而幻想这也许是母亲的私情，结果发现母亲只是劝人家远离毒品；推测他的奶妈儿时曾和法国作家布鲁斯特的女友有过交往，从这里又演绎出一段美好的故事；猜测出家的姑奶奶三种可能……他的这本"回忆录"好像是一个"潘多拉的盒子"，从那里会跑出来最令人意想不到的东西。多诺索这种新颖奇特的"回忆录"引起了广大读者的强烈兴趣，刚一出版即在"本周畅销书目"中独占鳌头。

多诺索还是一位幽默，热情好客的慈祥老人，一次一位中国学者去智利拜访他，曾经答应为他做中国菜吃，他念念不忘，专程邀请了好多尊贵的客人到家里，与这位中国学者一起吃饭，还将另一位中国学者给他画的像高挂起来。吃完饭后大家转到客厅，围坐在壁炉前，壁炉上挂着那幅多诺索肖像。多诺索就坐在那肖像旁，让大家看画得像不像。对这幅画他很得意，认为画像比自己更美，难得的是极为传神，而且使他带有东方学者的儒雅。他突然问，现在中国谁是最高领导人，他说下次他要竞选当中国领导人，因为他俨然成了个东方智者。当时大家说，这是个难得的镜头，纷纷拿出照相机拍了许多照片。

他也是一位平凡的性情中人，当时一个名叫恩利克·拉费尔加德的作家出版了一本小说《聂鲁达在爱丽斯的神奇王国》。聂鲁达逝世后，智利几位重要作家相约，各写了一本关于诗人的书以表达对诗人的崇敬和怀念，而此公却利用一条刚爆出的聂鲁达的绯闻来写小说赚钱，多诺索很瞧不起他。多诺索在饭后给客人绘声绘色地讲加西亚·马尔克斯怎样在大庭广众对妻子说，别把家里的电话号码告诉拉费尔加德……最有意思的是当时多诺索的自传刚出版不久，拉费尔加德批评说他尽力想从好的方面来看多诺索的新作，可惜是多诺索自己不帮忙，说多诺索大大地夸张了虚构的作用，这次多诺索也算是来了一次小小的报复。这位拉美文坛巨星也和奥林匹亚山上的众神一样爱憎分明，既善良又骄傲，有嫉妒心，爱记仇，会报复……他有常人的七情六欲，也有种种常人的优缺点。

这位智利的伟大作家于 1996 年 12 月 7 日溘然去世，他的自传《对我部落往事的猜想》为他的文学生涯画上了完美的句号，既惹人遐思，又让人怀想。